먹고

마시고 그릇하다

작지만 확실한 행복을 찾아서

먹고
마시고
그릇하다

김율희 지음

어떤책

그릇이 좋았다

열세 살, 녹차밭으로 가족 나들이를 갔다. 어린 찻잎으로 우린 우전차(雨前茶)를 처음 마셨다. 뭉근하게 삶은 부드러운 닭고기 향이 났다. 혼란스러웠다. 그전까지 마셨던 떫은 맛의 티백을 과연 녹차라 할 수 있을까?

감동한 것은 나뿐이었는지 차밭에서 사 온 우전차 한 통은 결국 나만 마셨다. 우리 가족 중엔 차를 즐기는 사람이 없었다. 홀로 차 마시는 중학생이라니, 아주 근사한 듯하여 그 시간이 무척 좋았다. 언젠가 집에 선물로 들어온 1인용 다기세트도 의도치 않게 내 것이 되었다. 그즈음부터 예쁜 컵, 예쁜 식기들로 자연스레 관심이 옮겨 갔다. 그날 그날 기분에 따라 다른 잔에 차를 마시고 싶었고, 매일 먹는 밥이라도 왠지 다른 그릇에 먹고 싶은 날이 있었다. 옷 사러 시내에 가자는 말보다 동네 수입품 코너에 그릇 구경 가자는 엄마의 말이 더 반가웠다.

돌이켜보면 식사 후에 즐기는 따뜻한 차 한 잔에서 스스로를 대접하는 방법을 배웠던 것 같다. 내 손으로 내 삶을 근사하게 만들어 가는 재미란 예쁜 옷을 사서 소풍날 입고 가는 재미에 비할 바가 아니었다. 자라서는 더 그랬다. 새 옷은 수 년이 지나면 공간만 차지하는 천덕꾸러기처럼 느껴졌고, 살 때는 그리 좋던 최신형 전자제품도 이내 곧 구닥다리가 되어 버렸다. 그럴수록 외부의 시선과 무관하게 오롯이 나만 좋으면 그만인 것들을 찾았다. 책과 음악, 커피와 차, 음식과 그릇 같은 것들 말이다.

1인가구로서 혼자의 일상을 보내는 지금은 그런 것들을 누리기에 최적의 시간이다. 혼자의 삶이니 내가 좋아하는 것들로 나의 일상을 꾸리는 데 이보다 더 좋은 때가 없다. 그래서 매일매일이 무척 소중하다.

SNS에 먹고 사는 일상들을 공유하다 보면, 각 플랫폼이 빅데이터를 활용해 내놓는 '맞춤형' 콘텐츠를 추천받게 된다. 인스타그램은 내게 주로 육아 중인 주부의 일상 사진을 보여 주었다. 그릇 살 돈으로 차라리 옷을 사라거나, 지금은 대충 쓰고 나중에 결혼할 때 살림살이를 들이라는 얘기를 줄기차게 들어 왔는데, SNS에서마저 같은 얘기를 또 듣는 셈이다. 그릇 좋아하는 1인가구가 흔치 않아 그러려니 이해하지만, 인터넷에서 '1인가구의 식사'를 검색했을 때 편의점 도시락이나 시판용 반찬, 즉석식품이 등장하는 걸 보면 어쩔 수 없이 씁쓸하다. '예쁜 그릇은 기혼의 다인가구, 일회용 포장용기는 미혼의 1인가구'라고 쉽게 연결짓는 세상이 조금은 야속하다. 어쩌면 여기에는 효율성의 잣대가 작용하고 있는지도 모르겠다. 부양가족이 없으니, 한 몸 고생해서 여럿이 먹는 것이 아니니, 대충 먹어도 그만이라는 생각. 그러나 효율이라는 것이 투입자원 대비 결과물이라고 한다면, 인간만큼 비효율로 가득한 생명체도 없다. 또한 인생의 어느 구석에도 대충 살아도 좋은 순간은 없다. 혼자의 삶은 둘이 되기 전 잠시 때우고 지나가는 임시의 삶이 아니다.

좋아하는 그릇에 손수 지은 밥을 담아 스스로를 대접하는 일은 결코 사소하지 않다. 나를 위한 한 끼 식사는 나를 위하는 가장 현실적이고도 건강한 방법이다. 그래서 통념에 반기를 들듯, 인스타그램에 오늘의 한 끼를 올리며 꼭 '1인가구'라는 해시태그를 단다. 이 태그들이 모이면 사람들의 머릿속에 자리한 1인가구의 풍경을 조금은 바꿀 수 있지 않을까 기대하면서. SNS가 내게 추천하는 콘텐츠에 기혼자에 한정된 이야기가 조금씩 줄어들길 바라면서.

오랫동안 그릇들과 비밀연애를 해 왔다. 집으로 찾아가 차 한 잔이라도 마셔 보아야 그 사람의 그릇을 알 수 있으니 남은 모를 수밖에 없는 연애였다. 대부분의 일상을 함께하던 직장 동료들도 알아챌 도리가 없었을 것이다. '그 집 밥그릇이 몇 개인 것까지 안다'는 말이 괜한 말이 아니다. 그릇이란 가장 가까운 사이에서만 나눌 수 있는 아주 내밀한 취향이다.

애초에 누군가에게 보이고자 들인 물건이 아니니 나의 찬장은 오직 내가 좋아하는 그릇으로만 가득하다. 이 컬렉션의 주제가 있다면 그것은 바로 나 자신이다. 이 그릇들과 더불어 일상을 공들여 살고 싶다. 내가 좋아하는 그릇에 좋아하는 음식을 담아 음미하며 한순간 한순간 정성을 다하고 싶다. 정리할 것이 없는 삶을 살기보다는, 내 물건들을 정리하며 한 번 더 나 자신을 마주하고 나의 존재를 확인하고 싶다. 대단할 것 없는 나일지라도, 고단한 일상이더라도, 기꺼이.

책에 담긴 글들은 그릇 이야기인 동시에 내가 마주한 나의 모습들이기도 하다. 이 책이 나보다 남을 더 많이 보고 살아가는 사람들에게 스스로 차 한 잔을 내어 줄 수 있는 계기가 되었으면 좋겠다.

2016년 9월

김 율 희

3 하루하루 공들여 살고 싶다

4 언제 이토록 가까이

엄연한
1인가구

1

1인가구의

패밀리데이

이전 회사에서는 한 달에 두 번, 패밀리데이가 있었다. 평소보다 한 시간 일찍 퇴근하는 날로, 가족과 함께 따뜻한 저녁을 보낼 수 있도록 마련된 제도였다. 주초가 되면 직원 모두가 그 주에 패밀리데이가 있는지 챙기며 두 손 모아 그날을 기다리곤 했다. 딱 한 시간 일찍 퇴근할 뿐이지만 패밀리데이는 평일과 완연히 다르다. 일단 빨리 퇴근해서 기분이 좋고, 퇴근 지옥철을 비껴 가니 좋은 기분이 달아날 틈이 없이 일찍 집에 도착할 수 있다. 식당에 가도, 마트에 가도, 미용실에 가더라도 보다 여유 있는 시간을 누리기 좋다.

그날은 패밀리데이였고 나는 가장 먼저 짐을 챙겨 공손히
인사하고 사무실을 빠져나갈 참이었다. 퇴근 인사는 3단계로
준비했다. ① 오늘은 패밀리데이입니다. ② 먼저 들어가
보겠습니다. ③ 팀장님도 좋은 저녁 보내세요(씨익 미소). 인사말을
마음속으로 되뇌며 가방을 챙겨 팀장님 자리로 이동해 1번과
2번을 수행했다. 3번으로 이어질 타이밍에 팀장님의 한 말씀.
　"오늘은 패밀리데이인데 율희 씨는 혼자 살잖아."
　순간적으로 욱 하는 마음이 생겼던 탓인지, 나는 고개를
바짝 들고 생글생글 웃으며 말했다.
　"저 엄연히 1인가구입니다. 제 한 몸이랑 잘 지내 봐야죠."
　이어서 3번, 팀장님도 좋은 저녁 보내시란 말을 붙여 던지고
사무실을 나섰다.

○ ○ ○

자취생이라는 말보다는 1인가구라는 말을 선호한다. 혼자라는
사실은 비록 같을지 몰라도 취식, 취침을 비롯한 살림 전반을
포괄하는 가구(家口)가 자취(自炊)보다 더 능동적으로 들린다.
좀 더 내 일상에 가깝다. 나는 1인의 사회구성원으로 이 가구의
유일한 책임자다.
　혼자 사는 또래 친구들에 비해 그릇을 많이 들이는 내게
주변에서 가장 자주 하는 말은 시집 갈 때 사면 되지 뭐하러

살림을 늘리냐는 것이다. 주물냄비를 들일 때도 비슷한 말을
들었다. 대충 싼 거 쓰다가 버리면 될 것에 헛돈을 쓴다는 말.
일부러 공격하려고 한 말은 아니었겠지만 나의 존엄을 해치는
발언들이었다. 그럴 때마다 머릿속에 질문이 맴돌았다. 혼자의
삶은 둘이 되기 전에 대충대충 지내다 버리면 그만인 삶이란
말인가? 그렇다면 누군가와 가정을 꾸리기 전까지의 나는 훗날
잊힐 존재라는 것인가? 잘 먹고 잘 사는 것은 전인류 보편의
가치가 아니었나?

  가까운 친구의 이삿짐 정리를 도우러 갔다가 깜짝 놀란
적이 있다. 운동을 즐기고 어디에 내놓아도 스타일리시하기
그지없는 친구의 집에는 그릇이 없었다. 식탁이 없는 친구이긴
하지만 그래도 먹고는 살게 마련일 테고 음식들을 담아 먹을
도구는 필요할 텐데, 그릇의 역할은 언젠가 먹은 포장음식의
일회용 용기들이 대신하고 있었다. 일회용 용기들을 한곳에 몰아
정리하고선 친구를 불러 앉혔다.

  "혼자든 둘이든 살림집은 살림집이야. 임시거처가
아닌 집이라고. 살림들은 쓰고 버리는 소모품이 아니라 너의
매일매일을 이루는 일상이야. 신중하게 골라서 아껴서 사용하면
네가 생각하는 것보다 훨씬 오래 쓸 수 있어. 나는 네 주변이 곧
버릴 물건이 아니라 네가 아끼는 물건들로 채워졌으면 좋겠다."

  요즘 친구는 옷 입는 감각만큼이나 스타일리시한 그릇을
하나둘 들이더니 안 하던 요리를 하고 음식 사진을 찍는다.

1인가구는 하루살이 혹은
임시의 삶이 아니다.

Arabia Faenza
Brown
by Inkeri Leivo,
Finland,
1973-1979

집에 머무는 시간이 길어졌고, 집을 꾸미는 시간도 늘었다. 하나의
가구가 되어 가는 친구의 모습이 고맙고 기쁘다.

○ ○ ○

대학교 1~3학년을 이모댁에서 지내다 졸업반이 되어서야 독립해
살림을 시작한 것이 10년 전이다. 이모 집에서 무척이나 편하게
지냈지만, 내 집이 생긴다는 것은 전에 몰랐던 살림의 즐거움을
알게 되는 계기였다. 학생이었으므로 가장 저렴한 곳에서
고르고 골라 물건을 들였고, 찬장의 잘 보이는 곳에 아끼는
예쁜 그릇을 놓았다. 솜씨 좋은 엄마 덕분에 어깨너머로 배워 둔
몇몇 요리들은 친구들을 초대해 함께 즐겼다.

그러나 취업한 이후 많은 것이 달라졌다. 열심히 음식은
해 먹었지만 치울 시간이 없었다. 정확히는 치우는 일이 몹시
귀찮았다. 갈아입은 옷들은 너저분하게 널려 있고, 바닥 먼지는
굴러다녔다. 설거지통에 처박아 둔 그릇에는 곰팡이가 슬기
시작했다. 어디서부터 어떻게 손을 대야 할지 모르겠다 싶은
날들이 이어졌다. 집은 어느 순간부터 쉼의 공간이 아니라
퇴근 후 출근 전까지 그냥 먹고 자는 곳으로 변했다. 회사 일을
마무리하지 못한 채로 퇴근해 집에 들어오면 마음이 더욱
와글와글 복잡했다. 나는 그저 자취생에 불과했다.

더 이상 이렇게 살 수는 없다는 마음속 느낌표가 쾅

찍히던 날, 설거지통의 곰팡이 난 그릇을 모조리 버렸다.

한번 들인 물건에 제법 정성을 기울이는 편이라 나로서는 꽤 용기가 필요했지만 마침표를 분명히 찍고 싶었다. 당시는 회사 업무에서도 방황, 향후 진로에서도 방황, 연애에서도 방황 중이었고, 어느 곳 하나에서는 악의 고리를 끊어야 했다. 그 후로 잘 먹고, 잘 입고, 잘 잘 수 있도록 매일 공간을 관리했다.

이른 퇴근이 반가운 패밀리데이면 동네에서 가장 좋아하는 베이커리에 들러 빵을 사고, 그날 맞춤으로 배달시킨 산지 직송 야채와 고기를 지지고 볶아 풀코스 요리를 차렸다. 크림 없이 감자를 으깨 만든 수프와 식전빵, 스테이크와 샐러드, 디저트에 커피까지 곁들이면 나름 잘 살고 있다는 자부심과 한 주 잘 보냈다는 안도감에 마음이 가득 차올랐다.

그릇을 살 때마다 딴지를 걸던 사람들이나 패밀리데이 퇴근을 저지하려던 팀장님은 어쩌면 혼자로서의 완전함을 경험해 보지 못했을지도 모른다. 중요한 것은 스스로를 바라보는 나의 시각이다. 혼자의 삶은 정식 번호판이 나오기 전 달고 다니는 임시 번호판쯤이 아니라 그 자체로도 완전한 삶이다. 1인가구로서 나는 패밀리데이를 누릴 자격이 있다.

내 인생의

유리컵,   보뎀
비스트로

어떤 그릇을 좋아하냐는 질문보다는 어떤 그릇을 싫어하냐는
질문이 나는 훨씬 편하다. 좋아하는 그릇이 워낙 많아서
굳이 몇 개만 꼽자면 다른 그릇이 눈에 밟힌다. 반면 선호하지
않는 그릇이라면 분명하게 말할 수 있다. 나는 유리컵을 좋아하지
않는다. 금방이라도 깨질 것만 같은 투명함이 아슬아슬하고
조마조마하다. 유리의 차가운 성질도 싫다. 어떻게 다가가도
냉랭하게 고개를 돌리는 깍쟁이 같다. 손이 닿으면 지문이
묻어서도 싫다. 잘 씻어서 보관해도 꺼낼 때면 컵을 쥐었던
자리에 지문이 남는데, 명품 쇼룸의 직원처럼 흰 장갑을 끼고

꺼낼 수도 없고 찍힌 지문을 보자면 왠지 덜 씻긴 컵을 쓰는 것 같아 영 찜찜하다. 차가운 음료를 담아 두면 컵 주변에 이슬이 쉽게 맺히고, 그 축축한 컵을 손으로 쥐는 느낌도 유쾌하지 않다. 그러다 물기에 손이 미끄러지면 컵은 깨질 것이다. 그나마 튼실한 생맥주잔, 두툼한 유리 용기나 샐러드볼은 무겁긴 하지만 깨지지는 않을 것 같아 믿음직스러운데, 얄쌍한 유리컵은 영 아니올시다다.

그러나 얇은 유리컵에 마셔야 제격인 음료들이 꼭 있다. 차갑게 마시는 우유, 과일주스, 탄산음료는 청량감과 선명한 색감을 즐기며 눈과 입이 함께 마셔야 좋은 음료들이다. 도자기 컵에 마시면 탄산음료는 왠지 김이 빠진 것만 같고, 주스 역시도 신선함이 덜해 보인다. 우유도 숭늉처럼 텁텁한 느낌이 들어 그 맛이 덜하다. 그러니 이들을 온전히 즐기려면 유리컵은 하나 꼭 들여야 한다.

마음에 드는 유리컵을 찾기란 꽤나 어려운 일이었다. 홈쇼핑도 보고, 마트도 가고, 백화점과 아웃렛에도 들렀다. 사람들이 많이 쓴다는 해외 브랜드를 직구할까 싶어 온라인몰도 기웃거렸다. 그러나 좀처럼 마음에 드는 컵이 없었다. 예쁜 컵이야 많았지만 그 어떤 유리컵도 내 불만을 해소해 주지는 못했다. 아무리 예뻐도 지문이 묻어 지저분해 보이고, 이슬이 맺혀 미끄럽기는 마찬가지니 말이다. 손에 쥐었다 났다, 장바구니에 담았다 지웠다를 반복하는 동안 하릴없이 시간만 흘렀다.

○ ○ ○

나의 유리컵을 만난 건 예기치 못한 곳에서였다. 핀란드를
여행하던 중 마침 숙소 근처에서 플리마켓이 열린다고 해서 티크
트레이를 하나 사 볼까 하고 슬렁슬렁 나섰던 참이었다. 장사에는
별로 관심이 없는 듯 가진 품목이 일정하지 않고 물건 정리도
제대로 되지 않은 매대가 레이더망에 걸렸다. 수줍은 인상의
아저씨가 그 앞을 지키고 있었다. 플리마켓에선 이런 아저씨들이
진짜다. 먼지 쌓인 자신의 물건을 손수 정리하러 나온 경우는
어딘가 모를 엉성함이 있다. 쓸 만한 물건이 많으면서 값도
비싸지 않고 가격 흥정도 잘된다.

아저씨의 매대에 가격도 모양도 크기도 적당한 티크
트레이가 보였다. 나무가 많은 핀란드에는 품질 좋은 티크
소품이 많다더니, 역시 나무의 결이 마음에 쏙 들었다. "주세요"
하니 아저씨는 고개를 끄덕이고서 주섬주섬 포장을 시작했다.
매대 아래 놓아둔 가방 안에는 봉지가, 봉지 안에는 구겨 넣은
봉지와 신문지 뭉치가 가득 차 있었다. 깨지지도 않을 쟁반 하나
포장하는데 무얼 이렇게 열심인지 적절한 크기의 봉지를 한참
찾는데, 어느 틈에 가방에선 귀여운 유리컵 한 쌍이 튀어나왔다.

운명이라면 이런 게 운명일까. 내가 찾던 적절한 용량에,
내가 가장 좋아하는 주황색의 손잡이가 달려 있었다. 컵에 지문도
묻지 않고, 차가운 음료를 담아도 물기에 손이 미끄러지지 않을

23

것이다. 주황색인 데다가 플라스틱 소재인 손잡이는 유리가 가진 차가운 느낌을 조금이나마 누그러뜨려 주었다. 찬찬히 보니 커피프레스로 유명한 보덤(Bodum)의 제품이다.

보덤은 실용적인 주방용품들을 만드는 브랜드로 커피프레스가 가장 널리 알려졌다. 사용법이 간단하고 세척이 편하다는 장점 때문에 나도 이 브랜드의 커피프레스를 오랫동안 써 왔다. 커피가루를 넣고 뜨거운 물을 부은 뒤 3~4분 기다렸다 꾸욱 누르면 끝이다. 커피프레스의 기술 자체는 보덤이 아니라 어느 발명가가 개발했다는데 처음에는 그물망이 아니라 천으로 커피를 걸러 냈고 디자인도 무척 복잡했다고 한다. 이것을 개선해 상용화에 성공한 것이 보덤이다. 본래 동유럽에서 유리를 수입해다가 덴마크에서 판매를 하던 작은 기업이 1958년 커피프레스의 상업화에 성공하며 세계적인 기업이 되었다. 덴마크 가정에 보덤의 커피프레스가 없는 집이 없을 정도였다고.

현재와 같이 기다란 비커를 그물망이 달린 막대가 쓸어내리는 방식의 모델은 1974년 출시되었는데, 바로 디자이너 카르스텐 외르겐센(Carsten Jørgensen)의 비스트로(Bistro)이다. 지금까지 1억 개 이상 판매될 만큼 비스트로 시리즈는 역사적인 디자인이 되었고, 보덤은 커피프레스의 독보적인 일인자로 우뚝 섰다. 나도 2~3만 원대의 저렴한 값에 들여서 매일 커피를 마시면서도 5년 넘게 거뜬히 잘 쓰고 있다. 그러다 보니 브랜드에 무한신뢰가 생겨 가족과 친구들에게 적극 추천하기도 했다.

○ ○ ○

진짜인지 농담인지 아저씨는 아이가 어릴 적에 이 컵들을 샀다고
했다. 그의 말에 따르면 어림잡아 30년 전에 탄생한 컵 두 개가
내 손에 들려 있는 셈이었다. 마음에 꼭 드는데 얼마에 줄 거냐
물으니 1유로란다. 흔쾌히 거래가 성사됐다. 혹시나 깨질까,
고작 1유로인 이 컵 두 개를 아저씨는 신문지 뭉치를 풀어
한 겹, 두 겹, 싸고 또 싸고, 더 큰 신문지에 또 말아 뚱뚱한 포장을
만들어 주셨다.

"소중히 잘 쓸게요."

고마운 마음이 포장의 부피만큼이나 커다래졌다.

그때는 몰랐지만 집에 돌아와 찾아보니 내가 들인 컵은
1970년대 비스트로 커피프레스와 세트로 구성되어 있던
커피컵이었다. 매일 아침 신선한 커피를 담아 냈을 컵들이 이젠
나와 매일 함께다.

이 유리컵들 덕분에 그간의 욕구불만을 상당 부분 해소할 수
있게 됐다. 단팥빵에 곁들이는 흰 우유도 맛깔나게 마시고, 신선한
오렌지주스도 그 색을 만끽할 수 있다. 시원하게 먹으려 주스에
얼음 조각을 넣을 때도 빙산의 일각만이 아니라 얼음 덩어리가
통째로 보이고, 컵 주위에 물방울이 맺혀도 기분 좋은 주황
손잡이를 잡으면 위험하지 않다. 얄쌍한 디자인에 투명한 색상,
가벼움까지 갖췄다.

커피프레스와 함께였던 본래의 패키지가 말해 주듯
이 컵은 뜨거운 커피를 담아도 끄떡없다. 유리컵은 늘 제한적인
사용 때문에 번거로운 기물인데, 급격한 온도 변화를 겪으면
깨지거나 심지어는 산산조각 파편을 날리며 폭발한다. 친구
하나는 매일 쓰던 두꺼운 유리잔에 차를 마시다 그 밑바닥이
잘려나가듯 깔끔하게 떨어지는 바람에 허벅지 화상으로 한 달은
고생했고, 흉터가 없어지는 데에도 꽤나 오랜 시간이 걸렸다.
그 일 이후로는 웬만해선 유리컵에 뜨거운 액체를 담지 않지만,
가끔 아이스커피를 마시고 싶을 때면 일단 뜨거운 에스프레소를
유리컵에 부어야 하니 마음이 조마조마하다. 하지만 비스트로
유리컵은 내열유리라 안심하고 쓸 수 있다. 내열유리는 일반
유리와는 성분이 조금 다른데, 가장 흔한 것이 규산과 산화붕소를
주성분으로 하는 붕규산 유리(borosilicate glass)로 미국의
파이렉스(Pyrex)도 보덤도 이 성분의 유리를 쓴다. 일반 유리보다
열에 둔감한 재료를 써서 유리 입자들이 뜨거워져도 덜 팽창하고,
차가워져도 덜 수축해 웬만한 온도 변화에도 깨지지 않는 원리다.

아이나 어른이나 그냥 건조대에 엎어진 컵을 아무 때나
집어 쓸 수 있으니 평상시 유리컵은 애초에 내열유리로 들이는
것이 현명한 선택이다. 차가우나 뜨거우나 늘 한결같이 그 성질을
끌어안아 줄 수 있는 존재가 있다는 것은 큰 기쁨이다.

21세기의 수많은 디자인에도 만족하지 못했던 나는 그 답을
지난 세기에서 찾았다. 인터넷을 아무리 뒤져도 나오지 않는

차가운 우유는
유리컵에 마셔야 제맛이다.

Bodum Bistro by
Carsten Jørgensen,
Denmark, 1970s

요리의 비법을 엄마에게 전화 한 통 걸어 알아내듯, 좋다는 약을
다 먹어 봐도 낫지 않는 체증을 할머니의 민간요법으로 해결하듯,
이전 시대의 지혜는 현재에 해결하지 못하는 문제를 푸는 열쇠가
되어 주는 때가 꼭 있다. 이 유리컵을 들인 나도 이전 시대의
수혜자가 됐다. 부디 이 두 녀석을 깨뜨리지 않고 오래오래, 내가
할머니가 되어 손자손녀에게 우유 한 컵을 내어 주도록 쓰고
싶다. 전 전 시대의 지혜를 나의 다음 다음 세대에게 내 손으로
직접 전하고 싶다.

여자의

여자 그릇

브래지어를 하기 시작한 것은 중학교에 입학하면서부터였다.
엄마 서랍에서나 보던 그것이 내 서랍에도 몇 개 들어왔다.
'면 100프로'라는 태그가 참 잘 어울리는 정직한 디자인의
속옷이었다. 주니어용이긴 했어도 처음 착용하던 때는 무척
갑갑했다. 하루 종일 몸통을 꼼지락거리며 조금 더 편한 자세를
만들어 보려 애쓰다가 집으로 돌아오자마자 벗어 버리기
일쑤였다.

　무슨 속옷 하나까지 학교의 관리감독을 받아야 하는 것인지,
아침이면 담임선생님 혹은 가정 선생님이 우리를 앉혀 놓고 교실

뒤부터 앞으로 이동하며 곱게 다려 입은 블라우스 너머로 비치는 메리야스와 브래지어의 유무를 검사했다. 걸리는 사람에겐 어김없이 등짝 스매싱. 교복을 입지 않은 것도 아닌데 지극히 개인적이어야 할 속옷까지 학교에서 검사를 하다니, 걸리고 안 걸리고와 관계없이 부끄러운 적막의 시간이었다. 2차 성징이 꽤 늦었던 편이라 나로서는 아직 브래지어의 착용이 전혀 필요 없는 때였지만, 학교에서 하라니 어쩔 수 없이 의무착용을 했다. 그렇게 억지로 여자 어른이 되어 갔다.

그즈음의 친구들 중에는 예민한 녀석들이 많았다. 질풍노도의 시기여서 그랬는지 가당치 않은 온갖 이유들로 서로를 시기하고 질투하다 토라지고 알 수 없는 이유로 다시 화해했다. 어쩌다 시작됐는지 기억나지 않지만, 교실 뒤편에는 '소리함'이라는 세 글자가 적힌 자그마한 양철 박스가 있었다. 일주일에 한 번 그 안에 들어 있는 쪽지를 꺼내 읽으며 공개적으로 문제를 해결하자는 용도였다. 대부분은 '누구누구 바~보' 하는 식의 장난스러운 쪽지였지만 아픈 말들도 종종 있었다. 누구 재수없다, 누구 못생겼다, 누구 꺼지라는 밑도 끝도 없는 말들이었다. 구체적으로 콕 찍어 지적할 때도 있었는데, 예를 들면 서울말을 써서 밥맛이라는 내용이었다. 오해가 있다면 풀자는 것이 취지였으므로, 지목을 당한 사람은 일어나 해명을 해야 했다. 서울말을 쓴다는 그 아이는 자신의 말씨가 왜 그러한지를 설명했는데, 과연 그것이 문제의 해결인지는 알 수 없었다.

　한번은 내 이야기도 있었다. 체육 시간에 개미로 장난을
치면 너무 여자인 척 소리를 지른다는 내용이었다. 서른이
넘은 지금도 곤충이라면 질색이라 조카 녀석이 장난치겠다고
주워 온 매미 껍데기에 소스라치게 놀라 눈물까지 찔끔거리는
것을, 열세 살의 내가 오죽 질겁했을까. 쪽지가 읽히고 내가
말할 차례가 되어 자리에서 일어나 또박또박 "여자인 척하려는
게 아니라 저는 정말 개미가 싫습니다"라고 했던 기억이 난다.
애초에 문제가 있는 게 아니니 해결될 것도 없었다. 다만 우리
반에 나를 싫어하는 사람이 있고 그게 누구인지는 알 수 없으니
알아서 몸을 사려야 한다는 것이 결론이라면 결론이었다. 익명의
메시지가 가지는 폭력성을 그때 알았다. 거기에 하나 더, '여/자/
인/척'이라는 네 글자가 뇌리에 콕 박혔다.

　'여자인 척'이라는 말이 무엇을 지칭하는지는 20년이 지난
지금도 알 수가 없다. 높은 톤으로 소리를 지른 것인지, 두 손으로
눈을 가린 것인지, 아니면 그 둘을 다하며 도망간 것인지. 실제
치수보다 훨씬 크게 맞춘 교복이라 어차피 없는 라인, 드러날
몸매도 없었고, 헤어스타일도 두 귓불이 보이는 짧은 커트여서
'여자인 척'과는 거리가 멀었다. 어쨌든 '여자인 척'과 연관되는
행동은 하지 말아야겠다는 다짐이 할 수 있는 전부였다. 필요도
없는 여성성을 강요당하는 한편으로는 여성성을 저버려야 하는
이상한 시기였다.

○ ○ ○

또래 친구들은 집에 가기 싫다, 잔소리 듣기 싫다 투정하곤
했지만 나는 집이 제일 편하고 좋았다. 물론 충돌이 없지는
않았다. 엄마가 출근을 할 때라 집에 외할머니가 오셔서 동생과
나를 챙겨 주셨는데, 1925년생 옛날 사람인 할머니에게는 늘
남동생이 먼저였다. 엄마와 이모, 슬하에 자매만 두셔서 그런지
할머니는 늘 아들을 고파했다. 내가 태어나던 날 할머니는 딸이
라고 실망한 나머지 '난 모르겠네!' 고개를 돌리셨다 하고 그런
만큼 동생을 애지중지하셨다. 나는 굳이 따지자면 동생보단 내가
어른인데 동생만 감싸는 것이 못마땅해 할머니에게 항의했다.
생선을 발라 주실 때 내가 아니라 동생 숟가락에 먼저 간다거나,
우리 둘이 먹고 싶은 간식이 다를 때 늘 동생이 말하는 것을
만들어 주신다거나, 싸우면 앞뒤 묻지도 않고 나만 혼낸다는
크고 작은 것들을 그때그때 따지고 들었다. 그런 내게 할머니는
"뭔 놈의 가시내가 저렇게 싸나울까" 하셨다. 할머니 왜 이래, 나
학교에선 여자 같댔어.

　　할머니는 사납다 했지만 집에서 나는 꽤 페미닌한
취미생활을 했다. 식탐이 많은 만큼 요리하기를 좋아해 할머니와
동생과 셋이 먹을 수 있는 간단한 식사나 간식을 자주 만들었다.
단골메뉴는 설탕을 듬뿍 넣은 떡볶이, 된장 육수에 뜬 수제비,
멸치 육수의 칼국수, 카스텔라를 가루 내어 고물로 두른 경단,

참깨와 물엿으로 만든 강정, 각종 곡류와 밀가루를 섞어 튀겨 낸 홈메이드 과자류였다. 할머니는 이럴 땐 나와 죽이 잘 맞아 "우리 율희 시집가도 되겠네" 하시며 맛있게 드셨다. 할머니와 식성이 비슷한 덕을 좀 보았다. 물론 늘 첫 번째 한입은 동생 녀석에게 가긴 했지만.

음식 예쁘게 차려 내기도 좋아했다. 테이블 세팅이라고는 접해 본 적도 없었지만 숟가락 젓가락을 가지런히, 반찬그릇도 정갈하게 놓는 게 좋았다. 뭔가 좀 특별하다 싶은 음식이 있으면 찬장에서 제일 화려하고 예쁜 그릇을 꺼냈다.

그 취향들만큼은 꽤 '여자인 척'에 가까웠다. 내 집이니 뭐 신경 쓸 필요 있나, 그저 하고픈 대로 하면 그만인 것을. 밖에선 소박하고 털털하게, 집에서는 마음껏 페미닌하게. 중학생인 그즈음부터 나는 그랬다.

○ ○ ○

지금 나의 주방에는 다양한 스타일이 어우러져 있다. 하늘거리는 꽃분홍 시폰 원피스마냥 여린 그릇, 애교 넘치는 귀여운 그릇도 있다. 옷이라면 절대 입지 않았을 총천연색 선명한 패턴들도 많다. 옷은 쉽게 사지도 못할뿐더러 채도가 낮은 그레이, 네이비, 블랙, 아이보리의 단색 옷들, 그래서 새 옷을 사도 남들은 알아보지 못할 옷들뿐이지만, 그릇을 살 때는 과감한 시도를 아끼지 않는다.

그는 몰랐겠지.
맨 얼굴에 수수한 차림이지만
차 한 잔이라도 빛깔 고운 찻잔에
마시는 게 나라는 걸.

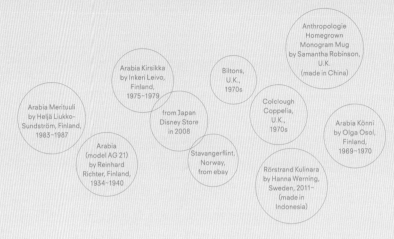

Arabia Merituuli
by Heljä Liukko-
Sundström, Finland,
1983~1987

Arabia Kirsikka
by Inkeri Leivo,
Finland,
1975~1979

Biltons,
U.K.,
1970s

Anthropologie
Homegrown
Monogram Mug
by Samantha Robinson,
U.K.
(made in China)

Arabia
(model AG 21)
by Reinhard
Richter, Finland,
1934~1940

from Japan
Disney Store
in 2008

Colclough
Coppelia,
U.K.,
1970s

Arabia Könni
by Olga Osol,
Finland,
1969~1970

Stavangerflint,
Norway,
from ebay

Rörstrand Kulinara
by Hanna Werning,
Sweden, 2011~
(made in
Indonesia)

어차피 나만 볼 주방, 내 음식만 담아 먹을 그릇이니 얼마든지 마음대로 꾸며도 상관없다. 누군가는 보이는 데 투자할 비용들을 나는 이렇게 나만의 공간에 쏟아부었다.

언젠가 회사 선배와 살림 이야기를 하는데 그가 말했다. "율희는 알뜰하게 많이 모았을 것 같아. 어디 딱히 허투루 쓰질 않으니 말이야." 매일 비슷비슷한 옷에 맨 얼굴, 좀처럼 바뀌지 않는 헤어스타일, 운동화와 백팩, 거기에 도시락을 싸서 다니는 내가 그의 눈에는 그리 보였나 보다. 칭찬인지 욕인지 알 수 없는 말이었다. 그는 몰랐을 거다. 밖에서 못하는 것들을 집에서 다하고 산다는 걸. 비슷한 옷을 입을지언정 하루 세 끼 매번 다른 그릇에 밥을 먹고, 맨 얼굴일지라도 색색깔 과일과 채소를 곁들여 예쁜 한 상을 차린다는 걸. 머리는 손질할 줄 모르지만 아침저녁으로 커피와 차를 만들어 고운 찻잔에 낸다는 걸. 지금도, 앞으로도, 그는 모를 것이다.

그릇과
삶은

닮았다

친구에게 컵을 선물했다. 따뜻한 흰색, 매끈한 광택, 산뜻한 튤립 패턴이 친구의 고운 피붓결과 호기심을 닮았다. 얼마 후 친구는 사용후기를 전해 왔다. 입술에 닿는 부분이 두툼해 우유를 마실 때 컵이 입에 가득 차서 좋단다. 친구의 이야기에 나의 첫 컵이 떠올랐다.

백화점이 없는 소도시에 살았던 나는 엄마를 따라 수입품 가게에 가는 걸 좋아했다. 화장품부터 시작해서 신발, 가방, 양산, 액세서리, 믹서기, 면도기까지 그곳은 작은 백화점 같았다. 주인아주머니는 나로서는 알 수 없는 해외 브랜드들을 살뜰히

친구의 고운 피붓결과
산뜻한 분위기를 닮은 컵

Marimekko for
Pfaltzgraff
by Fujiwo Ishimoto,
USA, 1983~1991

설명해 주시곤 했다.

나는 특히 주방용품이 좋았다. 일본에서 건너온 도시락과 보온병, 꽃무늬에 금장이 둘러진 찻잔, 은빛으로 반짝이는 수저는 식탐 많은 나의 상상력을 더해 주었다. 저 그릇에 밥을 먹으면 어떤 느낌일까? 저 찻잔에 차를 마시면 공주 같은 기분일까? 저 도시락에서 김밥을 꺼내면 어떤 맛이 날까? 그렇게 가게를 들락거리던 어느 날, 운명의 컵을 만났다. 꽃밭에 곰돌이가 그려진 커다란 머그컵. 이것이 나의 첫 그릇이다.

그날부터 먹을 수 있는 모든 액체를 그 컵에 담아 마셨다. 물이든 주스든 우유든 종류를 가리지 않았다. 그즈음 유행하던 드라마에서 여자 주인공들은 하나같이 커다란 머그컵에 커피를 마셨고, 그렇게 하면 나도 세련된 도시 여자 어른이 된 기분이었다. 그러나 한 달, 두 달 지날수록 살 때는 몰랐던 불편함이 늘었다. 500밀리리터 우유가 다 들어가는 깊이 때문에 뭐라도 끝까지 마시려면 고개를 한껏 젖혀야 했다. 가장 큰 단점은 음료가 입 가장자리로 자꾸만 흐른다는 것이었다. 입술이 닿는 부분이 바깥으로 퍼진 형태라 입술 안쪽으로 액체가 모이지 않았던 탓이다.

컵을 처음 사 보니 그런 걸 알 턱이 없었다. 다음부터는 꼭 주의해서 골라야지 다짐을 했지만 문제는 써 보기 전까진 입술에 닿는 감촉을 절대 알 수가 없다는 것이다. 음식은 사기 전 시식이 가능하고, 옷도 사기 전에 입어 볼 수 있고, 화장품도 샘플을 먼저 써 볼 수 있고, 침대도 매장에서 누워 볼 수 있지만 그릇은 아니다. 써 보고 살 수 없다. 그러니 최대한 고민하고 상상하되, 궁극적으로는 그냥 사 보는 수밖에 없다. 사서 직접 써 보고 나서야 입술로 감촉을 느낄 수 있고 혀가 닿는 위치와 그 온도를 알 수 있다. 이것이 유일한 방법이다.

○ ○ ○

서른한 살 가을, 회사를 그만두었다. 업무 불만족, 상사와의 마찰, 불투명한 미래, 진로 고민 등 이유는 다양했다. 옳은 결정이라는 100퍼센트의 확신이 있던 건 아니다. 동료들은 모두 다시 생각해 보길 권했다. 대안을 세워 두고서 그만두라는 조언, 세상이 그리 호락호락하지 않다는 첨언, 퇴사 후 고생하는 주변인들의 사례, 그러니 재고하라는 완벽한 논리의 기승전결은 내 마음속 불안을 증폭시켰다. 과연 옳은 선택일까? 나중에 후회하면 어쩌지?

그러나 덜 행복할까 봐 무서워 행복하지 않은 현재를 이어 간다는 건 아무래도 내키지 않았다. 미래의 행복만큼이나 현재의 행복도 중요하고 미래는 어차피 그 누구도 알 수 없다. 행복하지 않던 나에게는 변화가 필요했다. 퇴사가 최악의 선택은 아니라는 것만은 확실했다. 그래서 나는 무소속이 되었다.

퇴사를 결심하고 나서야 집에 쌓아 둔 물건들을 정리할 겨를을 냈다. 이를 플리마켓에 팔았고 그곳에서 나와 비슷한 취향을 가진 사람들을 만났다. 그 사람들과 이야기를 나누고 싶어 블로그를 열었다. 사진 찍는 기술과 이미지를 편집하는 기술도 배웠다. 가상세계에서 소통하는 방식을 몰랐기에 첫 포스팅은 회사 보고서 같았지만 계속 시도해 보는 중이다. 그릇 좋아하는 사람들을 직접 만난 일은 나에게 크나큰 영감을 주었다. 하고 싶은 일을 찾은 것이다. 이 모든 것이 회사를 그만두지 않았다면 몰랐을 일들, 하지 못했을 생각이다.

이래저래 찬장만 차지하던 나의 첫 컵은 어딘가로 사라졌다. 찾아보니 없다. 언제 정리했는지 기억조차 나지 않는다. 그러나 컵은 지나치게 커서는 안 되고, 입술과 닿는 부분의 생김새가 중요하다는 사실은 그 컵을 사지 않았더라면 절대 몰랐을 것이다. 이 컵이 내게 맞는지 아닌지는 사기 전엔 알 수 없고, 퇴사 이후의 삶도 그만두지 않으면 모른다. 둘 다 시식도, 시향도, 무료반품 기간도 없고 시뮬레이션도 어렵다. 지금보다 좀 더 행복하리라는 예감에 기대 시도하고, 그렇게 깨달은 것들을 하나하나 쌓아 가는 것. 그릇과 삶은 이렇게 닮았다.

식사의

자유

가장 부담 없이 사람 만나기 좋은 시간은 평일 점심이다. 정신없이 바쁘다는 사람들도 밥은 먹고 사는 법. 약속 많은 저녁 시간을 내기 어려울 땐 점심 시간을 활용하면 좋다. 아무리 친한 친구라 해도 각자 직업이 있고 챙겨야 할 가족이 있으면 한 달에 한 번 보기도 어려우니, 점심 때 차라도 한 잔 할 수 있으면 그래도 운이 좋은 셈이다. 한 가지 단점이 있다면 시간의 제한이다.

가끔 근처 회사에 다니는 친구와 점심을 함께하곤 한다. 어떻게 지냈냐는 물음에 그냥 똑같다는 답이 이어지는 일상이지만 만나면 나눌 이야기가 늘 많다. 서로의 연애 근황에서 시작하면 그간의 다툼과 화해를, 만나는 사람이 없을 때는 썸 타는 사람을, 그도 없으면 호감 가는 직장 동료를, 그도 없을 때는 소개팅 남을, 소개팅을 하지 않았다면 최근 본 영화나 드라마 속 주인공을, 그런 사람은 현실에 없다는 탄식을, 지인들의 결혼과 이혼, 연애에 대한 이야기를 나눈다. 짚신도 짝이 있다는 쓸쓸한 파이팅을 외쳐야 비로소 워밍업이 끝난다. 그동안 40분가량이 흐르고 우리는 먹던 식사를 정리하고 일어나야 한다. 쉬지 않고 먹으며 떠들었는데도 식사는 고작 절반을 먹었을 뿐, 남은 국물만 후루룩 마시고 사무실로 향하는 친구의 모습은 늘 안쓰럽다.

○ ○ ○

먹다 말고 일어서는 일이 내겐 상당히 일상적이다. 밖에서의 식사는 늘 그런 식이었다. 원래 타고나기를 천천히 먹는, 정확히는 빨리 못 먹는 편이다. 안 하는 게 아니라 못 하는 거다. 할머니는 소처럼 되새김질을 하느냐고, 전쟁이 나면 굶어 죽겠다고 놀리기도 했다. 남자여서 군대에 갔다면 아주 혼났겠다는 이야기도 많이 들었다. 가족들과 집밥을 먹을 때도 온 가족이 식사를 마치고 엄마가 설거지를 마치도록 나의 식사는 끝나지 않는다. 방금 정리를 마친 싱크대에 내 그릇만 덩그러니 놓을 때의 쓸쓸함과 미안함을 아는 사람이 몇이나 될까. 외식을 해도 그랬다. 늘 꼴찌로 먹는 나 때문에 아빠는 수저를 놓고 대기하다 이내 바깥으로 나가 골목을 서성였다. 동생은 멍 때리고 앉아 저린 다리를 주물러 댔다. 내가 숟가락을 놓는 순간 기다렸다는 듯 모두가 일어선다.

내 식구와도 그랬으니 밖에 나가선 더한 것이 당연했다. 친구들이야 그나마 이해하고 저희들끼리 수다 떨며 기다려 주지만 회사 사람들은 그렇지 않았다. 사회생활에서 식사가 가장 곤욕스러웠다. 회사 사람들은 본인들이 다 먹을 동안 몇 숟가락 뜨지 못한 내게 입맛이 없느냐, 그렇게 안 먹어 어쩌냐는 말들을 얹었다. 팀에서 우루루 함께 나가서 팀장, 부장, 차장, 과장, 대리 님들과 여럿이 하는 점심은 그런 이야기를 수 차례 반복해서 들어야 하는 자리였다. 이쯤 되면 적당히 눈치껏 숟가락을 내려놓아야 하는 순간이 온다. 대여섯의 눈이 허공을 헤매는 중에 걱정 말고 편히 식사하라는 이야기는 곧이곧대로 들리지 않는다. 도시락을 싸 가면 그나마 밥은 편히 먹을 수 있지만 사회성에 문제가 있는 직원으로 비치기 쉽다. 편히 밥 먹는 것이란 그리 쉬운 일이 아니다.

업무가 바빠 컴퓨터 앞에서 끼니를 때워야 할 때는 그 눈치가 극에 달한다. 한 번에 한 가지씩 해야 하는 내게 멀티태스킹은 쉽지 않다. 입으로 무언가 퍼 넣고 씹으면서 모니터의 숫자를 이리저리 맞추고 보고서를 쓸 때면 식사도 엉망, 보고서도 엉망이었다. 함께 일하는 사람이 그래도 밥은 먹고 해야지 하며 김밥, 샌드위치 같은 간편식사류를 책상 위에 올려주는 건 고마워해야 할 마음이지만, 안 먹는 게 나을 타이밍에 눈치껏 먹는 시늉이라도 해야겠다는 생각이 들면 그게 또 서러웠다. 이 정도의 식사를 위해 지금 이 시간 일하고 있는 것은 아니다.

○ ○ ○

회사를 그만두고 나서 가장 신나는 때는 식사 시간이다. 눈치보지 않고 홀로 즐기는 식사는 삶의 질을 높인다. 아무것도 신경 쓰지 않고 편하게 하는 식사는 먹는 데만 알뜰히 한 시간이다. 회사의 점심은 이동, 주문, 대기, 식사, 잡담, 커피, 이 모든 것을 합쳐 한 시간이다. 나처럼 빨리 못 먹는 사람에게는 턱없이 부족할 수밖에 없었다. 준비하는 시간이 대략 30분 정도임을 감안하면, 매 끼니 식사를 준비해 먹고 정리하는 시간이 두 시간 정도가 된다.

　　육식공룡인 나의 식사에는 고기가 빠지지 않는다. 소고기, 닭고기를 교차해 먹고 사이사이 엄마가 보내 주신 떡갈비를 먹는다. 구운 뒤 환기가 어려운 돼지고기는 가끔 한번씩 삶아 먹는다. 식사에는 늘 신선한 샐러드가 함께다. 추운 음식이 싫을 때에는 호박, 가지, 토마토 등을 깍둑 썰어 볶아 먹는다. 담백한 빵이나 밥을 곁들여 탄수화물, 지방, 단백질과 섬유질, 무기질, 비타민을 골고루 함유한 식사가 되도록 한다.

지난 1년간 내가, 나를 위해,
내가 먹고 싶은 것을,
내 속도대로 먹은 일이
몇 번이나 있었을까.

(흰색 접시)
Iittala Sarjaton
by Harri Koskinen,
Finland, 2012~

(대접시)
Denby Duets
Chestnut Apple, U.K.,
2012~2015

나오는 설거지도 꽤 많다. 고기를 양념해 두었던 보관용기와 야채를 씻었던 볼, 도마, 프라이팬, 샐러드볼, 메인 접시와 샐러드 접시, 빵 접시, 드레싱을 만들었던 작은 볼과 먹는 데 썼던 수저가 기본이다. 제대로 준비해 먹으면 정리할 것도 많은 게 당연하니 설거짓감이 많은 것도 사람답게 잘 살고 있다는 증거다. 정리할 것 없는 인생을 살고 싶지는 않다.

때때로 분식류나 회덮밥 등 밖에서 사다 먹는 끼니도 있지만, 이때도 꼭 포장용기에서 음식을 꺼내 그릇에 옮겨 먹는다. 말 그대로 플라스틱 포장용기는 용기(container)일 뿐이지만, 그릇에 옮겨 담은 음식은 나를 위한 한 끼가 된다. 식사 후 설거지를 시작하면서는 전기포트에 물을 올린다. 정리가 끝나는 대로 큰 머그컵 가득 차를 만들어 새 일과를 시작한다. 충만한 식사로 모세혈관 구석구석 피가 맑아지는 기분을 천천히 음미한다. 덕분에 나머지 일과도 싱싱하게 느껴진다.

지난 1년간 내가, 나를 위해, 내가 먹고 싶은 것을, 내 속도대로 마음껏 먹은 일이 몇 번이나 있었는지 생각해 보면 아찔하다. 그러니 식사의 자유란 단순하지만은 않다. 식사의 자유는 결국 세상이 누구를 중심으로 돌아가느냐의 문제다. 나의 미래가 식사의 자유를 최대한 만끽할 수 있는 삶이기만 해도 나는 꽤 성공한 삶이지 않을까.

모든
찻잔은

나를

향한다

늦은 밤 잠자리에 들기 전 따뜻한 차 한 잔이 생각났다.
전기포트에 물을 끓이고 연인이 선물한 이니셜 컵에 차를
우리고 후우 불어 한 모금을 마신다. 모락모락 김이 얼굴에 닿아
잠시나마 피부가 촉촉해지고, 건조했던 눈도 부드러워진다. 찻잔
위에 그려진 그의 이니셜에 잠시 눈길을 두었다.

    찻잔은 내려다볼 수 있어 좋다. 이 순간만큼은 여유롭다.
대부분의 시간을 올려다보며 꿋꿋이 살아가야 하는 사람들에게
내려다봐도 좋은 이 시간은 휴식이 된다. 슬프면 슬픈 만큼,
기쁘면 기쁜 만큼 찻잔에 눈을 가져갈 때는 마음이 고요하다.

의미 없는 회의 시간에 포로처럼 끌려가도 손에 차 한 잔 쥐고 있을 때면 그나마 편안하다. 찻잔에 눈길이 머문다고 뭐라 할 사람은 없다.

찻잔은 또한 안을 수 있어 좋다. 꼬옥 두 손으로 감싸 쥐었을 때 온몸으로 온기가 퍼진다. 긴장했거나 화가 났을 때 찻잔을 안고 있으면 온천에 반쯤 몸을 담근 듯 눈이 스르르 감기는 순간이 잠시 찾아온다. 숨을 고르는 시간이다.

뜨거운 차를 호호 불 때는 입 모양이 아이처럼 귀여워진다. 민들레 씨를 불어 날릴 때의 모습과 비슷하다. 주말 아침에는 잠옷을 입은 채 차를 만들어 이불 속으로 다시 쏙 들어간다. 평일의 바른 생활 어른에게 반항하는 기분으로 어린 마음을 즐겨 본다. 유치해지는 순간. 차를 마시며 잠시나마 순수하게 그 시간을 만끽한다.

차를 마시는 시간에는 침묵이 두렵지 않아 좋다. 할 말이 없는 사람과 밥은 못 먹어도 차는 마실 수 있다. 헤어짐을 앞둔 연인과도, 마음에 들지 않는 소개팅 상대와도. 대화가 끊길 때면 잠시 찻잔에 눈을 가져가거나 홀짝거리며 차를 마셔도 어색하지 않다. 찻잔을 쥐고 있으니 손이 어색하지 않아 더욱 좋다. 밥 먹는 동안은 대답을 하고 싶어도 씹으며 말하는 건 예의가 아니기에 잠시 침묵하게 되고, 그 침묵은 상대에 실례가 될 것 같아 불편하다.

차는 대접하기 부담 없어 좋다. 식사보다 경제적이면서

찻잔은 안을 수 있어 좋다.
숨을 고르는 시간이다.

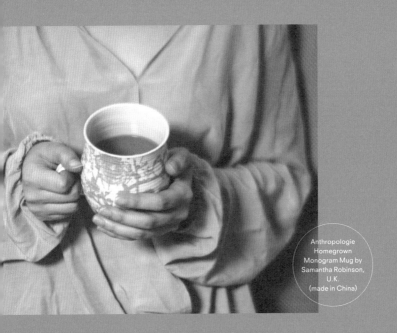

Anthropologie
Homegrown
Monogram Mug by
Samantha Robinson,
U.K.
(made in China)

누군가에게 감사를 표할 수 있고, 받는 사람 입장에서도 마음이
덜 무겁다. 보다 많은 사람과 좋은 시간을 보낼 수 있고 그 시간
동안 다양한 이야기를 나눌 수 있다.

차를 다 마시고 그릇을 정리하다 괜히 찻잔을 반대편으로
돌려 봤다. 이니셜은 한쪽에만 새겨져 있고 오른손잡이인 내가
들었을 때 나를 보고 있다. 반대편에는 아무것도 없다. 다른
잔들을 꺼내 봤다. 마찬가지다. 한쪽 면에만 무늬가 있는 잔들에서
그 무늬는 모두 찻잔을 든 당사자를 향한다. 40~50년이 훌쩍
넘은 시간을 살아온 빈티지 찻잔들도 마찬가지다. 그랬다. 모든
찻잔은 나를 향한다.

무언가 해야만 하는 일들에 둘러싸여 있을 때, 차를 붙어
마시며 잠시 나 자신의 모습을 본다. 나 스스로를 먼저 살피는
시간. 그 시간이 끝나야만 잔에서 시선을 거두어 내 앞의
상대방에게 눈을 옮길 수 있다. 결국 우선순위는 나다. 자신이다.
온 세포 하나하나가 잠시 잠깐 모두 나를 향한다. 찻잔이
좋고, 차를 마시는 시간이 소중한 건 결국 나를 향한 시간이기
때문이다.

52

아이스크림
한 스쿱,

임 피 리 얼
글 라 스
고 블 릿

해외에서는 그곳의 추억을 되살려 줄 물건이라는 이유로
평소보다 관대하게 그릇을 고르게 된다. 꼭 필요한 것도 아니고,
썩 좋아하는 아이템이 아닌데도 이유 없이 눈길이 머무르고
손이 닿는 경우가 생긴다. 논리적으로 설명하기 어려운 알 수
없는 끌림. 이럴 때는 그저 인연이겠거니 하고 물건을 구입한
뒤 담담한 기분으로 가게를 빠져나온다. 좋아하지도 않는
밀크글라스의 고블릿이 그렇게 내 손에 들려 왔다.
　　빈티지숍을 구경하다 보면 주인장의 취향을 살린 특별한
컬렉션이나 공기와 쉽게 반응하는 은 세공품을 열쇠로 잠그는

장식장 안에 넣어 두는 경우를 보는데, 어지간해서는 '이거
열어서 보여 주세요' 하기가 부끄럽다. 한번 볼까 하다 멈추고,
그래도 물어볼까 하다 또다시 멈춘다. 기껏 열어 주었는데 사지
않으면 미안하고, 대개는 주인이 옆에서 지켜보고 있어 물건을
꼼꼼히 살피는 것도 부담스럽다. 영국 브라이튼(Brighton)에 들른
어느 날은 용케 용기를 냈다. 보는 눈마저 시원해지는 파란색의
터키석 고블릿은 가게에 들어서는 순간부터 눈길을 끌더니, 그냥
돌아서기엔 어째 발길이 떨어지지 않았다.

　가까이서 보니 영락없는 캔디바 색깔이다. 여름날 슬리퍼
차림으로 집 근처를 산책하다 돌아오는 길이면 동네 슈퍼나
편의점에서 꼭 아이스크림을 하나 사 먹는데 캔디바는 나의
단골메뉴였다. 이것을 먹는 데는 나름의 방법이 있으니, 한입 크게
베어 물지 않고 윗니가 약 5밀리 정도 들어갔다 싶을 때 멈추어
푸른 빛의 겉부분만 먼저 먹는 것이다. 색이 주는 인상 때문인지
이 잔에서 캔디바 겉부분의 소다맛이 날 것만 같았다. 수많은
그릇을 보았지만, 맛있게 생긴 그릇은 처음이었다.

○ ○ ○

밀크글라스는 특유의 뽀얀 색감 때문에 유리 특유의 차가운
느낌이 덜하다. 파스타 소스를 만들 때 마지막에 생크림을 한 컵
넣으면 온 입에 부드러움이 가득 퍼지듯, 우윳빛이 투명한 유리가

가진 냉랭함을 조금 덜어 주는 듯하다. 콜라 사이다는 안 마셔도 암바사, 밀키스는 한번씩 마셨던 것도, 전통주는 못 마시지만 막걸리는 먹음직스럽게 느꼈던 것도, 모두 우윳빛이 가진 부드러움에 대한 환상 때문이다. 게다가 언뜻 보면 밀크글라스는 얇고 단단한 도자기 같기도 한데, 이는 밀크글라스가 널리 사랑받게 된 연유이기도 하다.

밀크글라스는 18세기 이후에 대중화되었다고 한다. 유리 제품으로 유명한 이탈리아의 베니스에서 16세기부터 생산되었는데, 이태리어로는 라티모 글라스(lattimo glass)라 불렸다. 당시 서양에서는 중국에서 건너온 자기(porcelain)가 비단이나 설탕과 같은 하나의 사치품으로 여겨졌다. 그때까지 서양의 도자기란 도기(earthenware)나 석기(stoneware)가 전부였는데, 자신들이 가진 투박한 그릇과 달리 자기는 얇고 반투명의 빛깔이었으므로 더욱 특별했을 것이다.

자기는 고온에서 구워지면서 흙과 유약이 단단히 결합하는 과정을 거치는데, 이런 과정 덕분에 얇지만 튼튼하고 부딪히면 맑은 소리가 울려 퍼지는 특성이 있다. 서양 사람들이 그와 비슷한 효과를 낼 수 있는 여러 가지 방법으로 실험을 거듭했고 그 와중에 밀크글라스가 탄생했다는 설이 있다. 그러나 처음부터 의도한 것인지, 아니면 우연히 만들었고 결과물이 자기의 느낌을 가졌기에 인기를 얻은 것인지는 아직 의견이 분분하다.

분명한 것은 18세기 후반부터의 추세다. 그 시기에 가서야 밀크글라스 고블릿.
평범한 시간이 조금은
특별해진다.

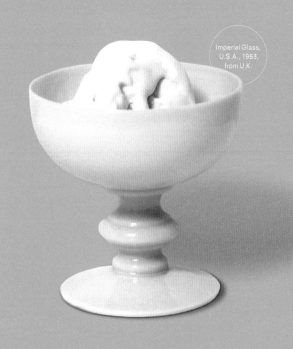

Imperial Glass,
U.S.A., 1963,
from U.K.

서양에서 자기 생산이 이루어졌는데, 왕실에서 관리할 만큼 귀한 물건들이어서 일반 대중이 사용할 수는 없었다. 이때 차선책이 된 것이 밀크글라스였다. 컵, 병, 장식소품 등 일반 가정에서 쓰기 좋은 밀크글라스가 생산되었고, 특히 1880년대 이후 프랑스에서 밀크글라스가 크게 유행했다. 지금도 프랑스 문화 하면 전통이 있는 고급문화라는 이미지가 있듯, 당시의 미국 상류층 사이에서도 프랑스 문화가 '핫한' 스타일이었는데, 밀크글라스 소품들 역시 그렇게 미국 땅으로 건너갔다. 빈티지 컬렉터들 사이에서도 이때의 프랑스산 밀크글라스는 꽤 높은 값에 거래된다.

○ ○ ○

캔디바 색깔을 만끽하며 찬찬히 들여다보는데, 역시 주인장이 내 곁을 떠나지 않고 서 있다 한마디씩 건넸다. 미국 임피리얼 글라스(Imperial Glass)사의 제품으로 1963년 딱 한 해에만 생산되어 흔치 않은 잔이라고 했다. 지금까지 미국에 가 본 적이 없어서 그 나라의 옛날 그릇을 접할 일이 좀처럼 없었는데 좋은 기회였다. 게다가 다리가 달린 컵을 통칭하는 고블릿(goblet)은 그 모습 자체가 무언가 고급스럽다. 〈해리 포터와 불의 잔Harry Potter and the Goblet of Fire〉에서 투표용지를 집어넣던 기둥 위의 커다란 고블릿처럼 왠지 신비롭기도 하다. 흔쾌히 사 들고

집에 와서 마침 전날 사다 둔 바닐라 아이스크림을 동그랗게
떠 올렸다. 실온에 두는데도 왠지 더 시원한 느낌이 들어
아이스크림도 잘 녹지 않을 것 같았다. 고블릿에 디저트라니,
제법 멋있는 시간이다. 음식은 입으로만 먹는 것이 아니라 눈으로
보고, 소리를 듣고, 냄새를 맡고, 손으로 느끼는 것이라는데
그 시간 동안 나는 아이스크림 하나를 오감으로 즐겼다. 시원한
색깔, 스푼과 유리가 부딪히는 소리, 매끄러운 그릇의 표면……
시원하면서 부드럽고 달콤한 아이스크림이 그 모든 감각과
너무나 잘 어우러졌다.

나중에 찾아보니 임피리얼 글라스는 1901년 설립되어
1984년까지 다양한 유리제품을 만들었던 오하이오
기반의 회사였다. 밀크글라스로 익숙한 펜턴(Fenton)사와
페더럴(Federal)사 역시 이 지역의 유리 제조사다. 내가 태어나기
직전에 역사 속으로 사라졌지만, 이들의 디자인을 사랑하는
컬렉터들은 온오프라인으로 활발하게 활동하며 임피리얼
글라스를 함께 추억한다. 누구나 알기 쉽게 임피리얼 글라스의
역사와 주요 디자인을 설명하고 스터디 그룹도 운영하며, 멤버십
제도를 통해 1년에 한 번씩 정기적으로 모인다. 이전의 공장
자리에 박물관을 설립할 정도이니 열정이 참 대단하다.
한 사람을 사랑하더라도 그 마음이 머지않아 색이 바래고 때로는
사라지게 마련인데 이들처럼 오랜 사랑을 위해서는 아직 내가
알지 못한 상대방의 면모를 이해하려 꾸준히 노력해야 한다는

것 같다. 단순히 그 물건을 가졌다는 데 그치지 않고 어떤 생각을 담아 누가 어떻게 생산했는지, 어떻게 관리해야 하고 어떻게 발전시킬지 다방면으로 노력하며 사랑을 이어 나가는 태도를 배운다.

아이스크림을 먹을 때를 제외하면 이 고블릿을 쓰는 일이 거의 없다. 왔다 갔다 집어 먹을 사탕을 담아 테이블에 놓아도 괜찮을 것이고, 여럿이 함께하는 티타임에 각설탕을 담아 슈거볼로 써도 무난하겠지만 그 무얼 담아도 바닐라 아이스크림만큼 어울리는 게 없다. 이 고블릿은 자연스럽게 내 아이스크림 전용 그릇이 되었다. 아이스크림 가게에서 사 오든 동네 슈퍼에서 사 오든, 그 어떤 아이스크림도 이 녀석과 함께라면 최고급 디저트가 됐다. 평범한 시간을 조금은 특별하게 즐기는 것. 귀한 그릇을 쓰는 데는 이런 재미가 있다.

집이

그 리 울
때

대학생이 되어 서울살이를 시작했을 때 매일 울었다. 입학을
앞두고 엄마와 함께 새 책상을 사고 새 컴퓨터를 사고 새 옷을
사는데 그것이 이별 선물인 것만 같아서 가슴이 아렸다.
그래 봤자 서울 사는 이모네 집에서 지내는 것이었지만 밤에
자려고 누우면 내 집과의 아득한 거리가 순식간에 실감 나 베개가
젖도록 울었다. 아침에 눈을 뜨면 우리 집인가 하는 순간적인
착각이 들다가, 그것이 아님을 깨닫고선 또 슬펐다. 방학을
하자마자 그 길로 집으로 내려가 개학하기 하루 전날 밤이 되어야
서울로 돌아왔다. 서울로 가는 버스에 올라 창밖의 엄마 아빠에게

손을 흔들면 한동안 눈물이 그치질 않았다. 사연 있는 여자라도 되는 양 떠나며 울고, 자다 깨서 울고, 도착해서 방 정리를 해 놓고선 또 울었다. 무슨 부귀영화를 누리려고 내 집을 두고 멀리 혼자 와서 이렇게 덩그러니 놓여 있을까. 주말엔 가족들과 외식하고, 함께 쇼핑도 가고 영화도 보는, 부모님과 함께 살고 있는 친구들이 무척 부러웠다. 어렸을 적 놀이터에서 다 함께 놀다가 순이야, 영희야, 엄마들이 하나씩 불러 친구들이 집으로 가버리면 모래밭에 홀로 남겨지는 그런 기분이었다.

언젠가 고향 친구에게 결혼을 하니 무엇이 좋으냐고 물었더니 이방인의 느낌이 없어져 좋다는 답이 돌아왔다. 퇴근하고서 지하철이 한강을 지날 때 저 멀리 지는 해를 보면, 어쩌다 보니 서울 땅에 발붙이고 사는 이방인인 자신이 그렇게 외로웠다고. 그 느낌이 무엇인지 안다.

○ ○ ○

우리 집은 남쪽의 바닷가 여수다. 열한 살부터 고등학교 졸업 때까지 살았으니 그곳이 곧 고향이다. 지대가 높은 학교에서는 창문 너머로 바다가 보였고, 자습 시간이면 짝꿍과 책상을 창 쪽으로 돌리고선 바닷바람을 맞으며 수다를 떨곤 했다. 자율학습 땡땡이를 치고 학교 앞 동산을 넘어 가슴이 뻥 뚫리는 모터보트를 타러 가는 친구들도 많았다. 태풍이 불 때면 학교에선 섬에서 통학하는 친구들을 서둘러 집으로 돌려보냈다. 다른 학생들도 평소보다 일찍 귀가 조치를 시켰다. 바람에 날릴 수 있는 간판들을 조심하고, 만에 하나의 상황에 대비하기 위해 여럿이 함께 손 잡고 가라는 말씀도 이어졌다. 그저 바람이 휘몰아치는 상황이 재미있고 집에 빨리 가서 좋았던 우리는 어차피 쓰나마나인 우산을 내팽개치고, 커다란 쓰레기봉지에 눈 구멍과 숨 구멍을 뚫어 뒤집어쓰고 집으로 향했다. 가끔 엄마가 차로 데리러 오면 나는 골목길 담벼락에 바람과 비를 피해 쪼그려 앉아 있다가 차로 뛰어갔고, 우리는 도로 위로 넘실거리는 바닷물을 가르며 집으로 돌아왔다.

서울에서도 물을 가까이할 때가 좋았다. 한강이 있어서 정말 다행이었다. 신입생 때는 친구와 유람선을 탔고, 내려서도 흥이 가라앉질 않아 한강공원 놀이터에서 그네를 타며 크게 노래를 불렀다. 다이어트를 할 때도 한강공원이나 다리 위를 달렸다. 연애할 때도 한강은 필수코스로 좋을 때도, 싸울 때도, 조용한 이야기가 필요할 때도 한강으로 발길이 닿았다. 흐르는 강물을 보고 앉아 있으면 꽉 막힌 마음이 그나마 좀 풀리는데, 동시에 집 생각이 간절해졌다. 한강이 위안이 되긴 하지만, 그곳이 여수의 그 바닷가는 아니지 않나. 집 생각이 나지만 정작 나는 집을 떠나 있으니 현실을 직시하는 순간이다.

혼자 살기 시작한 뒤 이런 기분이 들 때면, 집에서 보내 준 음식을 엄마가 사 준 그릇에 담아 먹었다. 엄마는 장어탕,

짱뚱어탕, 갈비찜, 불고기 등 만들어 먹기 어려운 음식들을 꽁꽁
얼려 떨어지지 않게 보내 주셨는데, 그렇게 먹다 보면 집이
조금은 가까워진 느낌이었다.

　　그리움의 실체는 기대고 싶은 마음일지도 모르겠다.
사회적으로야 스무 살이면 성인이지만, 기대고 싶은 마음에서
벗어나지 못했으니 아직 그때까지의 나는 심리적인 미성년에
가까웠다. 집과 떨어져는 살아도 이모의 보살핌을 받고 있을 때라
나는 그저 이모 말고 엄마!를 외치는 어린아이와 같았다.

　　이모네 집에서 독립해 혼자 산 지 1년쯤 지나고 나서는
집이 덜 그리웠다. 어딘가 기댈 것이 아니라 내 손으로 상비약을
구하고, 바퀴벌레가 튀어나와도 내가 잡아야 했다. 하수관이 막혀
집이 물바다가 돼도, 위층에서 물이 새거나 보일러가 고장 나도
모두 내 몫이었다. 어디선가 슈퍼맨처럼 나타나 줄 사람은 없었다.
그저 문제들을 하나씩 해결하며 집에 전화를 걸어 잠시 푸념할
뿐, 해결사는 오직 나뿐이었다.

　　한 해 두 해 지나고 혼자인 생활이 10년차에 접어드니
어느 순간부터는 '집'이라는 단어를 분리해 쓰게 되었다. 집 하면
직관적으로 서울의 내 집이 먼저 떠오른다. 부모님이 계시는
곳은 여수집 혹은 고향집으로 부른다. 그리고 여수집은 더 이상
그리움의 대상이 아니다. 그리움이란 지금은 없는 대상을 애타게
찾는 마음이고, 상실이나 결핍을 전제로 한다. 원래 내가 기댈 수
있던 곳을 잃은 갓 스무 살의 나는 하염없이 집을 그리워했다.

집이 그리울 때
여수에서 엄마가 보내 준
음식들을 먹었다.

(대접시)
Arabia Koko by
Kristina Riska & Kati
Tuominen-Niittylä,
Finland, 2005

언제고 빨려 들어갈 만큼 집에는 엄청난 중력이 작용했다. 지금의
내게는 상실도 결핍도 없다. 모든 문제를 해결할 내가 있으니
내게도 그만큼의 무게가 생겨 이제는 고향집과 내 집이 나란히
동등하다.

○ ○ ○

"내 살림이야. 내가 알아서 할게."

　　내 집에 한번씩 놀러 오면 엄마는 냉장고 청소부터 시작해
이것저것 눈에 차지 않는 구석들을 정리하곤 했다. 처음에야
좋았지만 점점 내 영역을 침범당하는 느낌이 들었다. 그래서
선언했다.

　　어쩌면 그 말이 엄마는 서운했을지도 모르겠다. 그 뒤로
엄마는 간단한 설거지 외에는 관여하지 않는다. 대신 내 살림들을
이것저것 구경하며 예쁜 그릇들을 꺼내도 보고 새로 들인 냄비의
성능을 묻기도 한다. "너 때문에 나도 예쁜 그릇 갖고 싶잖아"
하며 새 접시도 몇 장 들이셨다. 내 집에서는 엄마가 아니라 내가
아침을 준비하고, 엄마는 부엌을 왔다 갔다 하는 대신 식탁에
앉아 여유롭게 식사한다. 움직이는 사람은 나다. 여수집에
가면 반대로 내가 엄마의 새 주방살림들을 구경하고 성능을
묻고, 엄마가 준비한 밥을 냠냠 여유롭게 먹는다. 사회적으로도
심리적으로도 성인이 되고 나니, 친구 '같은' 부모가 있어서가

아니라 부모와 자식이 진짜 친구가 될 수 있어 좋다.

　　요즘은 집에서 보내 주는 음식들이 예전과는 조금 달라졌다. 완제품의 요리가 아니라 좋은 식재료가 온다. 집에서 담근 효소 또는 할머니 밭에서 직접 재배한 참깨, 고춧가루, 마늘, 생강, 계피 등 농산물과 엄마의 단골집에서 산 새우, 전복, 조개관자살 등 신선한 해산물, 그 밖에 참기름과 들기름 등이다. 이 재료들을 가지고 나는 영양가 있는 한 끼 식사를 만들어 먹는다. 물론 엄마표 떡갈비나 각종 탕 종류는 엄마를 따라갈 수 없지만, 이것들은 차차 배우는 것으로.

1인 가구는

봉이
아니다

내가 가장 즐겨 먹는 음식은 샐러드다. 매일 하루 한 끼 정도는
여러 가지 종류의 채소를 차가운 물에 깨끗이 씻어 물기를
빼고 커다란 볼에다가 먹기 좋은 크기로 썰어 넣는다. 채소는
굳이 가리지는 않되, 다양하게 먹어야 좋다. 케일은 씹는 맛이
있으면서도 가슬거리지 않아 혀에 닿는 감촉이 좋고, 겨자 잎은
상큼한 향이 매력적이다. 적근대는 붉은 줄기의 색감이 입맛을
돋우고 비타민은 아삭아삭 씹으며 줄기의 수분을 즐길 수 있다.
샐러드에 제철 채소를 곁들이면 이게 또 별미다. 봄이면 냉이나
달래를 다져 넣기도 하고 향긋함으로는 참나물도 빠지지 않는다.

여기에 양상추를 곁들이면 특유의 바삭바삭한 식감이 좋고, 양배추도 적당한 크기로 잘라 넣으면 뽀드득 소리에 기분이 좋다. 색감이 다양하면 눈도 즐거우니 여러 색의 파프리카와 토마토를 더하고, 양송이버섯을 생으로 썰어 넣으면 그 안의 수분이 입안 구석구석 퍼져 나가 풍미롭다.

샐러드에 핵심 메뉴를 더하면 훌륭한 한 끼 식사가 된다. 병아리콩, 연어, 닭고기, 달걀 등 단백질이 단골메뉴다. 기분 좋은 날에는 기름기가 덜한 소고기 안심을 살짝 구워 썰어 올린다. 다양한 치즈를 종류를 바꾸어 가며 곁들이면 또 새로운 세계가 열린다. 요즘은 대마 씨앗의 껍질을 벗겨 만드는 헴프시드를 치즈처럼 뿌려서 마무리하는데 이 또한 단백질이 많이 함유된 슈퍼푸드란다. 하얀 도화지에 그림을 그려도 채색 방식에 따라 다른 그림이 되는 것처럼, 기본 베이스인 채소가 같아도 주 메뉴로 무엇을 고르냐에 따라 완전히 다른 음식이 된다.

드레싱도 다양하다. 대개는 가장 쉽고 간편하게 올리브유를 휘리릭 둘러 허브나 파슬리가루를 톡톡 뿌리는 정도고, 여기에 간혹 발사믹 식초를 더한다. 달콤하게 먹고 싶을 때면 올리브유에 꿀을 살짝 섞어 향을 즐기고, 고기를 넣은 샐러드에는 매실청을 더해 소화력을 높인다. 한국식으로 참기름이나 들기름을 넣으면 또 전혀 새로운 맛이 된다. 이때는 들깻가루와 고춧가루를 살짝 곁들이는 것도 좋다. 외식을 하건 집에서 먹건 한 끼는 간이 센 음식을 먹게 마련이니 하루에 한 끼 정도는 소금 없이 채소들

고유의 간을 느껴 본다. 매우 싱거울 듯하지만, 그렇지도 않다. 갑자기 출출해진 저녁에는 같은 방식으로 준비한 채소 위에 방금 삶아 찬물에 헹군 소면을 넣어 고추장과 식초에 버무린 뒤 김가루를 살짝 뿌려 내면 훌륭한 비빔국수가 되고, 파스타 면을 삶아 페스토를 넣고 버무리면 훌륭한 콜드파스타가 된다. 뜨끈한 밥에 고추장, 참기름으로 비빔밥을 해 먹어도 좋다.

　　샐러드 하나를 다 먹는 데 한 시간 정도가 걸린다. 그만큼 어마어마한 양의 풀때기를 먹는다. 모르는 사람이 보면 깜짝 놀랄 정도다. 매일 한 끼를 소 여물 먹듯 대량으로 먹어 대니 생각보다는 많은 식비가 들지만 아무리 그래도 밖에서 사 먹는 커피 한 잔, 많아 봐야 짜장면 한 그릇 값이면 충분하다. 매 끼니도 아니고 하루에 한 번, 삐뚤어지고 싶은 며칠을 감안해도 일주일에 다섯 번 정도 내 몸을 챙기는 시간이라 생각하면 그 정도 투자는 할 수 있다. 특히 저녁 시간에 이 정도의 샐러드 한 끼면 다음날 아침 쾌변을 볼 수 있다. 그러니 가까운 지인들에게 샐러드 사랑을 틈날 때마다 전파한다.

　　적절한 가격, 적절한 맛, 적절한 양의 샐러드를 밖에서 찾는 건 쉽지 않다. 한때 1인가구 여성들을 대상으로 매일 샐러드 도시락을 배달해 주는 서비스가 인기였는데 그 실물을 보고 정말 놀랐다가 가격을 듣고는 자빠질 뻔했다. 고작 해야 양상추 두어 장 찢어 그 위에 반으로 자른 방울토마토 두세 개, 거기에 한 뼘 길이의 닭가슴살과 사이드로 마요네즈에 버무린 단호박

커피 한 잔 값으로
어마어마한 양의
샐러드를 허하라!

글라스락
믹싱볼 4L,
한국

한 덩이가 다였다. 한 끼에 만 원이 훌쩍 넘는 식사가 이 정도의 퀄리티라니, 이게 어떻게 한 끼 식사란 말인가. 단언컨대 두 시간 뒤면 굶주린 배가 고함을 칠 것이었다. 그 반에 반도 안 되는 비용으로 이보다 족히 네 배는 많은 샐러드를 금방 만들 수 있는데 말이다. 장을 보고, 채소를 씻고 다듬는 시간이 아까워서 그랬을까?

어느 날 읽은 경제신문의 기사 첫 마디는 '1인가구가 새로운 소비 트렌드로 떠오르고 있다'였다. 맙소사! 트렌드라고?! 일단 이 문장은 비문이다. 1인가구는 트렌드가 될 수 없다. 봄, 가을 결혼식이 많다고 하여 그 시즌에 2인가구가 트렌드가 아닌 것처럼, 또한 노령가구의 증가 자체가 하나의 트렌드가 될 수 없는 것처럼 말이다. 기사에서 하고 싶었던 말은 아마 '요즘은 혼자 사는 사람들을 위한 제품들이 많다'가 아니었을까? 그 정도 이해한다 하더라도 이런 기사들이 든 사례들은 1인가구로서 전혀 공감이 되지 않는 것들뿐이었다. 고가의 암체어를 들여올 수 있는 1인가구가 몇이나 될까? 그리고 왜 기능보다는 디자인을 앞세워 팬시해 보이는 가전제품이 1인가구에 맞춤이라고 하는 걸까? 내가 분개했던 샐러드 도시락도 이런 예다. "혼자여도 나는 소중하니까" 하는 식의 문구를 그럴싸하게 붙이고 고가의 가격 정책을 쓰면 '아하! 이건 꼭 사야 해!' 하며 물개박수를 연발할 줄 알았나. 슬쩍 작고 예쁘게 포장해 '1인가구를 위한'이라는 태그를 붙이면 기꺼이 지갑을 열 것이라 생각했나.

혼자 사는 사람들을 부르는 호칭도 가격대에 따라 표현이
다르다. 꼭 이런 고가 제품에는 '1인가구'라는 표현을 쓴다.
이전에 쓰던 '골드미스'라는 단어가 여성 고객만을 겨냥했던 것에
비해 좀 더 중성적인 느낌이다. 중간 가격대의 제품들, 예를 들면
마트의 소포장 음식 같은 경우에는 '싱글족'이라는 표현을 많이
쓴다. 천 원, 2천 원 하는 저가 제품에는 '자취생'이라는 표현이
붙는다. 내 한입을 내가 책임지는 사람이라면 모두가 1인가구인데
말이다.

문제는 나 스스로도 그러한 마케팅 프레임에 나를 맞추어
생각하는 때다. 잡지를 마구 넘기다가도 '1인가구에 제안함' 등의
문구가 보이면 시선이 멈추고, 혼자 사는 다른 사람들의 애장품을
보면 왠지 내게도 그럴싸한 물건이 하나 있어야 할 것 같은
느낌이 든다. 디자인이 예쁜 수입 주전자, 냉장고, 가습기,
천연 유기농 오일 성분의 고가 바디용품이 대표적이다. 그런
물건이 없는 나는 하나의 가구로서 자격이 없는 것만 같다.
1인가구라면 이 정도는 해야지 하는 마음이 든다. 다행히 나의
경우에는 샐러드 도시락의 실물을 보고 견적을 내며 그 마음에
끝을 보았다.

1인가구가 좋은 점은, 살림에서 고려 대상이 오로지 나
하나라는 것이다. 내가 좋아하고 싫어하는 것만 고려하면 된다.
대충 수학적으로 따져도 2인가구가 되면 고려해야 할 것이 내가
좋고 싫은 것, 상대가 좋고 싫은 것 하여 2 곱하기 2로 네 배,

3인 가구가 되면 2 곱하기 2 곱하기 2이니 여덟 배다. 애초에 혼자인 내가 나에 대한 성찰이 없이 시장에 휘둘려 소비하다 보면, 그 이후에 올바른 소비가 될 리가 없다. 시장에서 만들어 준 1인가구의 타이틀이 아니라 있는 그대로 1인가구의 입장에 선다. 샐러드 도시락이 아니라 직접 만든 샐러드를 즐기는 일은 별것 아니지만 하나의 실천이다.

나는 그저 내게 필요한 것을 적정한 가격에 골라 오래 쓸 수 있는 이 집의 책임자가 되고 싶다. 웬만한 집에서는 소화하지 못할 양의 야채를 섭취하니, 매주 장에 가면 가성비가 떨어지는 소포장 코너는 좀처럼 이용하지 않는다. 재료가 좀 많아도 조리법을 살짝 바꾸어 쓰면 그만이다. 누군가에게는 성능이 좋은 청소기를 들이는 일이, 좋은 에스프레소 머신을 들여오는 일이, 혹은 냉장고 수납용기 하나를 구하는 일이 될 수도 있다. 물건이 저가이든 고가이든, 혼자 쓸 물건이라고 해서 절대 아무거나 쉽게 들이지는 않는다. 1인가구는 시장의 봉이 아니다. 혼자의 삶에 막중한 책임을 가지고 의무를 다하는 살림꾼이다.

내

그 릇 의   기준

서울에서는 총 다섯 군데의 집에 살았다. 고향집과 영국 학교의
기숙사까지 포함하면 모두 여덟 번(여수-서울1-서울2-서울3-
여수-런던-여수-서울4-서울5) 살림을 옮겼다. 그동안 많은 그릇이
나를 거쳐 갔다. 처음부터 명확한 기준이 있던 것은 아니지만, 몇
차례의 정리 끝에 남겨진 그릇들을 찬찬히 살펴보면 지난 10년을
관통하는 두 가지의 축이 있다. 하나는 전통이요, 또 다른 하나는
스토리다. 이 둘 중 어느 하나에도 해당하지 않는 것들은 새 집에
발붙이지 못한 채 과거의 한켠으로 사라졌다. 용돈을 타서 쓰는
학생 때 싼 맛으로 들인 그릇이나, 한때 그저 유행이어서 들인

알파벳 이니셜의 그릇 같은 것들이다.

전통을 중요하게 생각하는 이유는, 기본적으로 오랫동안 명성을 이어 가는 것은 존중받을 만한 가치라고 믿기 때문이다. 일반 회사에서는 사람 한 명이 바뀌어도 인수인계가 원활하기 어려운데, 오래전 도공들이 쌓은 기술이 그다음 세대에 전해지고 발전하고, 또 그다음 세대에 이어져 100년이고 200년이고 널리 이름을 떨친다는 것은 인정받을 만하다. 독일의 대표적인 도자기 회사 빌레로이 앤드 보흐(Villeroy & Boch)는 1748년, '여왕의 도자기'라 불리는 영국의 웨지우드(Wedgwood)는 1759년, 덴마크 왕실의 도자기 로열 코펜하겐(Royal Copenhagen)은 1775년, 실용적인 석기류를 생산하는 덴비(Denby)는 1809년, 미국의 도자기 회사 하면 떠오르는 레녹스(Lenox)는 1889년에 시작되었으니 그 세월도 엄청나지만 그 시간 동안 사람들이 쏟아부었을 에너지도 대단하다.

200년은 단순한 기술만으로 버틸 수 있는 시간이 아닐 것이다. 시대를 초월한 철학이 담겨 있기에 가능한 일일 것이다. 따뜻한 밥 한술로도 하루의 피로가 씻기고 '밥심'으로 사람들은 내일을 버틸 힘을 얻는다. 그러니 그 밥을 담는 그릇이 하나의 공산품에 지나지 않는다고 할 수 있을까? 단 하나를 들이더라도 의미 있는 그릇을 고르는 일은 언제나 옳다.

전통이 있다는 것은 좀 더 편리한 선택을 돕는다. 혼자 살림을 시작할 때 세간살이를 사러 백화점이나 아웃렛에 가면

물건은 많은데 어떤 것을 사야 할지 막막한 경우가 있다. 엄마의
찬장이나 티브이와 잡지 광고에서 본 것이 전부일 뿐, 그릇에
별 관심이 없었던 사람이라면 아는 브랜드도, 아는 제품도 없고
돌아보면 그 접시가 그 접시, 다 비슷해 보인다. 이럴 때 오랫동안
많은 사람들에게 사랑받았던 브랜드를 선택하면 갈등의 여지가
상당 부분 준다. 1790년부터 지금까지 이어지는 로열 코펜하겐의
블루 플루티드(Blue Fluted)나, 1920년대에 론칭한 카티지
블루(Cottage Blue)를 재해석한 덴비의 임피리얼 블루(Imperial
Blue)는 유행 없이 어느 집에서나 오래 쓸 수 있는 디자인이다.
내가 살 때는 긴가민가하더라도 남이 인정해 주면 또 다른
느낌인데, 오랜 전통을 자랑하는 브랜드의 대표 디자인은 알아봐
주는 사람을 만나기도 쉽다.

○ ○ ○

얼마 전 옷장 정리를 하다 보니 지금은 사라진 추억의 브랜드
옷이 무척 많았다. 아무리 멀쩡해도 입고 다니기는 왠지 꺼려지는
옷들이다. 그릇도 마찬가지다. 나름 마음을 먹고 샀던 그릇이
'부도 정리 파격 세일'의 현수막 아래에 헐값으로 넘겨지는
것을 보면 기분이 좋지만은 않다. 초유의 불경기도 이겨내고
전쟁에서도 살아남은 브랜드들은 이런 점에서 믿음직하다.
또한 오랜 명성을 지닌 브랜드에는 당대 최고의 디자이너와

남겨진 그릇에는
전통과 사연이 있다.

Rörstrand Koka
Blue by Marianne
Westman, Sweden,
1956~1988

기술자들이 모이게 마련이니, 보기에는 비슷해 보여도 쓰면 쓸수록 유사품과는 비교할 수 없는 섬세함을 느낄 수 있다. 컵이 입술 사이에 닿았을 때의 감촉, 컵에 닿은 액체가 입안으로 흘러 들어가는 각도, 손목에 무리가 가지 않는 손잡이의 위치, 음식을 서빙할 때 안정감을 주는 그립, 시선을 음식으로 끌어들이는 볼의 매끄러운 곡선 등은 외형만을 비슷하게 본딴 다른 제품들에서는 찾기 어렵다. 잘 관리하면 미래의 자녀에게, 그다음 세대에게 물려줄 수 있으니 투자비용 대비 가치가 높다.

이런 브랜드들은 디자인과 가격대가 다양해서 선택의 폭도 넓지만, 그래도 좀 더 저렴하게 들여오는 방법은 아웃렛을 찾는 것이다. 특히 선물용이 아니라 직접 사용하고자 한다면 세컨드 퀄리티도 무리가 없다. 아주 작은 돌기 하나가 있다거나 채색에 얼룩이 있다는 등 일등품이 되지 못한 데는 이유가 있지만, 누가 말해 주기 전에는 알 수 없을 만큼 미세해서 선물하긴 애매해도 직접 쓰기에는 문제가 없다. 아웃렛 중에서도 해당 브랜드의 본고장에 위치한 매장이 가장 저렴하고 물건도 다양하니 여행 중에 재미 삼아 들르기 좋다. 최근에 들렀던 헬싱키 외곽 아라비아 팩토리(Arabia Factory)에서 큰 카트 가득 세컨드 퀄리티 그릇들을 담는 한국인 신혼부부를 본 적이 있는데, '어머 어머!'를 연발했던 것으로 보아 아마도 한국과 가격을 비교하며 신이 났던 것 같다.

그 외에 내 찬장에 남겨진 그릇들은 선물을 받았거나

여행 중에 샀다. 하나둘 들이기 시작한 것들이 이제는 제법 찬장을 가득 메운다. 간단한 소스를 담기 좋은 그리스산 종지, 이국적인 분위기를 물씬 풍기는 기념컵은 지인들이 여행지에서 선물로 가져다 주었고, 언젠가의 생일 선물로 친구가 공방에서 직접 주문 제작한 다기세트도 한켠에 자리한다. 추위가 가시지 않은 초봄 바닷가의 플리마켓에서 하얀 수염이 산타클로스 같던 할아버지에게 사 온 작은 컵, 연인과 들렀던 런던 첼시 인테리어숍의 컵, 첫 해외출장지였던 필리핀 마닐라의 두툼한 나무 접시 등 누구와 함께, 언제, 어디서, 무엇을 했는지 고스란히 담은 그릇들이다. 그곳의 거리, 사람들과 음식, 햇빛과 바람 같은 여행지의 모든 추억과 나를 아껴 주는 주변 사람들의 배려가 담겨 있는 이 그릇들은 전통과 역사는 없지만 나에게 의미가 깊다.

하루하루는 느리게 가는데, 임대차 계약 만료일은 왜 이리 빨리 돌아오는지 또 한번 짐을 꾸려야 하는 때가 온다. 자주 손이 가지 않는 그릇 몇을 처분하면 변하는 취향에 맞춰 새로 들인 또 다른 그릇이 그 자리를 메울 것이다. 마치 릴레이를 하듯 내가 쓰고 나면 그다음 주인에게, 또 그다음 사람에게 건너간 그릇들은 나보다 훨씬 오래 남겨질 수도 있을 것이다. 내가 나름의 기준을 가지고 들인 그릇들만이 나와 함께 있는 동안 나와 좋은 추억을 쌓을 수 있다. 그 한시적인 시간을 의미 있게 보내기 위해서는 전통이건 사연이건 나에게 맞는 소중한 선택을 해야 한다.

〈셜록〉 보셨나요?

영국 드라마 〈셜록〉의 한 장면. 숙적인 모리아티(Moriarty)가 셜록의
집을 찾는다. 셜록은 그의 방문을 짐작한 듯 차를 끓인다. 천재적이라고
자부하는 자신의 추리력에 가장 강력한 맞수인 모리아티. 그의 존재감에
걸맞게 셜록은 캐주얼한 머그컵 대신 고급 티웨어를 낸다. 주전자에
물이 끓고, 차가 우러날 적절한 타이밍에 때마침 모리아티가 등장한다.
차문화가 발달한 영국이지만 그렇다고 모두가 영화에서처럼 격식 있는
티타임을 가지는 것은 아니다. 머그컵에 티백을 우리는 것이 보통이다.
그러나 누군가를 집에 초대해 일종의 대접을 할 때는 적절한 티웨어가
등장하는데 찻주전자인 티팟(teapot), 설탕을 두는 슈거볼(sugar
bowl), 따뜻하게 데운 우유를 담는 밀크저그(milk jug), 찻잎을 거르는
스트레이너(strainer)와 받침이 있는 찻잔세트(tea cup & saucer)가
일반적인 구성이다. 이들 티웨어는 섬세하면서도 단단한 본차이나
소재가 가장 영국적이다.
〈셜록〉에 등장한 티웨어는 도자기 디자이너 알리 밀러(Ali Miller)가
디자인한 제품으로, 방송 이후 주문량 폭주로 전량 품절되는 일까지

벌어졌다. 본차이나 소재에 영국의 지도가 블랙으로
모던하게 그려져 있으며 24캐럿 골드로 마무리된 디자인은
성별을 불문하고 전세계 〈셜록〉의 팬심을 자극했다.

셜록과 모리아티의 티타임 장면은 둘 사이의 팽팽한 신경전을 보여
준다. 일단 셜록은 '네가 올 줄 나는 이미 알았지. 그래서 타이밍도 기가
막히게 맞추지 않았겠니? 자, 차를 마셔 봐. 아주 맛이 좋을 거야' 하는
식으로 차를 건넨다. 여기에 적절한 티웨어는 호스트의 품격을 세워
준다. 특히 찻잔 앞면에 그려진 영국 지도가 두 사람의 클로즈업된
얼굴과 어우러져 '누가 영국의 왕인가' 하는 긴장감을 극대화한다. '모든
찻잔은 나를 향한다'에 부합하는 이 찻잔은 왼손잡이인 모리아티가
들었을 때 겉면의 지도와 안쪽의 왕관이 모두 바깥쪽을 향하게 돼
시청자 입장에서는 그의 얼굴이 영국의 지도와 왕관과 함께 보이며 마치
모리아티가 셜록과의 대결에서 주도권을 잡았다는 인상을 준다.

〈셜록〉에서 발견하는 또 다른 즐거움은 캐릭터에 따라 다른 티웨어다.
셜록의 동료이자 절친 존 왓슨(John Watson)은 RAMC(Royal Army
Medical Corps) 소속의 군의관으로 아프간 전쟁에 참전했던 인물이다.
나중에야 결혼하지만 처음 두 시즌에서는 독거남이었던 그는 그저
편리한 머그컵에 차를 마신다. 그가 사용했던 머그컵 또한 히트상품이
되었는데, 그 컵에는 왕관과 뱀, 월계수가 합쳐진 영국의 육군 모표가
그려져 있다. 반면 부유한 집안의 도련님으로 자란 셜록은 늘상 집주인
허드슨 부인이 준비한 티웨어 세트에 차를 마신다. 어느 나라나 그렇듯
나이가 지긋한 어르신들은 격식을 따지는 편인지 허드슨
부인은 어떤 손님이 와도 머그컵에 차를 내어 주는 법이 없다.
여럿이 함께한 자리에서는 티팟을 들어 차를 따라 주는

 사람이 나머지를 보살피는(caring)
셈인데, 버킹엄궁전에서는 셜록의 형
마이크로프트(Microft)가 클라이언트,
셜록과 존에게 차를 따름으로써 극중
내내 셜록을 돌보는 형으로서의 모습을 함축적으로 보여 준다.
짤막하게 지나가는 장면들에서도 직업과 직책에 따라 각기 다른
티웨어가 등장한다. 시즌 2에서 지능적인 악당 모리아티가 런던탑에서
왕실의 유물을 탐하는 동시에 은행 전산 시스템과 감옥의 보안 시스템을
휴대전화 클릭 한 번으로 해제시킨다. 이때 보안직원, 감옥의 교도관장,
중앙은행의 책임자가 소스라치게 놀라는 장면이 빠르게 지나간다.
런던탑의 보안직원은 종이컵을, 교도관장은 머그컵을, 중앙은행장은
고급 티웨어에 차를 마시던 중이다. 어떤 티웨어를 쓰는가가 사회적
지위를 나타내는 장면들이다. 그릇 좋아하는 사람으로서 〈셜록〉을 보는
내내 발견하는 즐거움이 컸음은 물론이다.

나의 샐러드볼을 찾아서

시중에 나오는 샐러드볼을 사고 버리며 그동안 시행착오를 많이 겪었다. 혹자는 하루 다섯 줌의 채소와 한 줌의 호두를 먹어야 한다는데, 꼭 그렇지는 않더라도 건강과 활력을 위해 샐러드를 자주 즐기기로 했다면 채소와 드레싱을 버무려서 바로 먹을 수 있는 조리도구 겸 그릇으로서 샐러드볼 선택이 무척 중요하다. 나의 샐러드볼 사용기가 도움이 되길 바란다.

○ 스테인리스 믹싱볼

나의 첫 샐러드볼은 스테인리스 소재의 믹싱볼이었다. 집에서 간단히 봄동겉절이를 해 먹는다거나 빵 반죽을 할 때 다용도로 쓰이던 녀석인데, 값이 싸면서도 튼튼하고 용량도 크면서 음식 재료를 비벼 내기도 편했다. 그러나 건강한 한 끼 샐러드를 만들어 먹는다는 기분은 영 나질 않았다. 누군가에게는 하찮을 수도 있을 이 단점이 내게는 제법 중요한 문제여서, 그릇이라기보다는 조리도구에 지나지 않는다는 생각이 점점 크게 자랐다. 스테인리스는 세척, 보관, 관리가 편리한 소재임이 틀림없고 가격도 저렴한 데다 가벼운 편이라, 디자인이나 분위기보다는 실용적이고 경제적인 샐러드볼을 원할 때 선택하기 좋다.

○ 나무 샐러드볼

자연주의 콘셉트의 패밀리 레스토랑에 가면 나무 소재의
샐러드볼이 쓰인다. 나무 볼은 미적인 관점에서도 꽤 흡족스럽다.
'건강한 식사'의 효과를 극대화하며 그럴싸한 분위기로 테이블을
연출할 수 있다. 마치 내 집이 자연주의 레스토랑인 양. 나무
소재의 샐러드볼을 고를 때는 제조국을 살폈다. 티브이를 통해
나무젓가락에 매우 독한 화학처리가 되어 있음을 알게 된 이후로
너무 저렴한 나무 식기들은 꺼려졌다. 그래서 저렴한 물건들을
주로 파는 생활용품숍, 대형마트, 인테리어숍은 피했다. 유럽이나
미주에서 수입하거나 한국에서 생산한 제품들이 믿음직스러웠다.
그렇게 들여온 나무 샐러드볼을 처음 며칠은 잘 썼다. 그러나
설거지가 문제였다. 세제와 베이킹소다, 뜨거운 물로 깨끗하게
설거지해야 직성이 풀리는 내 성격에는 그저 미지근한 물에 헹궈
마른 수건으로 닦은 뒤 건조하길 권장하는 나무 식기 관리법이 맞지
않았다. 나무 식기는 물기와 세제를 흡수하는 데다 세제가 나무의
결을 훼손한다고 하는데, 또 세균 증식이 덜 된다고도 하는데,
그래도 그렇지, 드레싱 자국이 그대로 남아 있는 그릇에 새 요리를
담기가 쉽지 않았다.

○ 도자기 샐러드볼

기성품에는 많지 않지만 공방에서는 커다란 도자기 볼을 판매한다.
이 정도면 충분한 용량이겠다 싶은 그릇들을 고를 수 있다. 그러나
값이 꽤 비싼 데다 무게 역시 어마어마하다. 흙을 빚어 구운 자연의
소재이니 자연의 무게를 그대로 담고 있는 것이 당연하다. 가볍기로

따지면 멜라민 소재가 좋겠지만, 식초를 곁들인 드레싱에 혹시
플라스틱이 녹진 않을까 걱정됐다. 도자기 샐러드볼은 식재료의
종류에 상관없이 쓰기 좋고 세척이 잘 되니 어느 정도의 비용을
들일 수 있고 무게의 불편함을 감내한다면 좋은 선택이 될 수 있다.

○   유리 계량컵 활용
어느 식당에 가니 유리로 된 계량컵에 샐러드를 내어 주었다.
거기서 힌트를 얻어 같은 모델을 집에 들였다. 액체를 붓고 그것이
몇 리터인지, 몇 컵인지 등 단위를 비교하는 용도의 그릇이 우리
집에선 샐러드볼이 되었다. 유리지만 무척 두꺼워 깨질 염려가
덜하고 채소가 드레싱과 잘 버무려졌는지 육안으로 확인할 수 있다.
값도 저렴하고 그릇으로 쓰면 창의적이기도 하면서 본래의 계량
용도로 그대로 다할 수 있으니 이만하면 됐다 싶었다. 그러나 문제는
용량이었다. 1리터 정도가 계량컵으로서는 최대 용량이라 나의
엄청난 샐러드를 드레싱과 버무릴 공간이 남질 않았다. 이리저리
섞으며 샐러드의 반을 식탁으로 흘렸다. 그러나 소량의 샐러드를
즐기는 사람에게는 계량컵을 샐러드볼로 쓰는 새로운 기분과
저렴한 가격의 장점을 갖춘 훌륭한 샐러드볼이 될 수 있다.

○   대용량 유리 믹싱볼 활용
가격, 용량, 디자인에서 종합적으로 합격점을 받은 것은 여름날
수박을 보관하기 좋다 하여 '수박볼'이라 불리는 대용량 유리
믹싱볼이다. 먼젓번 계량컵이 가진 장점은 장점대로 가지고, 여기에
4리터라는 용량이 더해졌다. 웬만큼 양이 많아도 다 비벼지고, 혹시

공간이 부족하면 뚜껑을 덮고 위아래로 흔들어 섞으면 된다. 달리 디자인이랄 게 없어서 크게 고민 않고 수박 보관용기 중 하나를 골랐다. 오일을 써도, 식초를 써도 무방하고 어떤 야채를 담아도 적정 수준 이상으로 어울린다. 세척도 간편하고 나무 소재처럼 물기를 닦아 보관하지 않고 그냥 말리면 그만이다. 고용량, 저비용, 적당한 디자인에 만족하는 경우라면 수박 용기처럼 뚜껑이 달린 대용량 유리 믹싱볼을 추천한다. 다만 무게는 꽤나 무거운 편이니 무게를 우선시한다면 유사한 가격대에서는 스테인리스가 좋겠다.

"저는
식판 밥이
싫어요"

2

도시락
생활

10년

국민학교에 입학해 초등학교를 졸업했다. 아들 딸 구분 말고 둘만
낳아 잘 기르자는 포스터가 터미널 근처 어딘가에 붙어 있었고,
오늘은 쥐 잡는 날이라는 현수막도 등하굣길에 보았던 기억이
어렴풋이 난다. 어릴 때 텔레비전은 돌리면 다다닥 소리를 내는
다이얼 식이었는데, 동생과 나는 채널을 돌리는 것이 귀찮아 서로
시키다가 결국 싸워서 혼나는 일이 일상이었다.

　　국민학교 1~2학년 때는 오전반, 오후반이 있었다. 학생
수는 많고 학교는 작아서 아이들을 반으로 나누어 한 교실을 두
반이 쓰도록 했던 것이다. 3학년 때부터 오후 수업을 했는데,

이때부터는 도시락을 썼다. 점심시간이 되면 친한 친구들과 책상을 붙이고 도시락을 펼친다. 각자가 도시락을 싸 오지만 나누어 먹는 자리다. 메뉴 하나씩을 맡아 준비해 오는 포트럭(pot luck) 파티인 셈이다. 누구 엄마가 하는 부침개가 예쁘다느니, 누구 엄마 계란말이가 맛있다느니, 도시락을 먹다 보면 인기메뉴가 생긴다.

학교에 급식실이 생긴 건 5학년 때였는데, 아쉽게도 나는 그해에 다른 지역으로 전학을 갔다. 전학 간 학교에는 급식이 없었다. 졸업 이후 중학교에도 급식은 없었다. 초등학교 6년, 중학교 3년을 급식이 없는 학교에 다녔으니, 내 또래 세대 중에서도 급식과 인연이 참 없었던 경우다.

○ ○ ○

그 9년 동안 급식을 체험한 건 수련회 때였다. 알 수 없는 훈련들을 하며 바닥을 기고 구르다 운동장을 뛰고 단체로 앉았다 일어났다 기합을 받고선 저녁의 캠프파이어에서 신나게 놀고, 연이은 촛불 이벤트에서 부모님을 생각해야 하는 뻔한 코스의 수련회들이었다. 친구들과 함께하는 육체훈련이 그렇게 고되지는 않았다. 하지만 급식이라는 것은 참 힘들었다.

첫 급식 체험의 느낌이 아직 생생하다. 뒹굴던 옷을 그대로 입고서 반별로 한 줄로 서서 식판과 수저를 챙기며 꽂게 걸음을 가면 선반에 가려 얼굴이 잘 보이지 않는 아주머니들이 차례로 커다란 스테인리스 통에서 밥과 반찬을 담아 주셨다. 플라스틱 주걱으로 밥을 착, 집게로 김치와 나물들을 착착, 마무리로 스테인리스 바가지 같은 도구로 큰 통에서 국물을 퍼올려 밥 옆의 홈에 쏴악 부어 주셨다. 차례대로 식사를 받아 직사각형으로 길게 놓인 자리에 앉아 먹는다. 다 먹고 나면 식판을 들어 퇴식구에 잔반과 수저와 식판을 분리해 놓는다.

나는 그 밥을 다 먹지 못하고 숙소로 돌아갔다. 열 살 남짓이었으니 밥 먹기 싫다는 말밖에는 달리 표현할 수 없었지만 그때 느낀 감정은 불쾌함을 넘어서는 것이었다. 똑같은 체육복을 입은 아이들이 급식실에 줄지어 들어가 차디찬 금속 재질의 판을 들고 음식통의 내용물을 기계처럼 받아 와 똑같은 메뉴를 똑같이 먹어야 하는 것에 본능적인 거부감이 들었던 것 같다. 가장 싫은 것은 겹겹이 쌓인 금속의 식판이었고, 그다음이 커다란 통에 끓여진 국이었다.

그때까지의 식사란 엄마가 조리하는 모습을 지켜보다 그 음식을 반찬그릇과 밥그릇, 국그릇에 담아 주시면 냠냠 먹는 것밖에는 없었다. 외식을 하더라도 가족 중 누군가가 고른 메뉴를 주방에서 조리해 내어 주는 것이니 맛있게 먹고 돌아가면 됐다. 결국 그것은 나나 가족을 위해 준비된 식사이고 내 밥이었다. 급식은 달랐다. 그 밥은 나나 친구들, 그 누구를 위해서도 준비된 것이 아니었다. 텔레비전에서 보던 군대나 감옥이 생각났다. 열

급식이 싫다는 딸을 위해
엄마는 고등학교 3년 내내
도시락을 싸 주셨다.

살밖에 안 된 학생의 식사가 그와 같은 방식으로 행해진다는
것이 정말 싫었다. 거기에는 가장 중요한 식사의 주체가 빠져
있었다. 애초에 누군가를 위한 음식이 아니었다. 이런 음식은
그저 배고프지 않게 하려는 것에 불과했다. having이 아니라
feeding이었다. 맛있게 기분 좋게 먹는 것은 중요하지 않고 배를
채우기만 하면 되는 일이었다.

지금도 나는 식판에 먹는 밥이라면 질색이고 수련회
급식의 주메뉴인 카레밥과 짜장밥, 국물이 흥건한 닭볶음탕과
제육볶음류를 먹지 않는다. 수련회를 간 2박 3일은 차라리
굶었다. 배가 고플 때는 매점에 들러 계란과자, 마가렛트,
쿠크다스 등의 고전적인 감성 과자들과 우유를 사 먹었다. 그것이
급식보다 훨씬 식사에 가깝다고 생각했다.

○ ○ ○

고등학교에는 급식실이 있었다. 그 3년 내내 나는 매일 꼬박꼬박
도시락을 싸 갔다. 야간 자율학습이 있던 때라 두 끼니의
도시락을 쌌다. 양손에는 보온 도시락이 하나씩, 가방에는 과일 두
통과 따뜻한 차가 가득 든 보온병, 우유 한 통, 쉬는 시간에 먹을
간식을 넣어 학교에 갔다.

급식 싫다는 나의 마음과, 싫어하는 것 굳이 먹지 말라는
엄마의 생각이 맞아떨어진 결과였다. 나는 떡을 썰고 너는

글을 쓰라는 한석봉의 엄마처럼 엄마는 도시락을, 나는 공부를 나눠 맡고, 우리 사이를 요리가 돈독히 다져 주었다. 엄마는 매 주말이면 2주 뒤의 일일 도시락 식단을 짜 놓았다가 하루 전날 장을 보고 새벽에 일어나 신선하게 요리했다.

나와 같은 생각을 가진 친한 친구들이 있어 함께 즐겁게 식사할 수 있었다. 아침마다 엄마가 싸 준 도시락을 먹고 자라는 우리는 든든한 지원군의 존재를 매 끼니 느끼며 성적이 좀 떨어지건 오르건 상관없이 문제집 푸는 재미, 좋아하는 색깔로 채점하는 재미, 그날의 도시락 메뉴를 점치는 재미와 간식 고르는 재미로 학교에 다녔다. 꿈에 나올까 무섭다는 고3을 떠올리며 지금도 '재밌었다' 이야기하는 데는 도시락의 역할이 컸다.

햄, 동그랑땡 등의 시판되는 육가공품은 먹지 않는 까탈스러운 딸을 위해 엄마는 늘 빈틈없는 도시락을 준비해 주셨다. 내가 가장 좋아했던 반찬은 표고버섯 안쪽에 다진 고기와 야채를 얹어 계란에 지진 전이었다. 버섯의 쫄깃함과 고기의 질감이 잘 어우러진 맛이었다. 학교 식사 시간의 하이라이트는 엄마가 매 끼니 디저트로 준비해 주신 제철 과일이었다. 친구들과 배와 감, 귤, 포도, 참외를 먹었다. 누군가의 동생이 소풍을 가면 김밥과 유부초밥이 등장해 다같이 나누어 먹는 재미도 쏠쏠했다.

초등학교 3학년 때부터 10년의 도시락 생활을 마치고서는 앞으로 식판 볼 일이 없을 거라 생각했다. 대학교 학생식당은 여전히 식판 밥이었지만 다른 데서 먹으면 그만이었다. 졸업 후

회사에 가니 다시 식판이 등장했다. 눈치 보기 바쁜 신입사원 때는 가십시다 하면 따라나서 회사 구내식당의 밥을 꾸역꾸역 먹다, 회사에 조금씩 적응하며 바깥 식당에서 먹었다. 두 번째 회사를 다니면서는 첫 한 달만 구내식당이지 이후엔 도시락을 쌌다. 아침에 말아 둔 토르티야와 신선한 야채가 가득한 샐러드가 나의 주 메뉴였다. 찬 음식이 싫으면 야채와 고기를 볶아 좋아하는 시즈닝을 곁들였다. 영양소를 알뜰히 챙겨 잘 먹었다. 하지만 회사 동료들은 나를 잘 먹지 않는 직원으로 여겼다. 어쩌다 만나면 정말 밥을 안 먹는지 물었고, 나는 도시락 싸 와서 잘 챙겨 먹는다 답하지만 믿지 않는 눈치였다. 왜 구내식당 밥을 안 먹는지 묻는 동료들에게 정말 솔직히 이야기했다. "저는 식판 밥이 싫어요."

21호와

23호

사이에서

한번 들인 그릇들은 책임지고 고루 아끼려 노력하지만, 그래도
눈길이 더 가는 녀석들은 핸드페인팅 그릇들이다. 패턴을 그려
넣으려면 그릇을 눈 가까이 대고 붓터치 하나하나 숨을 참아
가며 정교하게 마무리해야 한다. 그런 그릇을 보고 있노라면 그
누군가의 정성 어린 눈길과 조심스런 손끝이 느껴진다. 사람의
손이 그린 그릇은 붓자국 하나하나가 서로 달라 같은 세트라 해도
어느 것 하나 똑같은 것이 없다. 어떤 것은 좀 연해서 붓터치가
눈에 잘 보이고, 어떤 것은 농도가 짙어 선명한 색감에 눈이 간다.
제품이 표준화되지 않았으니 패턴을 그려 넣은 장인의 판단 아래

합격이 결정 나고, 그렇게 완성된 그릇들은 모두가 세상에 유일한 존재다.

생각해 보면 어릴 때부터 지금까지 나는 내가 가진 것보다 갖지 못한 것들에 신경을 쓰며 살았다. 왜 나는 재능이 없는지, 왜 좀 더 매력적이지 않은지, 모르는 것은 또 왜 이렇게 많은지 부족한 부분만 보며 '결핍'을 느꼈다. 그래서 그 결핍을 채우는 데 집중했다. 20대 초반엔 더 그랬다. 또래 직장인들이 여러 개 가진 명품 가방도 사 보고, 프리미엄 진도 입어 보고, 뾰족구두도 신어 보고 경제활동인구로서 당당하게 주변 사람들에게는 있고 내게는 없는 것들을 채워 갔다. 그러나 소비라는 것이 언제 1회로 끝나는 법이 있던가. 매일 다니는 회사에 같은 가방에 같은 옷만 입고 같은 신발만 신고 다닐 수도 없는 노릇이니 사려고 하면 끝도 없었다. 게다가 노력해서 될 일이 아닌 것들, 소비가 해결해 줄 수 없는 부분들은 결핍을 더욱 키워만 갔다. 더 좋은 몸매, 더 긴 다리, 더 작은 머리, 더 갸름한 턱선, 더 얇고 가느다란 발, 더 길쭉한 손톱 같은 것들. 상식이 더 풍부한, 더 많이 경험한, 더 창의적인 사람들을 보면 이 세상에 나같이 못난 사람도 있을까 싶어서 저 구석으로 숨고만 싶었다. 덜 있어야 할 것은 더 가졌고, 더 있어야 할 것은 덜 가진 것에 마음이 쓰렸다. 마음속에는 늘 '더'와 '덜'이 붙는 생각뿐이었다.

마음을 바꿔 먹은 건 1년 동안 영국 런던에서 공부할 때다. 대부분의 과목이 수업 두 시간에 세미나 한 시간으로 이루어졌는데, 열다섯 명 정도가 한 그룹으로 교수님과 둥글게 앉아 서로의 생각을 나누는 형태였다. 전형적인 한국 학생으로서 주입식 교육, 정답 맞추기에 익숙한 내게 매번 '너는 어떻게 생각하느냐'는 물음은 코스를 마칠 때까지 나를 가시방석에 앉혔다. 혹시 질문할까 무서워 허공을 보며 눈을 마주치지 않기 위해 애썼다. 나와 같은 아시아계 학생들에게 익숙한 어떤 교수님은 배려있게 구체적인 질문으로 참여를 유도했는데, 이를테면 '○○의 이론이 한국의 현실에도 적합하느냐. 내가 들은 한국은 그렇지 않은 경우도 있어 보이는데' 하는 식이다. 누구나 해외에 나가면 자국 대표와 같은 입장이 되니 짧은 답이라도 하지 않을 수 없다. 게다가 다른 학생들은 한국에 대해 잘 모르니 반박을 들을 일도 없을 것이다. 이는 어렵게 꺼낸 말에 주눅들지 않게 하려는 그 교수의 노하우였다. 그래서 한 번, 두 번 연습하다 보니 잘 참여하게 됐을까? 아니다. 유학원 사이트에서 봄 직한 현실적 변화는 아쉽게도 없었다. 함께 공부했던 사람들 중에는 내 목소리를 한번도 듣지 못한 사람도 있을 것이다. 그러나 말하지 않았다고 해서 생각을 하지 않았다는 건 아니다. 비록 답은 얻지 못했더라도 무슨 글을 읽든 나는 늘 '나'의 생각은 무언지를 묻게 됐다. 남을 기준에 두고 나를 재는 것이 아니라, 나를 기준에 두고 남을 해석한다는 것은 큰 변화였다.

　　전 세계 문화가 어우러진 런던이라는 환경도 한몫했다. 모두의 경험과 상식이 달랐다. 처음 런던 시내에 나가 깜짝 핸드페인팅 찻잔.
사람이 그린 그릇은
모두가 세상 유일한 존재다.

Figgjo Tor
Viking by Turi
Gramstad Oliver,
Norway,
1960s

놀란 것은 속옷가게에서였다. 초등학생의 것이 아닐까 하는 사이즈부터 시작해 배구공만 한 사이즈까지 브래지어의 종류가 어마어마했다. 이런 사이즈들이 시중에 나온다는 사실 자체부터 놀라웠고 정말 이 사이즈가 맞는 사람들이 이곳에 살고 있다는 것은 더 놀라웠다. 백화점의 화장품 코너도 경이로웠다. 파운데이션의 컬러가 스무 가지도 넘었다. 21호와 23호, 둘 중 하나가 아니라 이만큼이나 다양한 피부색의 사람들이 있다니, 맙소사. 햇볕에 그을린 듯한 피부색인 나는 어려서부터 새하얀 공주님 같은 친구들을 부러워했다. 그곳에서 보니 내가 평생 부러워했던 그녀들이 하얘 봤자 이곳의 백인처럼 실핏줄이 비치는 피부는 아니었고, 내 얼굴이 까맣다 한들 이곳의 흑인들처럼 어두운 피부도 아닌 것을 고작 두 개의 파운데이션 색 사이에서 하얌과 어두움을 편가르기 했던 것 자체가 어리석었다는 생각이 들었다. 가장 예쁜 그 시절을 고작 21호와 23호 사이를 진동하며 슬퍼했던 나는 어리고 작았다.

○ ○ ○

한국으로 돌아온 뒤 직장인으로서 나의 삶은 비슷했다. 심지어 두 번째 직장의 연봉이 첫 번째보다 낮아서 간혹 주변에서는 1년의 시간과 학비를 낭비한 거 아니냐고 말하기도 한다. 그 돈 그냥 잘 모아 시집이나 가지 하는 어른들도 계신다. 유학

후에 고액의 연봉으로 어딘가 스카우트되어 근사한 사람들과 어울리고, 좋은 동네의 좋은 집에 좋은 차를 타며, 집안 경조사에 거액을 턱 내놓는 삶을 살 것도 아니라면 그 시간이 다 무슨 소용인가 하는 마음에서다. 그러나 내게 그 시간은 '더'와 '덜'이 빠진 '나' 고유의 삶을 살아가는 힘이 되었다. 누가 뭐라고 해도 엄청난 의미를 가진 시간이다.

잘하지는 못해도 나는 내 손으로 직접 만들기를 좋아한다. 내 손으로 꽃을 꽂아 집안을 장식하고, 내 입맛에 맞춰 직접 로스팅한 커피를 내려 마신다. 어느 브랜드의 제품이 아니라 내 손으로 두드려 만든 반지를 끼고, 내가 만든 방향제와 향초를 쓴다. 어디로 멀리 떠날 때마다 손에 쥐는 여권커버도 직접 만들었다. 명품도, 멋쟁이들이 쓰는 트렌디한 브랜드도, 그렇다고 장인이 만든 것도 아니지만 이 물건들은 나의 취향에 맞춘 유일한 것들이다. 세계에 나를 맞추는 것이 아니라 내게 세계를 맞추기 시작하니 결핍보다는 만족이 늘었다. 나 스스로가 만족스러우니 타인을 대할 때도 혹시나 나를 흉볼까 의심하지 않아도 된다. 상사의 마음에 들기 위해서가 아니라 나 스스로 납득이 되는 결론을 찾는다.

지인들은 내 집에 놀러 오면 찬장 구경하기를 좋아한다. 내가 여행을 다녀오면 이번엔 어떤 그릇을 데려왔는지 묻고 구경하러 집에 들른다. 그릇들을 하나씩 천천히 만져 보고 돌려 보며 "예쁘다!" 말하는 그들에게 핸드페인팅 그릇임을 알릴 때면 보는 눈이 또 한번 달라진다. 그 그릇을 만들었던 사람처럼 눈높이에 올려 두고 이리저리 방향을 바꿔 가며 붓터치 하나하나 세밀하게 살피고서는 오랫동안 손에 쥔다. "정말 예쁘다. 결이 보이네" 하는 작은 발견도 함께 전한다. 이 그릇들을 바라볼 때 반짝이는 그 눈들을 나는 참 좋아한다. 손에 쥔 그 그릇만큼 예쁘게 반짝이는 그 눈빛을 나만 볼 수 있어 아쉽다. 그 눈빛은 세상에 유일하게 그 사람만 낼 수 있음을 그들은 알까? 거울을 들어 그 고유한 빛깔을 전하고 싶다.

일 상 속 의
작 품 ,

로 젠 탈
스 튜 디 오
라 인

선호하는 몇몇 브랜드가 있었을 뿐, 내가 쓰는 그릇의
디자이너가 누구인지 찾아보기 시작한 것은 북유럽 브랜드들을
접하면서부터다. 일찍이 귀족층을 위해 디자인되어 명성을
쌓아 왔기에 이름에 '로열'의 명칭이 함께 붙는 몇몇 도자기
브랜드는 그 이름 자체에 상징성이 있다. 그에 비해 스칸디나비아
반도의 그릇들은 사회민주주의라는 시스템에 걸맞게 소수
계층만이 아니라 대중이 누릴 수 있는 디자인으로 발달했고,
그릇에 있어서도 어느 회사의 제품인지와 함께 어떤 디자이너의
작품인지가 함께 알려지며 특정한 브랜드보다 제작자의 가치로

평가받아 왔다. 스티그 린드베리(Stig Lindberg), 카이 프랑크(KAj Franck), 에스테리 토물라(Esteri Tomula), 울라 프로코페(Ulla Procope) 등은 특별히 예술에 조예가 깊지 않은 사람들 사이에서도 익숙해진 이름이다. 플리마켓에서도 '디자이너 ○○가 만든 것'이라며 그릇을 소개하는 사람이 많다. 일상적으로 쓰는 그릇이지만, 나 또한 디자이너를 알고 나면 그것이 하나의 작품처럼 여겨지는 기분이 좋았다.

그렇게 북유럽 그릇들을 하나둘 들이다 보니 특유의 소박함과 간결함 외에 또 다른 디자인은 없을까 궁금했다. 좋아했던 인디밴드가 유명해지면 이전의 흥미가 반감하듯, 방송에서도 잡지에서도 북유럽, 북유럽 하다 보니 그런 디자인이 식상하게 느껴지기도 했다. 마침 즐겨 듣던 팟캐스트에서 해외에 거주 중인 한 출연자가 자신의 그릇들을 소개하며 거론한 브랜드 하나가 떠올랐다. 독일의 로젠탈(Rosenthal)사다. 독일 하면 빌레로이 앤드 보흐가 대표적이라 상대적으로 주목을 덜 받은 측면이 있고, 한국에 정식으로 들어오지 않아 카페든 식당이든, 혹은 지인의 집에서도 쉽게 만나기 어려웠던 브랜드다.

○ ○ ○

로젠탈은 1879년 체코와의 국경에 있는 독일 동부의 소도시 셀브(Selb)에서 시작된 도자기 회사다. 창립자인 필립 로젠탈(Philipp Rosenthal)은 도자기 유통을 하던 아버지의 회사에서 일하며 독일뿐 아니라 미국 시장을 왕래했는데, 이 과정에서 패턴이 있는 자기류(painted porcelain)가 시장의 수요만큼 다양하지 않다는 것을 알게 됐다. 그래서 1879년 도자기 페인팅 공방을 세운 것이 로젠탈의 시초가 되었다.

미국 이베이에서 로젠탈을 검색했다. 신제품부터 중고, 빈티지까지 다양한 모델을 구경하고 싶을 때는 새 제품이 중심인 아마존보다 이베이가 유용하다. 간결한 디자인부터 화려한 장식까지 다양한 디자인들 사이에는 베르사체(Versace), 불가리(Bulari) 등의 명품브랜드 이름도 보이고 살바도르 달리(Salvador Dali) 등 예술가의 이름도 보였다. 장식용으로 모으기 좋을 화려한 디자인이지만 나는 실제 사용을 중시하는 편이라 눈으로 구경만 하며 스크롤을 내리는데, 마음에 쏙 드는 컵 세트가 나타났다. 하얀 바탕에 노란색 점이 양쪽으로 있는 디자인이 계란프라이를 연상시켰다. 노른자를 터뜨리지 않은 서니 사이드 업(sunny side up) 스타일의 프라이는 입맛 없는 날 밥 위에 얹어 간장 한 스푼, 참기름 한 스푼 더해 간장계란밥을 해 먹기 좋은데, 그 모양을 꼭 닮은 이 컵을 보니 실물이 너무나 궁금했다.

그릇을 들이는 건 언제나 모험이다. 자기류 중에서도 지나치게 얇은 자기는 선호하지 않고 유약이 너무 두껍거나 얇게 발린 그릇도 싫어하는데 이런 점은 사진상으로는 정확히

알 수 없다. 또한 이 컵처럼 하얀 도자기의 경우는 그 흰 빛이
푸른빛인지, 크림톤인지, 혹은 회색빛이 살짝 감도는지 실물이
아니고서야 구분하기 어렵다. 게다가 빈티지의 경우에는
스크래치가 어느 정도인지, 갈색 반점은 생기지 않았는지 등
컨디션을 살펴야 하는데, 인터넷으로 들이려면 전적으로 셀러의
설명을 믿고 사는 수밖에 없다. 그래도 자꾸만 계란 노른자 두
개가 동동 떠다녔다. 하루 종일 망설이고, 다음날도 고심하다 셋째
날 호기롭게 질러 버렸다. 이베이에서 그릇을 들이기도, 로젠탈을
써 보는 것도 모두 처음이었다.

　　나의 계란프라이 컵을 비롯해 베르사체, 불가리, 달리의
그릇들은 오늘날 로젠탈의 핵심적인 디자인인 '스튜디오
라인'이다. 창립주 필립 로젠탈이 유대인이라는 이유로 전쟁
중에 추방당한 뒤 그의 아들인 필립 주니어 로젠탈(Philipp Junior
Rosenthal)이 회사를 되찾으며 론칭한 시리즈다. 아들 필립은
기존 로젠탈 그릇의 클래식한 디자인과 별개로 당대 최고의
디자이너들과 콜라보레이션을 통해 하나의 작품을 탄생시켰는데,
한정생산이다 보니 전 세계 수집가들의 구미를 자극하며 엄청난
인기를 끌었다. 1961년 론칭한 첫 작품이 코카콜라병을 디자인한
레이먼드 로위(Raymond Loewy)의 것이었고, 지금까지 150명
이상의 아티스트들이 스튜디오 라인 작업에 참여했다. 그릇이
그저 하나의 도구가 아니라 작품이 될 수 있음을 알리는 대표적인
사례다. 이 지점에서 나는 그릇 디자이너를 알아 가는 재미를

과거의 어느 시점에
가장 사랑받았던 디자인을
내 집에서 감상한다는 것.

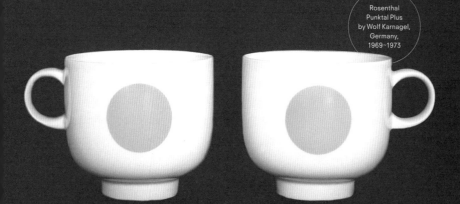

Rosenthal
Punktal Plus
by Wolf Karnagel,
Germany,
1969~1973

다시 이어 갈 수 있었다.

배송되어 온 찻잔은 마음에 쏙 들었다. 1969년부터 1973년까지 생산되었던 플러스(Plus) 시리즈 중의 하나로 독일어로 풍크트(Punkt), 즉 점(point)이라는 부제가 붙어 풍크탈 플러스(Punktal Plus)라 불리는 잔이었다. 단순한 디자인만큼 단순한 이름이 마음에 들었다. 40년이 흘렀는데도 전혀 촌스럽지 않은 디자인이 실제로 받아 보니 더 좋았다. 플러스 시리즈 전반이 이렇게 깔끔한 인상이었다는데, 이 모두가 디자이너 볼프 카나겔(Wolf Karnagel)의 작품이라고 한다.

그는 주로 독일에서만 활동해 국내에는 크게 알려지지 않았지만 현지에서는 꽤 유명한 디자이너로, 1980년대에 항공사 루프트한자의 기내 제품들을 디자인했다. 특히 커트러리의 인기는 남달랐는데, 슬쩍 가져가는 손님이 너무 많아 나중에는 승무원이 기내식을 정리하며 커트러리의 유무를 일일이 체크했다고 한다. 그는 자기류에 대한 애착이 컸는데, 무게가 곧 비용인 항공사에서 무조건 가벼운 식기를 의뢰했음에도 식사를 플라스틱에 할 수는 없다는 집념으로 끝까지 자기 재질을 고집해 결과적으로는 좋은 성과를 거두었다. 한 끼를 먹어도 제대로 된 그릇에 먹고 싶은 마음이 어쩌면 나와 이렇게 꼭 같은지! 마음이 잘 통하는 친구를 만난 듯하다.

풍크탈 플러스를 만난 이후 로젠탈 찻잔에 애정이 생겼다. 자기 재질이라 아무리 얇은 빈티지로 들이더라도 묵직하기 마련인 석기 찻잔에 비해 본연의 강도가 높을 뿐만 아니라 가벼움 덕분에 잔과 소서 사이의 생활 기스가 덜하다. 그 때문에 인터넷 구매를 하더라도 좋은 컨디션으로 들일 확률이 크다.

그 후 나는 심심할 때 한번씩 이베이 사이트에 스튜디오 라인을 검색해 역대 모델들을 휙 둘러본다. 로젠탈이라는 브랜드보다 디자이너의 정체성이 중심이 돼 디자인별로 느낌이 천차만별이다. 충동구매를 하지 않겠다는 의지만 잘 다지면 아이쇼핑도 그럭저럭 즐겁다. 경매에도 응해 볼 만하다. 운이 좋으면 아주 좋은 녀석을 아주 저렴한 값에 들일 수 있을는지 모른다. 다만 주의할 것은, 다른 입찰자들의 기회를 낙찰받은 사람이 가져가는 것이므로, 낙찰을 받고 결제하지 않거나 입찰 취소를 할 경우 해당 아이디를 영구정지 당할 수 있다는 점이다. 그러니 재미 삼아 시도하더라도 어느 정도는 신중해야 한다.

○ ○ ○

유명하고 화려한 사람이 되고 싶었던 유년기를 지나 성인이 되면서 나의 꿈은 안목이 있는 사람이 되는 것이다. 사물의 가치를 분별할 수 있는 능력은 사회적 지위나 경제적인 능력만으로는 얻을 수 없는 또 다른 차원이다. 좋은 옷, 좋은 책, 좋은 소품, 좋은 그림, 나아가 좋은 사람을 알아채는 것은 유행을 좇아 될 일도, 하루아침에 이루어지는 일도 아니다. 세상사에

꾸준히 관심을 기울이고 역사와 철학, 예술을 멀리하지 않으며
새로운 것을 얼마든지 받아들일 수 있는 자세가 있어야 한다.
제법 근사한 삶이란 그때 누릴 수 있는 특권이다.

경험하지 못한 세상이 많은 젊은이가 그 안목을 가질
수야 없겠지만 40년쯤 후, 일흔이 넘은 나이에는 꼭 심미안을
갖춘 노인이 되었으면 좋겠다. 빈티지 그릇을 즐겨 쓰는 것도,
이런저런 그릇을 섞어 쓰는 것도, 안목을 기르기 위한 연습이
된다. 손쉽게 접할 수 있는 그릇도 편리해 좋지만, 옛날의 그릇이
자아내는 특유의 감성들을 느끼고 싶다. 한 시절 왜 사랑받았는지
내 손으로 어루만져 보고, 서로 다른 시대에 다른 곳에서 태어난
그릇의 조화를 만들어 보면서 좀 더 다양한 삶을 나의 공간에서
연출해 보고 싶다. 로젠탈 스튜디오 라인은 이런 점에서 하나의
교과서와 같다. 과거의 어느 시점에 가장 주목받았던 디자인을
박물관이 아니라 내 집에서, 매일같이 경험할 수 있으니
말이다. 한 시대의 작품을 손으로 쥐고, 입술을 대고, 내 손으로
닦아 보관하는 일은 안목 있는 노인을 향한 내 나름의 예술적
실천이다.

나를
만나는
공간,

찬 장

오랜만에 친구를 만났다. 2년 만의 만남이었다. 이전 만남에
면접을 다니던 친구는 그동안 회사도 다녔고, 퇴사도 하였고,
자신의 영역을 갖춘 사업자가 되어 있었다.

　친구의 새 보금자리는 광교 신도시. 약속 장소였던
강남까지는 신분당선을 이용했단다. 내색하진 않았지만 순간
의아했다. 신분당선은 강남을 지나 분당으로 내려가는데, 수원의
신도시인 광교로는 어떻게 연결되는지 이해가 되지 않았다. 평소
방향감각 없다는 소리는 듣지 않는 편인데 머릿속 내비게이션을
아무리 돌려도 신분당선과 광교가 연결되지 않았다.

○ ○ ○

서울에 산 지는 10년이 넘었지만, 여전히 내 머릿속의 서울
지리는 지하철 노선도 모양이다. 처음엔 길을 잃을까 봐 지하철
노선도를 찢어지도록 펼치고 또 펼치며 위치를 확인했다. 눈
뜨고 코 베인다는 서울에서 정신을 똑바로 차리고 다녀야 함은
당연했고, 지하철에서 길을 묻자니 콧대 높은 서울깍쟁이들이
얕볼 것만 같았다. 지하철에서 깜빡 잠들었다 눈을 뜨면 깜짝
놀라 다음 역을 확인했다. 내려야 하는 역에서 벨을 누르지
않았다는 생각에 등골이 서늘해진 적도 많았다. 행여 길을 잃지
않을까 무서워 짧은 거리도 걷지 않고 지하철을 탔다. 그렇게
입력된 탓인지 한번 생긴 지하철 노선도 모양의 서울 지리는 쉽게
지워지지 않는다.

　　광교는 수원이니 내 지도에서는 서울의 서편 끝자락에 있는
것이고, 분당은 강남의 아래이니 서울 남동쪽 하단에 위치해야
한다. 둘은 서로 맞닿을 수 없는 공간에 있다. 그런데 신분당선이
광교로 통한다니, 그러려면 수원이 타원형으로 길게 이어져
분당에 닿아야 했다. 집에 돌아와 지도를 확인하고서야 이해가
됐다. 서울의 남쪽에 성남, 그리고 그 아래가 수원. 노선도처럼
인천의 아래에 있는 것이 아니다.

　　사람이 세계를 인식할 때, 그것을 무슨 기준으로
받아들이는가는 중요하다. 처음에는 새로운 것들을 받아들이기도

벅차서 통용되는 기준을 이해하기에 급급한 나머지 그 기준에
의문을 갖기가 쉽지 않다. 지하철 노선도를 안 보고도 그릴 수
있겠다 싶어질 때서야 비로소 서울 여자가 된 기분이었다. 그러나
10년이 넘는 시간이 흘렀다. 한때 나에게 서울 지리 이해에 핵심
참고서였던 노선도가 그간 많이 바뀌었다. 내 머릿속에 10년
전의 노선도가 자리하고 있는 것이 그저 조금 서글프다. 그 시절
노선도 덕분에 묻지 않고도 서울 거리를 활보할 수 있었음은
분명하다. 그런데 조금 헤매고 행인에게 물으며 다녔다면,
지금과는 조금 다른 지도를 가질 수 있지 않았을까?

　　여행을 하며 행인에게 길을 물으면 그들은 하나같이
자신의 경험을 토대로 안내한다. '쭉 가면 식당이 보이고, 거기서
오른편으로 돌면 옷가게가 보이며, 그다음 블록 끝에 빨간 지붕의
집이 바로 그 가게'라는 식이다. 도심을 벗어날수록 설명하는
방법은 더 재미나다. 여행 중 베트남 시골마을의 한 숙소에서
동네의 나무들을 기준으로 그린 지도를 받은 적이 있다. 이방인인
나의 눈에는 비슷한 나무들과 비슷한 집들인 데다가, 숙소
직원이 오른쪽, 왼쪽을 헷갈린 바람에 반나절을 꼬박 논을 갈던
물소들만 마주했다. 그런데 다음날이 되어 왔던 길로 다시 나서
보니 그야말로 정직한 지도였다. 구부러진 길에 세 개의 집이
있다면 정말 그러했고, 나무가 하나라면 정말 하나였다. 숙소를
나서서 처음 방향만 잘 잡았다면 그 지도 하나로 동네를 활보하며
다닐 수 있었을 것이다. 지도는 현지인 직원이 직접 만든 것으로

나의 시간과 경험이
나에게 꼭 맞는 지도를 만든다.

자신이 뛰놀던 동네의 모습을 연상하며 그렸다고 했다. 그에게 그 동네는 속된 말로 '나와바리'였던 것이다.

　작은 동네를 반나절을 헤맨 내가 관광객의 입장에서 그림을 그렸다면 그의 지도와는 사뭇 다른 그림이 됐을 것이다. 수풀 더미에서 나무의 형세를 살피기는 어려우니 알기 쉬운 전봇대나 건물의 색깔을 위주로 말이다. 그것이 다른 관광객에게 통하는 방법일지는 모르겠지만, 적어도 그곳을 다시 찾았을 때 나만은 그 그림을 보고 헤매지 않을 것이다. 결국 자신의 경험만큼 비효율적이면서 효율적인 것도 없다. 나만 알기에, 설명이 어렵기에 비효율적이지만, 나에게만큼은 같은 실수를 막아 주니 효율적이다.

○ ○ ○

나의 찬장에는 짝이 맞지 않는 그릇이 참 많다. 한식에는 오목한 그릇이 어울린다거나, 파란색은 입맛을 떨어뜨린다거나 하는 조언들이 모였던 장소가 찬장이다. 내 살림을 꾸리기 전에는 마치 지하철 노선도처럼 어른들의 말씀과 잡지 속 이야기들에 의존했다. 밥공기, 오목 접시, 찬기 등을 세트로 구비했다. 그러나 밥보다 고기를, 나물보다 생물을 좋아하는 나의 식성은 그들의 식성과는 달랐고 그러니 나의 편의와 그들의 편의 또한 달랐다. 옷은 입어 봐야 알고 그릇은 써 봐야 안다는 신조로, 그릇을 하나씩 들이고 잘 쓰지 않는 것은 지인들과 나누거나 기부하거나 팔아서 공간을 아꼈다. 그렇게 풍부한 시행착오를 통해 나에게 맞는 그릇들이 생겼다. 적어도 지금의 찬장은 나의 테스트를 통과한 조언들과 나의 경험이 모여 있는 집합소다. 여전히 서울은 10년 전의 노선도 모양이지만, 찬장 속 살림들은 지금의 나를 기준으로 생성된 공간이다.

찬장에서 그릇을 꺼내 닦아 넣으며 그 그릇을 사고 써 온 시간을 생각했다. 무섭고 낯설었던 10년 전 서울의 거리, 노선도에 묻지 않고 직접 한 걸음 떼어 보면 시작의 불안함은 머지않아 '나와바리'가 되는 즐거움이 되었을 것이다.

여자가

먼 저
연 락 해 도 ,

된 다

'그 집 밥그릇이 몇 개인 것까지 안다'는 표현이 괜한 말이 아니다.
나의 가장 사적인 영역 저 안쪽에 상대방이 들어와 있을 때에야
비로소 집에 초대하고 식사를 함께한다. 그러니 남의 집 그릇을
알고 있고 그 그릇에 담긴 음식을 맛보았고 그 집 숟가락과
젓가락에 입술을 대 보았다는 건 보통 일이 아니다. 내 경우에는
고작 열 명 남짓인데, 언젠가 내 장례식에 만사를 제치고 달려와
줄 친구들과 나의 연인이다.

　　여러 해를 함께한 연인이지만, 그사이에는 한 번의 헤어짐이
있었다. 헤어짐은 아팠다. 안녕이라는 말을 뒤로하고 집에 돌아와

문을 닫다가 쾅 하는 그 소리에 마음이 주저앉아 참았던 눈물이 터져 나왔다. 이유가 뭘까 수많은 질문들이 머릿속을 헤집고 미친 놈, 나쁜 놈 별별 생각이 폭풍처럼 쏟아졌다. 그 후에는 내가 무얼 잘못했을까 고민했고 이내 인연이 거기까지인 것을 어쩌랴 하며 마음의 고요를 되찾았다.

좋은 사람은 다른 사람으로 잊혀질 것이었다. 그래서 열심히 소개팅을 잡았다. 취미가 무언지, 쉬는 날 무얼 하는지 오고가는 대화 속에 어쩔 수 없이 뻔함이 느껴지는 나날들이었다. 그 와중에 내가 정말 참을 수 없는 것은 '척'하는 상대였다. 유난스럽다 싶겠지만 착한 척, 아는 척, 있는 척하는 상대에게는 그 진위를 물어 "이놈!" 하고 혼내 주고만 싶었다.

○ ○ ○

미련하게도 꽃 같은 청춘, 대학교 4년 동안 연애 한번을 못했다. 남자사람과 친해지는 것 자체가 어려웠던 여중, 여고 출신이기도 했고, 연애 하면 날라리 같던 시절에서 갑자기 뭐든 해도 좋은 성인이 된 것에 적응하는 데 조금 오래 걸렸다. 어쩌다 인연이 닿을 뻔한 사람들이 있었지만 마지막 순간에 왜 나는 이 사람과 사귀어야 하는지에 대한 의문이 풀리지 않았다. 마음이 잘 맞는다면 친한 친구로 지내면 그만인데, 왜 군이 사귀어서 헤어지면 못 만날 사이가 되어야 하는지 합당한 이유가 떠오르지 않았다. 마음이 맞는 친구는 곁에 오래 사귀어야 좋지 않을까. 물론 친구 사이에는 손을 잡고 팔짱을 끼지는 않지만, 그렇다면 그러한 행위들을 위해 연애를 하는 건가.

오랜 생각 끝에 내린 결론은 두 가지다. 연애는 왜 하는가. 하나는 일상을 공유하고 싶어서다. 학창 시절에는 자의든 타의든 매일 학교에 가서 아주 사소한 일상들을 친구들과 공유한다. 그러나 성인이 되면 다르다. 아무리 친한 친구끼리도 매일 안부전화를 하지는 않고, 밥을 먹었는지, 반찬이 맛있었는지 묻지 않는다. 나처럼 가족과 떨어져 사는 경우에는 더하다. 하루 종일 한마디도 하지 않을 때가 많다. 그러다 보면 '나는 누군가, 여긴 어딘가' 하는 식의 자문을 하게 된다.

이성친구에게 오늘 있었던 일을 한 시간 두 시간 이야기하다 보면 굳이 따져 묻지 않아도 무의식 중에 나의 존재를 확인하게 된다. 혹자는 그것이 '외로움'이라 말할지도 모르지만, 나는 허전한 마음을 채우기 위해서라기보다는 하고 싶은 걸 하겠다는 욕망이라는 것이 더 타당하게 느껴졌다. 연애를 해 보니 더 그런 것이, 남자친구가 있을 때 오히려 더 외로웠다. 외로움은 나 개인의 고유한 감정이니 누가 옆에 있다고 해결될 일은 아니었고 곁에 누가 있음에도 외로운 것은 그 상대적 크기를 더 키웠다. 다만 일상을 공유하려는 욕망은 연애로 어느 정도 충족된다. 남자친구든 여자친구든 결국은 서로에게 기본적으로 '친구'여야 한다는 생각이 들었다. 일상을 얼마든지 조잘조잘 떠들 수 있는

친구. 그러려면 일단 말을 하고 싶어지는 상대를 만나는 것이
좋다. '대화가 잘 통하는 사람'은 중요하다.

　　다른 하나는 아이이고 싶어서다. 꼬부랑 할머니, 할아버지가
돼도 이성친구는 보이프렌드, 걸프렌드다. 누군가의 앞에서
남성과 여성(male/female)이 아니라 소년과 소녀(boy/girl)가 되고
싶은 마음은 모두에게 있다. 마음껏 응석 부리고 떼쓰고 유치하게
굴고 싶은 그 마음들은 저 속에 간직한 채, 사회적으로 소년과
소녀로 용인되는 나이가 지나면 어디 나가서 그렇게 행동하긴
어렵다. 그러나 연애를 하면 그 소년과 소녀가 슬그머니 나와
소꿉장난을 한다. 별것 아닌 일로 싸우기도 하고, 조카와 할 법한
유치한 장난들을 하고, 웃기지도 않은 일에 까르르 넘어간다.
그래서 '기꺼이 아이가 될 수 있는 사람'도 중요하다. 어른인
척하는 사람은, 더군다나 자신은 어른이고 상대는 아이인 것처럼
군림하고 관리하려는 사람은 더욱더 안 될 말이다.

　　이성을 대할 때 가장 눈이 높은 사람은 느낌이 통하는
사람을 원하는 자라던가. 내가 바로 그랬고 마음에 드는 사람을
만나는 건 정말 어려운 일이었고 어쩌다 만날 수 있는 그들은
귀인 중의 귀인이었다.

○ ○ ○

소개팅을 거듭할수록 그에 대한 아쉬움이 더 컸다. 과연 나는

그 귀한 인연에 최선을 다했을까 하는 생각이 맴돌았다. '만약에 좀 더 노력했다면' 하는 가정을, 이미 지나 버린 과거에 대한 상상을 거듭했다.

그 무렵 자주 찾던 공연 예매 사이트에 접속했다. 요즘은 무슨 공연을 하는지 둘러보는 것이 나의 일상이었다. 그와 꼭 보고 싶었던 공연의 배너광고가 맨 앞에 떠 있었다. 이미 오래 전 매진됐고, 헤어지고 나니 이렇게 될 거 차라리 예매를 못해서 다행이라 생각했던 공연. 그런데 내가 접속한 그 시각, 누군가 취소를 했는지 정말 딱 두 자리가 남아 있었다. '마/감/임/박.' 마음속에 쾅 새겨지는 네 글자. 남은 수량을 싹쓸이하는 짜릿한 마음으로 서둘러 두 장을 결제했다.

'그에게 티켓을 보낼 것인가, 말 것인가?'

'티켓을 보낸다면 그가 올 것인가, 오지 않을 것인가?'

고민이 시작됐다. 공연이 3일 뒤라 고민은 짧게 끝내야 했다. 좋든 싫든 이별했고 만났던 만큼 시간이 지나서야 온 연락이 분명 이상하게 비칠 것이었다. 자존심 없는 여자 혹은 쉬운 여자가 될 수도 있다. 어쩌면 스토커로 생각할지도 모른다. 당시 그는 지방에 머물고 있었으니 굳이 공연 하나 보자고 여기까지 올 리도 없고, 그렇다면 텅 빈 옆자리 탓에 나는 공연을 즐길 수도 없을뿐더러 또 한번의 슬픔을 맛봐야 할 것이다. 보내지 않는 것이 맞다.

그렇지만 그는 분명 귀한 인연이었고, 나는 미련이 남았다. 상상해 봤다. 10년 뒤 저 멀리 아부다비 거리에서 우연히 그와

마주친다면 내가 그때 동반자가 있다 해도 흔들리지 않을
것인가? 아, 자신이 없었다. 그렇지만 지금 나의 마음만큼 최선을
다한다면, 언제 어디서 마주쳐도 상황은 다를 것이다. 과거에 대한
더 이상의 가정과 상상은 없을 것이다. 차이고 창피한 건 금방
이지만 그때 좀 더 잘해 볼걸 하는 후회는 두고두고 갈 것이다.
남의 사생활을 침범하지 않은 합법적인 행동이니 스토커로
오해받지는 않을 것이다. 보내는 것이 맞다.

　'내가 미쳤구나!'

　등기로 티켓을 보내 놓고서는 그냥 정신줄을 놓았다.
갈등이 심화되면 어느 순간 초탈하게 되는지, 머릿속이 하얘졌다.
그렇지만 정말 최선을 다했다는 확신은 들었다. 석 달 동안
흐렸던 마음이 맑게 겠다. 이 정도면 지금의 나에게 후회는 없다.
언제 어디서 마주쳐도 미련은 없다.

○ ○ ○

그날. 공연은 취소됐다. 공연을 두 시간 남짓 앞둔 상태에서
이례적이었다. 지휘자의 건강상의 이유라니 어쩔 수 없는
일이었지만, 왜 하필 그날이었을까. 왜 하필 그날이란 말인가.
공연장까지 가서야 소식을 듣고 발걸음을 돌리며 허탈한 웃음이
났다. 세상은 요지경, 요지경 속이다. 이럴 수가 있나, 정말.
공연장을 빠져나가는데, 저 반대편에 허탈하게 웃는 그가 있었다.

122

누군가에게
소년과 소녀가 되고 싶은
마음은 모두에게 있다.

Royal Copenhagen
Fluted Signature,
Sweden, 2008~
(made in Thailand)

만난다면 무슨 말을 건네야 할까 고민이었는데, 예상치 못한 상황에 우리는 그냥 웃다가 어차피 남는 시간 근처 카페에서 차를 마시기로 했다. 안부를 잠시 물었고, 그러고 나서는 그사이 있었던 대선 이야기가 오갔다. 헤어졌던 연인과의 대화에 정치 소재가 웬 말이냐, 스스로가 황당해 자꾸 웃음이 났다.

며칠 뒤, 그로부터 예상치 못한 택배가 왔다. 찻잔세트였다. 시간이 잠시 멈췄다. 하얀 찻잔만큼이나 온 우주가 밝아졌고, 찻잔의 빗살처럼 내 온몸에 빛이 퍼져 후광을 발산하는 느낌이었다. 백화점 위층은 쳐다보지도 않았던 그를 데리고 전시회장의 큐레이터처럼 이것저것 설명했던 기억이 났다. 집에 놀러 왔을 때, 꺼내 둔 그릇을 이리저리 돌려 가며 소개했던 일도 떠올랐다. 관심 없는 사람에겐 재미없을 그릇 이야기들을 그는 잘도 들어주었다. 듣고 보니 달리 보인다는 기분 좋은 이야기들도 건넸다. 그랬던 그가 나의 언어로 자신의 이야기를 전하고 있었다.

그날 연락하지 않았다면 그를 평생 볼 일이 없었을 것이다. 내가 잡지 않았다면 가 버렸을 사람이다. 그 자신도 부인하지 않는다. 그래서 이 관계에서 내가 '갑'이 아닌 '을'이라거나 자존심이 상한다거나 하는 마음이 아주 없진 않다. 그러나 그는 나로 인해 이 관계가 지속되었음을 인정하는 사람이다. 원래 연락을 하려던 참이었던 척하지 않고 나보다 어른인 척하지 않고, 그래서 내 위에 군림하거나 나를 관리하려 들지 않는 나의 친구다. 아이의 모습으로 내 앞에 서서 얼마든지 오랫동안 함께 대화할 수 있는 귀한 인연이다. 빈정 상하는 그 마음들을 다 합쳐도 내가 좀 더 노력하지 않았을 때 찾아올 후회가 훨씬 무거웠다. 그러니 내가 차든 차이든 혹은 갑이든 을이든, 먼저 손을 내미는 일은 절대 손해가 아니다.

다시 인연이 이어졌으니 만족하냐고 묻는다면 두말할 것 없이 '매우 그렇다.' 이 잔에 차를 마실 때마다 그가 떠오르냐고 묻는다면 이번에도 답은 '매우 그렇다'이다. 그러나 두 번째 시작을 가져온 이 찻잔이 내게 '우리의 아름다운 사랑'을 상징하느냐 묻는다면, 그것은 아니다. 이 잔은 귀한 인연을 위해 최선을 다했던 나를 상징한다.

남자의

주방

남자친구가 이사를 했다. 새 집은 한쪽 벽면이 통으로
유리창이어서 커튼이 필요했고, 가로로 누워 티브이 보길
좋아하는 그를 위한 소파도 있어야 했다. 소파에 앉아 있을 때
발을 올려놓고 까딱거릴 수 있는 테이블도 함께 들였다. 가구들을
조립해 놓으니 작지만 제법 아늑한 집이 되었다.
    며칠 뒤 그의 집을 찾았다. 그가 없는 시간에 잠시 들러
과일을 사다 둘 참이었다. 제철 과일들을 한가득 사다가 차곡차곡
정리하는데 배가 출출했다. 시리얼에 우유를 붓고 숟가락을
찾았다. 그런데 숟가락이 없다. 눅눅한 시리얼을 싫어해서 얼른

찾아야 하는데 숟가락이 보이지 않는다. 찬장 문을 몇 번을 열어 구석구석 찾아도 없다. 한참 뒤 어느 유리잔에 빽빽이 꽂아 둔 일회용 숟가락과 젓가락이 보였다. 그중 하나를 잡고 좌우로 흔들었더니 얼마나 빡빡하게 꽂혀 있던지 비닐포장을 벗으며 한 녀석이 딸려 올라왔다.

며칠 뒤 그의 집에 또 한번 들렀다. 이번에는 식기건조대에 일회용 숟가락이 놓여 있었다. 비닐이 벗겨진 일회용이 쓰레기통이 아니라 왜 식기건조대에 있을까? 저걸 씻어서 엎어 놓은 것인가? 그래도 일단은 못 본 척 소파에 앉아 혹시나 싶어 한마디 건넸다.

"당신 집에 숟가락이 없더라?"

"없긴 왜 없어~."

그가 식기건조대 앞으로 향했다. 요구르트를 먹으려는 내게 방금 본 그 숟가락을 내민다. 이 숟가락을 몇 번을 씻어 썼을까? 한번 쓰고 버리는 용도로 만들어진 숟가락은 환경호르몬을 한껏 내뿜는 것 같았고, 골이 진 플라스틱 사이사이에는 세균이 득실거릴 것만 같았다. 그래도 내 살림이 아닌 것을 함부로 이래라저래라 할 수는 없는 법. 독이 묻은 것도 아니니 건네는 그 숟가락을 받아 요구르트를 한술 떠서 재빠르게 입에 넣었다 뺐다.

백화점에 들를 기회가 생겨 슬쩍 그에게 집들이 선물로 커트러리가 어떨지 물었다. 그는 매장 앞에서 이것저것을 뜯어 보더니 좀 더 돌아보자며 나를 다른 매장으로 이끌었다. 마음에 드는 것이 없는 모양이었다. 다음 번, 마트에 함께 간 날에는 심플한 스테인리스 커트러리를 카트에 담으려 했다. 그는 이번에도 좀 더 생각해 보겠단다. 숟가락이랑 포크 하나 사기가 이렇게 어려울 수가.

　의문은 함께 떠난 휴가에서 풀렸다. 여행을 다녀온 사람들이 모두 권했던 아웃렛이 있었고 그중에서도 그릇 가게 구경을 놓칠 수 없었다. 운이 좋게도 그날은 독일의 도자기 브랜드 빌레로이 앤드 보흐에서 식기류를 하나에 3유로, 한화로 4천 원가량에 팔고 있었다. 기회가 왔다. 이제 그만 일회용을 버리자. 나는 그의 집에 놓겠다며 특가 바구니 안에서 숟가락과 포크를 고르기 시작했다. 그런데 무언가 싸하다. 이상한 기운에 올려다보니 그의 표정이 뾰로통하다.

　"왜 그래?"

　"필요 없는 걸 굳이 왜 사?"

　"당신 집에 숟가락이랑 포크 없잖아."

　"지금 있는 걸로도 잘 써. 어차피 결혼하면 그때 살 거잖아."

　나는 인상을 찌푸리고 눈을 지그시 감았다. 지금 일회용을 계속 쓰겠다는 말인가. 먹고 사는 걸 중요하게 생각하는 여자를 4년을 만났는데도, 여전히, 일회용을, 계속, 쓰는 것이, 진정, 아무렇지도 않을까? 남의 살림이니 크게 관여하지 않으려 했던 마음이 싹 가셨다.

"그냥 사. 살래. 사서 이거 가져다 둬. 내가 쓸래. 당신 집에 놀러 갈 때 내가 불편해 그래."

　잠시 동안의 다툼 끝에 나는 내가 쓸 것 두 개와 그의 것 두 개 해서 네 개의 숟가락을 계산했다. 젓가락이 있으니 포크는 필요 없다는 그의 말에 백 번 양보하여 포크는 내려놓았다.

○ ○ ○

나를 만난 이후로 그의 가치관이 조금씩 변했다고 생각했다. 아무것도 없이 휑했던 주방에 내가 선물한 그릇이 놓이기 시작했고, 떡볶이 1인분을 사 와도 그는 비닐봉지를 벗겨 그릇에 담아 내 왔다. 내가 아니라면 그 무엇이 그를 이토록 바꿔 놓을 수 있을 것인가? 이것이 정녕 사랑의 힘 아니겠는가? 연인의 건강한 삶에 일조하는 나는 얼마나 유익한 사람인가?

　그를 만난 지 얼마 지나지 않은 때, 한때 인기를 구가하던 미국 코렐사의 실용적인 그릇 몇 가지를 선물했다. 이 브랜드의 그릇은 유리를 압축한 소재인데, 나는 유리의 투명함이 왠지 차갑게 느껴져 좀처럼 쓰지 않지만 그에겐 막 다루어도 좋고 디자인도 심플한 이 그릇이 딱 좋을 것 같았다. 코렐을 세트로 들였던 엄마가 언젠가, 그릇에 홈이 없어 설거지 후 물기가 고이지 않고, 떨어뜨려도 이가 나갈 걱정이 없어 좋다고 했었다. 예상대로 그는 선물받은 그릇들을 잘 사용했다. 역시 내 취향을 떠나 그의 생활에 맞추어 고르길 잘했다고 생각했다.

그의 찬장에는 예쁜 머그컵도 늘었다. 함께한 여행에서 기념컵들을 사더니, 그것들이 몇 개 모여 좋은 추억이 되었다. 나로 인해 알게 된 브랜드의 디자인도 들였다. 휘황찬란한 문양이 인상적인 핀란드 이탈라(Iittala)의 타이카(taika) 시리즈가 대표적인데, 나는 너무 화려해서 피했던 디자인을 그는 무척 좋아했다.

백화점에 가면 으레 그릇이 있는 꼭대기 층으로 향하는 것도 그에게서 느낀 변화였다. 로열 코펜하겐의 블루 플루티드 라인을 보며 그 푸른 빛이 멋있다고 감탄했고 에르메스 그릇의 화려한 색감과 금장에 "완전 내 스타일이야!"를 연발했다. 그릇이라면 관심도 없던 그였으니 나는 그 모든 것이 나로 인한 변화인 줄 알았다. 먹고 사는 데 대한 관심이 늘었다 생각했다. 좋은 그릇에 좋은 음식을 담아 끼니를 잘 챙기는 것의 중함을 알아 가는 것이라고 여겼다. 그런데 다 착각이었다. 일회용을 계속 씻어 쓰는 일상이 아무렇지도 않다니, 맙소사.

○ ○ ○

"당신한테 주방은 뭐야?"

한 차례 싸움이 가시고 그에게 물었다.

"화장실 외에 물이 나오는 공간?"

"먹고 사는 문제가 중요하지 않아?"

"그저 먹을 수 있다면 다 괜찮아. 일회용으로 먹든, 몇 번이고 돌려 쓴 헌 일회용으로 먹든, 유명 브랜드 숟가락으로 먹든, 나한테는 다 똑같아."

좋은 그릇이건, 플라스틱 포장용기이건, 비닐봉지이건 먹는 기분이 전혀 다르지 않단다. 전혀. 친구가 와도 차를 내어 줄 일은 없고 대한민국은 좋은 나라라 언제든 전화 한 통이면 따끈한 음식이 배달되며 그게 싫을 때는 나가서 먹으면 그만이니 접시도 볼도 숟가락 젓가락도 딱 하나씩만 있으면 된단다.

"아닌데…… 혼자 먹어도 음식 따라 필요한 그릇이 다른데……."

나의 목소리는 작아졌다. 그의 세계엔 나의 생각이 파고들 틈이 없었다. 언젠가 남동생에게도 비슷한 말을 들은 적이 있다. 그릇은 접시 하나만 있으면 그만이고, 접시는 최대한 싸면 된다는 것. 그때는 그냥 웃기려고 한 농담인 줄 알았다.

"아! 냉장고는 하나 갖고 싶어. 음식점의 투명한 냉장고. 맥주와 음료수와 생수를 줄 맞춰 쭈욱 늘어놓을 수 있는. 그리고 그게 한눈에 보이는 그런 거. 쫙 늘어놓으면 캬~."

왜 주방에 '쫙'이 필요하고 '캬'가 나오는 걸까. 그러고 보니 이 역시도 어디서 본 듯하다. 남동생의 자취방에 들른 어느 날, 냉장고를 열어 보고 생각보다 깔끔한 정리에 놀랐던 적이 있다. 맥주는 맥주끼리 일렬로, 생수는 생수끼리 일렬로, 마치

남자의 주방에는
그가 멋있다고 생각하는 것들이 있다.
스타벅스 컵과 여자친구가 선물한 그릇.

(뒷줄 파랑새컵)
Iittala Satumetsä
by Klaus Haapaniemi,
Finland,
2009~2016
(made in Thailand)

(뒷줄 오른편 컵)
Iittala Taika by Klaus
Haapaniemi,
Finland, 2006~
(made in Thailand)

(앞줄 중간 y 컵)
Anthropologie
Homegrown Monogram
Mug by Samantha
Robinson, U.K.
(made in China)

(뒷줄 오른편 볼)
Corelle
Impressions
Splendor, U.S.A.

133

음식점처럼 줄을 맞춰 가지런히 놓여 있었다. 맥주가 정리된 그 라인에는 다른 식재료가 끼어 있지 않았다.

이들에게 냉장고란 그러니까 일종의 진열장이었다. 나의 경우 찬장 문을 열었을 때 층층이 쌓인 접시가 아름답게 느껴지듯, 이들에겐 냉장고 안에 잘 진열된 아이템들이 희열을 주는 듯했다.

늦은 저녁 통화로 하루의 일상을 늘어놓는데, 그가 오늘 장을 보았다고 자랑이다. 냉동피자를 샀단다. 이탈리아어로 가득한 태그를 보니 틀림없이 맛이 좋을 것이란다.

"당신 집에 오븐 없잖아."

"어, 그거 오븐 있어야 돼?"

"휴, 전자레인지에 돌리면 먹을 순 있지만 눅눅해서 맛이 없을 거야."

"그럼, 오븐을 살까 봐."

4천 원짜리 숟가락 하나가 필요하네, 안 필요하네 하며 저 머나먼 땅의 아웃렛에서 치열한 싸움을 했던 건 잊었나. 오븐은 사겠다면서 숟가락은 필요 없다는 그의 심리를 도통 이해할 수가 없다.

연인도 동생도 결국은 나로 인해 취향이 바뀌어 좋은 그릇을 갖추어 가는 것이 아니었다. 내게는 나의 주방이, 그들에겐 그들의 주방이 필요할 뿐 서로가 서로의 모범답안이 되어 줄 수는 없다. 그러나 한 가지, 나의 주방에 내가 중요하게 생각하는 가치들이 묻어나는 것처럼, 이들 주방을 알아 갈수록 나는 이들이 가진 생각을 이해할 수 있을 것 같다. 사소한 장소에서 단서를 얻는 셜록의 마음으로 이들의 주방에 노크를 한다.

지금이
아니면

다시   오지
않을

런던에서 1년의 코스 끝에 석사논문을 제출하고 한국으로
돌아갈 일만 남았을 때, 엄마와 한 달 정도 유럽 여행을 하기로
했다. 여행사 패키지 여행에 나오는 몇몇 도시들과 내 또래의
젊은이들이 배낭여행하는 장소를 적절히 섞어 코스를 짰다.
남이 하는 것은 나도 하고 싶으면서도, 남이 안 해 본 나만의
경험 또한 하고픈 것이 사람의 마음이니 이 두 마음을 적절히
충족시킬 수 있는 코스로 7개국 열 개 도시를 골랐다. 숙박도
여행이거니와 어른들은 한식이 금방이고 그리워질 테니 호텔과
한인민박, 현지인의 B&B(Bed and Breakfast)를 번갈아 예약하고,

연주를 하는 레스토랑이나 현지 전통공연들도 알아봐 두었다. 소매치기가 우려되는 기차보다는 미리 예매하면 정말 저렴한 저가항공들을 이용해 이동 중의 휴식도 챙겼다. 편안하게 한 달이니 멋있고, 재미있고, 소박하고, 예쁘고, 웅장하고, 평온하고, 우아하고, 정열적인 장소들을 차례로…… 이 정도면 문제없이 100점짜리 여행이 될 것이었다.

　단 하나의 걱정은 엄마가 홀로 한국에서 런던까지 날아와야 한다는 점이었다. 엄마는 서울 지리도 잘 몰랐고 혼자 해외에 가 본 적이 없었다. 여수집에서 인천공항까지의 이동, 인천공항에서 체크인 카운터를 찾아 체크인을 하고 공항 안으로 들어와 짐 검사를 마치고 출입국 심사대를 통과하여 출국 게이트까지 찾아오는 것, 그리고 런던에 도착해 입국신고서를 써서 출구를 찾아 입국심사를 받고 짐이 나오는 곳의 번호를 확인해 가방을 가지고 출구로 나오는 것. 모든 과정이 걱정이었다. 중간에 생길 수 있는 모든 문제 가능성을 생각해 출발하기 몇 주 전부터 전화할 때마다 엄마에게 과정을 알리고 또 알렸다. 여수에서 런던까지 루트가 엄마 머릿속에 잘 그려지도록 같은 설명을 몇 번이고 했다. 국내 항공사를 이용하니 입국신고서까지는 승무원의 도움을 받을 수 있었지만, 영국의 입국심사가 특히 걱정됐다. 런던 공항은 때때로 굉장히 까다롭게들 굴어 핀트가 어긋나면 괜한 엄포를 놓는 경우가 있었다. 왜 왔는지, 숙소는 어디고, 언제 출국하는지 등을 물을 것이고 영어가 자유롭지 않은 엄마에게는 가장 불편한 코스가 될 것이다. 떨리는 마음으로 한참 먼저 공항에 도착해 엄마를 기다렸다. 기다리는 동안 문제가 생기면 전화가 오겠다 싶어 손에 쥔 휴대전화에 땀이 고였다. 문제 대처방법 A, B, C를 머릿속으로 끊임없이 생각했다.

○ ○ ○

공항 문이 열리고, 저 멀리 힘차게 손을 저으며 씩씩하게 엄마가 나왔다. 아니나 다를까 심사대에서 이것저것 물었단다. 의사소통이 안 되니 직원이 뒷줄의 사람에게 통역을 부탁했고 그 뒤론 아무 문제 없었다고 의기양양 말했다. 겁나지 않더냐 물으니 엄마의 대답.

"별로."

준비는 다했으니 별달리 문제될 것도 없으며, 문제가 돼도 밖에 내가 있으니 전화 한 통 걸어 해결할 수 있고, 최악의 경우라도 한국으로 가기밖에 더 하겠냐는 답이다.

이게 우리 모녀의 성격 차이다. 될 수 있으면 계획하고 예상되는 문제를 최대한 찾아내 최적의 대비를 해야 직성이 풀리는 게 나고, 엄마는 삶은 어떻게든 굴러가게 되어 있고, 좋게좋게 생각하면 좋게좋게 풀린다는 주의다. 온 신경을 곤두세워 머릿속으로 엄마가 되어 인천과 런던을 수백 번 왔다 갔다 했던 나와 "별로" 무섭지 않은 엄마는 이렇게 다르다.

보름쯤 지나 헝가리 부다페스트를 여행할 때였다. 플리마켓을 뒤적거리는 것이 신나는 나는 여행 코스에 크고 작은 플리마켓을 넣었는데, 사진으로 보니 부다페스트 플리마켓은 규모도 꽤 크고 영국이나 파리와는 달리 투박한 브라스류나 오래된 가죽제품, 금박이 둘러진 구소련의 찻잔, 유색 보석이 박힌 액세서리 등이 있어 꼭 들러 보고 싶었다. 문제는 위치였다. 커다란 공원 구석의 어딘가 라는데 녹지가 많은 공원에서 길 찾기는 쉽지 않았다. 스마트폰이 없어 각종 지도 어플의 힘을 빌릴 수도 없었다.

사람이 많은 데가 거기려니 하고서 엄마를 이끌고 풀숲을 헤쳐 가니 마라톤 경주를 준비하는 곳이었다. 달리기를 왜들 그리 좋아하는지 인파가 어마어마했다. 한참을 돌아도 무정한 호수만 나타나고, 나는 목적지가 아니라는 이유로 그 풍경에 0.1초의 눈길도 주지 않은 채 마켓을 찾아 두리번거렸다. 그사이 엄마는 내내 나무 구경, 건물 구경, 사람 구경, 아이 구경을 하며 이런저런 말을 건넸는데 나는 무성의한 어, 어, 그게 다였다. 한참 헤매다 공원의 끄트머리에서 무언가를 봉지봉지 싸 들고 오는 사람들의 행렬을 만났고 이를 따라 가니 드디어 마켓이었다.

과연 즐거운 곳이었다. 입구부터 물건들이 눈길을 사로잡았다. 작은 키에 평생 입어 볼 일이 없던 맥시드레스가 눈에 밟혀 한동안 만지작거리며 이리저리 대 보았다. 값이야 저렴했지만 과연 입을까 싶어 망설이는데, 엄마의 한마디. "사,

"사. 여긴 또 언제 온다고."
엄마 목소리가 귀에 선하다.

여길 또 언제 오겠어." 그렇게 그 드레스는 남은 여행 내내 좋은
파트너가 됐다.

　　마켓을 둘러보며 하나둘 집어 올리다 보니 목걸이, 귀걸이,
팔찌 등 패션 소품들과 가죽을 두른 오래된 술병 등 인테리어
소품들이 제법 많았다. 처음에는 저렴한 가격에 끌리지만, 금세
마켓의 물가에 익숙해진 나는 과소비 억제심리가 작동하기
시작했다. "살까?" "사―"를 반복하던 모녀의 대화에서 "아니야"가
나오기 시작했다. 몇 가지의 물건을 집었다가 내려놓고서 마켓을
빠져나가려는데 어느 한구석에 눈길이 갔다. 뒤져 보니 나무
위에 익살맞은 그림이 새겨진 컵받침 네 개가 나왔다. 서로 다른
그림이라 더 매력적이었고, 잡목을 모아 압축시키지 않고 튼튼한
원목을 깎아 만들어서 내구성도 좋아 보였다. 칼로 파냈으니
시간이 지나도 무늬가 흐릿해지지 않을 것이었다. 합리적인
판단을 위해 엄마에게 보여 주었지만, 엄마는 마음에 들지
않아했다. 어차피 내려두질 못할 거면 왜 물어봤는지 "별로"라는
답에도 나는 네 개의 컵받침을 차례로 보고 또 보았다.
그 모습을 본 엄마는 또다시 "사, 여길 언제 또 온다고" 하며 나를
주인장에게 이끌었다.

○　○　○

여행하는 동안 엄마의 요청을 꽤 여러 번 거절했다. 린던에는

시내와 템스강을 넘나드는 수륙양용차가 있지만, 왠지 런던의 관광객으로 남고 싶지 않아 적당히 시선을 다른 곳으로 돌렸고, 프라하에서는 지나가는 꽃마차를 타 보고 싶다는 엄마의 청을 부끄럽다며 단칼에 거절했다. 어느 도시에서는 리무진으로 시내를 한 바퀴 둘러보고 싶어 했는데, 누가 봐도 여행자들만을 위한 서비스가 싫어서 '한번 알아볼게' 하는 애매한 말로 얼버무렸다. 엄마는 흥미가 앞섰고, 나는 계산이 앞섰다. 여길 언제 또다시 온다고, 여행객처럼 보이는 것이, 여행 중에 잠시 '호갱님'이 되는 것이 뭐 그리 문제라고 그 요청들을 거절했을까.

여전히 엄마는 (아마 앞으로도) 꽃마차를 태워 주지 않은 나를 농담 반 진담 반 원망하고, 나는 진심으로 후회한다. 50세가 넘어서야 처음 유럽을 경험한 엄마는 그날들이 그때가 아니면 다시 오지 않는다는 것을 알고 있었다. 이것저것 눈치보며 재고 따지기엔 너무 아까운 시간이라는 것을 말이다.

그날 산 컵받침은 일상에서 아주 유용하게 쓰고 있다. 뜨거운 컵의 받침으로도 좋지만, 여름에 차가운 유리컵을 올려 두어도 컵 아래에 맺힌 물기를 잘 흡수했다가 배출한다. 원목이라 물에 닿아도 결이 갈라지지 않고 우리의 민화 같은 익살스러운 무늬는 쓸 때마다 유쾌하다. 봄, 여름, 가을, 겨울 사계절 내내 나의 티타임을 지지해 주는 이 녀석들을 만난 것은 엄마의 지혜 덕분이다. 이 순간은 다시 오지 않는다.

좋은
그릇보다

좋은
음식이   먼저

하루 종일 혼자 일하는 것은 모든 생활의 주도권이 내 손에 있어 좋다. 먹고 싶은 시간에 먹고 일하고 싶은 시간에 일한다. 주중 대낮에 카페에 가거나 평일에 여행을 떠난다. 붐비는 거리와 꽉 막힌 도로를 피할 수 있고 가장 싼 비행기표의 혜택을 누릴 수 있다. 업무 집중도 역시 높다. 직장에서는 업무 외적인 문제에 크고 작은 마찰이 생기기 마련이고 감정이 상한다. 거기에다 연애사, 가정사 등 사적인 문제까지 몰릴 때면 쓸데없는 데 신경 끄고 각자 일이나 열심히 하다 집에 갔으면 싶다.

혼자 일하는 것의 단점은 오로지 일하는 사람이 나 하나라는

데 있다. 일의 과정과 성과, 실패 모두가 나의 몫이다. 일하고 있는
그 시간이 근무시간일 뿐, 하루 여덟 시간이다 아니다 따위는
의미가 없다. 업무 분장도 없다. 회사에서는 다른 동료가 해 주던
세금 신고, 비품 구입은 물론이고, 컴퓨터가 고장이 나도 손봐
줄 사람 없이 모두 오롯이 나의 일이다. 업무는 그렇다 치자. 큰
일이든 작은 일이든 일은 일대로 하면 그만이니까. 애매한 것은
감정의 문제다. 동료가 없다는 것은 가끔씩 무척 외롭다. 함께
논의하고 함께 기뻐하거나 슬퍼할 사람이 없어서 일이 생길
때마다 친구나 가족 등 사적인 관계의 사람들에게 이것저것
털어놓는다. 그러나 같은 일을 하는 것이 아니니 공감의 정도는
동료에 비할 바가 아니다.

　　사람이 고프다 보니 밖에 나가면 타인에 대한 관심이 커져
있는 나를 발견한다. 카페에서 커피를 주문할 때도 종업원 옷에
꽂힌 작은 브로치에 눈길이 가고 "브로치가 참 잘 어울리네요"
한마디를 건넨다. 혼자 일하는 모든 사람들은 다들 한구석엔 이런
마음이 자라지 않을까? 이런 생활을 오래했던 경우라면 그 마음이
가마솥의 누룽지처럼 딱딱하게 눌어붙어 있지 않을까? 전에는
낯선 사람에게 무슨 말이 저리 많을까 했던 순간에 나조차 몇
마디 거드는 경우가 생겼다. 지하철에서 만난 할머니가 늘어놓는
사연에도, 길 헤매는 관광객의 줄줄이 이어지는 질문에도,
손님들의 에티켓을 지적하는 극장 화장실 청소 담당 아주머니의
잔소리에도 몇 마디를 거든다.

택시 안에서도 그렇다. 이전에는 이동하는 내내 휴대전화를 뒤적거리기만 했다. 전후 맥락 없이 "요즘은 말이야"로 시작하는 택시기사 아저씨들의 이야기에 맞장구치고 싶은 생각도 없었고 그저 아저씨는 운전에, 나는 탑승에 충실했으면 하는 생각이었다. 그러나 혼자 일하기 시작하며 나는 택시 안의 대화에 좀 더 집중하게 됐다. 맞장구가 늘면 아저씨의 대화도 다채로워져 길어야 30~40분인 시간 동안 그의 경력, 집안, 나이, 학교, 자녀, 자산까지 웬만큼은 파악할 수 있다.

○ ○ ○

택시 운전 경력이 30년이 넘은 아저씨였다. 슬하에 두 자녀를 두었으며 첫째는 딸, 둘째는 아들이다. 둘째가 3년 전 결혼하면서 두 자녀는 모두 가정을 꾸렸고 그와 함께 아저씨 내외는 조상에게서 물려받은 양평의 땅을 8억에 팔았고 6억을 들여 새 집을 지었다. 새 집은 100평의 대지에 올린 60평짜리 이층집으로 동네에는 이름난 연예인들의 전원주택들이 있다. 둘째는 아들이라 별말이 없지만, 탁월한 애교의 며느리는 원래 살던 광명 집을 아들 명의로 돌려 주길 부탁했고 손주가 둘이나 되니 아저씨도 더 큰 데 살라며 흔쾌히 명의이전을 해 주었다. 딸이 좋은 세상이라 해 주는 건 딸이 더 많지만 그래도 마음은 아들에게 더 간다는 그 시대의 전형적인 남자 어른이다.

일일연속극의 한 캐릭터로 잡아도 손색이 없을 듯하다. 물론 그의 가치관에 동의하는 바는 아니지만, 군이 내가 동의해야 할 이유도 없기에 적당한 리액션으로 응했다.

이야기는 끝으로 갈수록 이상하게 흘렀다. 젊은이들이여, 나처럼 검소하게 살라는 것. 어른이 젊은이를 만났을 때는 훈계를 해야 이상적인 대화라 생각하는 것까지도 그 시대의 전형이었다. 목적지가 가까워 올수록 아저씨는 훈계 꾸러미를 더 적극적으로 풀어놓으셨다. '6억'의 이층집 소유주이면서도 '고작 만 원'짜리 옷을 사서 입고 겨울에도 난방을 하지 않는 자신의 생활태도를 자랑했다. 그 말들이 모순처럼 들렸다. 일단, 군이 구체적인 값을 내세워 낯선 손님에게 자산을 어필하는 태도가 그리 검소해 보이지 않았다. 따뜻한 안락처라기보다 숫자로 대변되는 자산가치로만 집을 보는 태도에서 그의 라이프스타일이 엿보이기도 했다. 내외만 살면 집을 작게 지을 수도 있었을 텐데 전원주택이 즐비한 동네에 체면 빠지게 그리 못했다는 대목에서는 더욱 고개를 갸웃거렸다. 검소하다고 하기엔 타당성이 부족했다. 이건 아니지 생각이 차오르니, 전화라도 한 통 걸려 와 자연스럽게 대화가 끊어졌으면 싶었다.

차라리 그 대화가 점심에 갔던 기사식당 메뉴가 입맛에 잘 맞았다거나 그날 손님을 태우고 어디 다녀왔는지 같은 일상이었다면 훨씬 기분 좋았을 것이다. 그러나 그는 '액면가'를 내세워 당신의 자산과 생활태도를 뽐냈는데 그 말의 앞뒤가 어쩌다 보니 맞지 않아 어색한 마무리를 해야 했다. 게다가 이야기를 하는 동안 택시는 돌고 돌아 요금이 평소보다 5천 원쯤 더 나왔는데도 그는 미안하다는 말 한마디가 없었다. 수십 년을 혼자 일해 온 그의 모습에 일종의 동질감을 느끼면서 시작된 대화는 언짢은 기분으로 끝났다.

택시에서 내려 그 집을 상상해 보았다. 일단 좋은 소재로 지었을 것 같지가 않았다. 그의 말 어디에서도 집에 대한 애착이 느껴지지 않았기 때문이다. 저렴한 자재로, 대신 남 보기에 부끄럽지 않도록 넓게 지어진 집 같았다. 세심한 관리가 가능할 것 같지도 않다. 가드닝 같은 건 사치라 생각할 듯했다. 집 안은 쓰지 않으면서도 버리지는 못한 잡동사니로 가득할 것 같았다. 한때 유행하던 돌침대 하나가 덩그러니 놓여 있을 안방이 떠올랐다. 겉보기엔 멀쩡하지만 안은 무관심으로 일관된 집. 남의 눈은 즐겁지만 나의 몸은 소외되는 고달픈 라이프스타일이랄까.

○ ○ ○

언젠가 티브이에서 좋은 책장을 거실에 들여놓고, 두꺼운 고서 형태의 가짜 책을 꽂아 두는 집을 보고 깜짝 놀란 적이 있다. 옷과 가방은 명품인데 남이 못 보는 생활용품은 천 원 단위의 플라스틱으로 가득한 집도 많다. 200만 원짜리 가방을 반 값에 살 수 있는 기회는 놓치지 않으면서도, 천 원 하던 사과가 2천 원이 되면 선뜻 장바구니에 담지 못한다. 6억 집을 지어 놓고 생활비 무서워 난방 없이 겨울을 보내면 그 대비가 극명해 눈에 쉽게 띄지만, 생활 속 자잘한 모순들은 알아채기 어렵다. 게다가 다들 그렇게 사는 듯하니 그것이 문제일 것도 없어 보인다.

내 생각은 다르다. 나마저 자신을 타인의 눈으로 바라볼 필요가 없다. 요즘에도 있는지 모르겠지만, 초등학교 2학년쯤 바른생활 시간에 공중도덕에 대해 배웠는데 거기 등장하는 문구가 '나 하나부터'였다. 거리에 쓰레기를 버리며 '나 하나쯤이야' 했던 마음을 '나 하나부터'라고 고쳐 먹자는 패러다임의 전환. 나를 귀하게 여기는 일에도 '나 하나부터'라는 패러다임이 필요하다.

생활의 우선순위는 나와 가장 가까운 것에 두어야 한다. 신선한 재료로 만든 음식, 천연 소재의 속옷, 보드라운 침구, 향이 좋은 차와 내용이 알찬 책. 알맹이가 먼저고, 그를 담는 그릇과 가구는 그다음이다. 이 물건들이 찾기 쉽고 서로 조화롭게 정리된 집이 그다음, 그리고 정말 집 밖으로 나가서야 진가를 발휘하는 옷과 액세서리 등은 가장 마지막이다. 좀 외지고 작은 집에 차림은 좀 부스스하더라도 빵 냄새와 차향기가 가득한 집에 있는 누군가는 꽤 매력적이지 않나.

그릇을 좋아하다 보니 지인들이 새 그릇을 들이며 종종 조언을 청해 온다. 어떤 브랜드가 좋은지, 어떤 종류의 그릇이 필요할지 묻는다. 물론 김밥 한 줄이라도 예쁜 그릇에 먹으면 더

철마다 어떤 과일과 채소의
맛이 좋은지 모르면서
좋은 그릇부터 들일 필요는 없다.

맛있게 느껴지기는 하지만 그것은 막연한 느낌일 뿐이다. 나는
단호하게 장부터 보라고 조언한다. 좋은 그릇에 담는다고 길거리
김밥이 직접 지은 밥만큼 맛과 영양을 선사하진 않는다. 철마다
어떤 과일과 어떤 채소의 맛이 좋은지, 그리고 어떤 고기와 어떤
생선이 좋은지를 모르면서, 좋은 그릇부터 들일 필요는 없다. 내가
나를 위해 대접하는 한 끼 식사에서, 그릇은 우선순위가 아니다.
좋은 그릇보다 좋은 음식이 언제나 먼저다.

소심한
사람의
결단

굴러다니는 아무 화장품이나 발라도 탈이 없는 강인한 얼굴
피부와는 달리 그 외의 피부는 상당히 예민한 편이다. 계절,
화장품, 음식이나 생활공간이 바뀔 때는 꼭 한번씩 얼굴을 제외한
피부에 이상이 생긴다. 여행 중에 큰돈 들여 마사지를 받으면
꼭 온몸이 불긋해 비싼 화장품을 씻어 내야 할 때가 태반이고,
안 먹어 본 음식에 도전했다가 알레르기가 생긴 적도 많다.
이번에도 그랬다. 새로 쓰기 시작한 소스류 하나가 말썽이었는지
피부에 발진이 생겼다. 갑작스러운 식단 전환에 몸이 경기하는
것이다. 무식하게 들릴지 모르겠지만, 처음엔 적응되겠지 하며

새 화장품도 계속 바르고 새 음식도 계속 먹었다. 물론 증상만 악화됐다. 트러블이 생기기 전에 적응기를 거쳤어야 효과가 있지, 이미 생긴 트러블을 진정시키기는 어렵다.

갑작스러운 변화에 당황하는 건 사람이나 그릇이나 똑같다. 오래된 그릇을 쓰다 보면 원래는 없던 각종 증상들을 보게 된다. 물리적인 충격에 의한 손상이 다가 아니다. 주변 환경의 변화에도 그릇은 꽤 민감하다. 요즘이야 신기술로 각종 처리를 한다지만, 50년, 100년 전의 기술로 만든 빈티지 그릇들은 다르다. 생각해 보면 한 시대의 디자이너가 자연의 재료를 불로 구워 낸 예술이니 미술관 혹은 박물관에 놓이는 게 이상하지 않은 작품이기도 하다. 훼손하지 않으려면 다른 예술작품들처럼 늘 적정 온도와 습도를 유지해야 한다. 급격한 환경 변화를 겪지 않도록 하는 것이다. 그러나 일상생활에서 쓰다 보면 그게 쉽지 않다. 이때 생기는 가장 흔한 손상이 유약 갈라짐, 흔히 빈티지 수집가들 사이에서 크레이징(crazing)이라 불리는 현상이다.

크레이징은 제작과정이나 일상생활에서 그릇이 갑자기 온도 변화를 겪을 때 생기는 그물 무늬의 패턴을 말한다. 그릇은 기본적으로 흙으로 빚은 뒤 굽고 유약을 바르고 다시 구워 반짝이면서도 단단하게 하는 제작공정을 거친다. 흙과 유약은 따로지만, 고온으로 굽는 과정에서 화학작용이 일어나며 밀착한다. 그러나 이후 급격한 온도 변화를 겪으면 이 둘이 열에 반응하는 속도가 달라서 둘 사이에 균열이 생긴다. 비유하자면 마치 얼굴 위에 팩을 발랐을 때 시간이 지나면 얼굴은 당기고 팩은 갈라지는 것과 같다.

크레이징 없이 그릇을 쓰려면 뜨겁고 찬 것에 노출시키지 말아야 한다. 극단적인 온도 사이를 오가는 동안 그릇은 놀라 자빠진다. 오래된 찻잔은 쓰기 전에 예열이 필요하고, 세척할 때에도 찬물이나 뜨거운 물보다는 미지근한 물로 헹구는 게 좋다. 사람도 마찬가지 아닐까? 조금씩 생각에 변화를 주어야지 느닷없이 행동했다가는 탈이 난다. 자칫 잘못하면 조증과 울증을 오가는 롤러코스터를 맛보기 쉽다.

○ ○ ○

두 번째 퇴사는 3년의 시간 동안 고민한 결과였다. 곧 그만두겠다는 이야기를 지인들에게 계속 해 댔고, 그들을 오랜만에 만나면 아직 다니느냐는 질문이 되돌아왔다. 그때마다 여전히 고민 중인 내 모습이 부끄러워 숨고만 싶었다. 한동안은 같은 말을 하기가 지겨워 사람을 만나는 것 자체를 피했다. 못 그만두겠거든 잔소리 말고 묵묵히 다니든지, 그게 아니면 결단을 내려야 하거늘 질질 끄는 스스로가 답답하기 짝이 없었다. 그러나 퇴사를 하고서 할 수 있는 일이 무엇인가 생각해 보면 답이 없었고 고민 외에 달리 할 게 없었다. 나는 기술도, 재주도, 특기도, 게다가 모아 둔 재산도 없으니 바깥세상은 위험했고

내 속도에 맞게
오랜 시간 고민해야
크레이징이 없다.

New Hall,
U.K.,
1930-1951

그 위험을 감내하기엔 용기가 없었다. 이 진동을 빠짐없이 매일 3년을 계속했다. 의도한 바는 아니지만 질리도록 성실한 고민이었다.

이곳에도 저곳에도 발을 붙이지 못한 채 공중부양하는 기분으로 장시간 지내는 일은 지금 와서 생각해 봐도 괴로웠다. 그러나 꾸준히 고민하는 것은 마음의 변화를 관찰하는 데 도움이 된다. 매일 같은 고민을 하는 것 같지만 자세히 살펴보면 아주 그렇지만은 않다. 매우 간단히 추리면 이 정도의 패턴이었다.

이것은 내 길이 아니다 → 내 길을 가고 싶다 → 내 길은 무엇인가 → 잘하는 것이 없다 → 그럼 무엇을 좋아하는가 → 좋아하지만 특별한 것은 아니다 → 특별해야만 의미 있는가 → 그렇지 않으면 나가서 굶어 죽는다 → 왜 굶어 죽는가 → 남들도 하는 것 적당히 해서는 망한다고들 하더라 → 한번 망하면 죽나 → 다시 경제활동인구가 될 수 있는 기회는 그걸로 정말 끝인가

오랜 시간 고민 끝에 나는 이게 끝은 아니라는 믿음을 발견했고, 그래서 새로운 삶의 방향을 찾아 변화를 시도하겠다는 결정을 내렸다. 할 수만 있다면 뛰어난 자의식을 가져 '이건 아니지' 결단을 빨리 내릴 수 있는 사람이 되고 싶었다. 그러나 나는 부끄러워 배달 주문전화도 걸지를 못하니, 굳이 따지자면 소심한 편이다. 그러니 오랜 시간 고민하는 것이 나의 속도에

맞다. 예열에 예열을 거쳐야 크레이징이 없는 그릇이 나다.

소심한 사람의 특징 중 하나는 끝없이 고민하고 끝없이 타인을 관찰하며 추측한다는 것이다. 이 부분을 조금 수정하니 뫼비우스의 띠 같은 고민의 고리를 끊어 내는 데 큰 도움이 됐다. 소심하게 매일매일 고민하되 논문을 쓰듯 논리에 집중했다. 남의 이야기처럼 나의 소리를 듣고 질문하길 반복하다 보면 조금씩 고민에 진전이 생겼다. 꽤 흘러 버린 시간이 아쉽긴 하지만, 덕분에 퇴사라는 변화 이후에도 튼튼하게 살고 있다. 느려 터진 나의 소심한 시계 때문에 삶의 온도를 바꾸는 데 오래 걸릴지도 모르겠지만, 내 그릇을 더 오랫동안 튼튼하게 쓸 수 있는 나의 방식임은 틀림없다. 지긋지긋한 고뇌의 시간이지만 역시, 헛된 시간이란 없다.

빈 그릇은   우리의

한 세 다

사공이 많으면 배가 산으로 간다는데, 사공이 하나여도, 둘이어도 배가 꾸역꾸역 산으로 가는 때가 있다. 연인과의 이탈리아 여행은 두 사공의 합이 얼마나 어리석을 수 있는지 결정타를 날렸다.

열흘간 여행의 마지막 밤, 진짜 이태리 음식들을 이제 더는 못 먹는 게 아쉬워 3인분을 시켰다. 마지막 파스타 한 가닥을 꿀꺽, 목구멍 끝까지 밀어 넣고 숙소로 돌아갔더니 배가 너무 아팠다. 새벽 3시가 넘도록 잠을 이루지 못했다.

다음날 새벽같이 일어나 커피 한 잔으로 어제의 음식들을 좀 더 밀어 넣고, 조식으로 나온 와플과 시리얼, 각종 빵과 과일을

테트리스 게임의 빈칸을 채워 넣듯 차곡차곡 먹었다. 이제는 정말
마지막이었다. 이른 시각 비행기를 타기 위해 호텔을 떠났다.
공항에 도착해 이번 여행의 동반자였던 렌터카를 반납하고
체크인을 했다. 이태리산 식재료로 가득 찬 트렁크를 수하물로
붙이고서 출국장으로 향했다. 세금 환급도 받고 면세점 구경도
하며 소화를 시키고 마지막 에스프레소를 한 잔 즐겨야겠다
생각하며 공항 검색대로 한 걸음씩 다가갔다.

"본조르노(Buon giorno)."

우리 차례, 열흘간 익혀 둔 굿모닝을 공항 직원에게
현지어로 건네며 미소와 함께 티켓을 내밀었다. 잘생긴 이태리
아저씨는 타고난 매력 눈빛을 발산하며 티켓을 받아 리더기에
댔다.

"No, tomorrow."

아저씨의 두 단어는 뭔가 잘못됐음을 분명히 전달했다.
두 명의 사공은 그것이 무슨 상황인지를 알 수가 없었다. 가까이
다가가니 공항 직원이 티켓에 적힌 날짜를 가리켰다. 티켓의
날짜는 19일, 우리가 공항에 간 그날은 18일이었다. 맙소사, 어째
이런 일이.

잠이 부족했던 탓인지 상황파악이 되지 않았다. 이것이
꿈인가 싶어 몰래 내 손등을 꼬집었다. 아픈 걸 보니 꿈이 아니다.
이건 내 실수다. 우리의 여행은 계획파인 내가 스케줄을 관리하고,
여유파인 그가 현장에서 즉흥적으로 식당과 카페를 섭외하는

편인데 이 패턴이 반복되다 보니 서로의 암묵적인 역할분담이 되었다. 공항에 도착해서 바로 알았다면 시간이라도 좀 더 아낄 것을, 하필 체크인 카운터의 직원도 날짜 확인을 하지 않았고 짐까지 비행기에 실렸으니, 사공의 수와 관계없이 우리의 배는 산으로 갔음이 틀림없었다. 한 시간을 기다려 다시 짐을 찾았다. 다행히 차는 내일까지 예약했던 것으로 확인이 되어서 반납한 차를 돌려받으면 되겠다 싶었는데 세상이 내 생각대로 돌아가 주지는 않는 법. 반납 절차가 모두 끝나 새로 빌리란다. 되는 일이 없다. 돌아가기 싫다, 하루만 더 있으면 좋겠다, 어젯밤의 소원이 이루어진 셈이지만, 여행의 진짜 마지막 날은 그렇게 어이없는 사건으로 망친 기분 속에 시작했다. 비마저 추적추적 내렸다.

밀라노 외곽이지만 공항과 멀지 않은 레지던스를 즉시 예약하고 숙소로 이동했다. 정신을 바짝 차려야겠기에 단숨에 더블에스프레소를 들이켰다. 별 도움이 되지 않았는지 여전히 잠이 쏟아졌다. 에라 모르겠다, 한 시간쯤 낮잠을 자고 일어나니 배가 고파 왔다. 바보 같은 사공 둘은 일단 뭐라도 먹자며 호텔 직원에게 인근 레스토랑을 물었다. 주거 단지라 식당이 많지 않아 고민하던 그는 가장 가까운 식당 하나를 추천했다. 아주 오래된 이탈리안 레스토랑이라는데, 마침 생각해 보니 한국에서 그리 좋아하던 라자냐를 정작 이태리 와서는 먹어 보질 못한 터라 시도하면 좋을 것 같았다. 그러나 직원은 오늘 식당에 라자냐가 있을진 모르겠다는 애매한 답을 한다. 있으면 있고 없으면 없는

것이지, 오랜 단골집이라면서 모른다는 건 또 뭘까. 이미 뾰족해진
마음이라 찜찜함을 떨쳐 버릴 수가 없었다.

○ ○ ○

허름한 간판, 페인트가 벗겨진 외벽, 우리로 치면 국도를 달리다
만나는 욕쟁이 할머니 칼국수집 느낌이다. 식당에 들어서니
나무로 된 벽과 빨간색 체크무늬의 테이블보가 촌스러운 듯
따뜻한 느낌이고 별달리 장식이랄 것이 없는 소박함이 매력이다.
손녀딸로 추정되는 아이 사진만이 손님을 미소로 맞이할 뿐,
할머니 사장님은 별 표정이 없다. 자리에 앉으니 뭔가 말씀을
하시는데 죄다 이태리어. 영어 한마디가 통하지 않고 메뉴판도
없다. 아! 그랬다. 이곳은 정해진 메뉴가 없이 그날그날의 재료에
맞추어 '오늘의 요리'만 하는 곳이다. 그래서 호텔에선 라자냐가
있을지 모르겠다는 답을 했던 것이다.
 영어가 없으니 제대로 된 현지 식당에 온 기분에 아침부터
쭈글쭈글했던 마음이 팽팽하게 차올랐다. 단호하지만 자신감
있는 눈빛으로 그녀는 메뉴를 읊기 시작했다. 알아들을 수는
없지만 네 가지 정도였다. 뭔가 한 가지에는 그녀가 알고 있는
영어 단어 '홈메이드'를 썼고, 그것에 '볼로네세'라는 말을
덧붙였다. 고기가 들어간 토마토 소스를 곁들인 파스타가
볼로네세 스타일임을 알고 있으니 즉시 버저를 눌러야 했다.

"스톱! 그거요. 그걸로 두 개요" 상냥하진 않지만 그렇다고
공격적이지도 않은 말투로 그녀가 답했다. "Sì."

정말 소박한 홈메이드 생면 파스타가 나왔다. 진짜 고기,
진짜 토마토, 진짜 치즈의 맛이 정직하게 느껴져 빛의 속도로
포크를 돌려 댔다. 세 입쯤 먹고 죽겠다 싶은 허기가 물러갔을
때에야 식당 내부를 둘러보았다. 다른 사람들은 모두가 와인을 한
잔씩 하고 있다. 우리도 먹어 보자, 할머니 사장님에게 손을 들어
보이니 우리 테이블 앞에 와서 멈췄다.

"스몰 와인 플리즈?"

"레드? 로제? 화이트?"

"레드."

그녀가 또 단호히 답한다. "Sì."

와인 맛이 기가 막혔다. 남은 파스타를 맛난 와인과 함께
즐기니 오전과는 다른 새로운 하루가 시작되는 기분이 들었다.
신나는 기분에는 디저트를 먹어야 했다. 이탈리아 여행 내내
즐겼던 현지의 티라미수를 또 먹고 싶었다. 이 할머니는 어떤
티라미수를 만들까? 그녀에게 또 손을 들어 보였다.

"티라미수?"

"노."

그날은 티라미수가 없는 모양이다. 그녀는 또다시
네 가지 정도의 디저트 메뉴를 설명했는데, 이번엔 알 수 있는
단어가 하나도 없었다. 눈빛으로 물음표를 만들어 보였다. 웃음

없는 그녀가 단호한 손짓을 한다. 따라오라는 이야기인 듯하여 그 뒤를 졸졸 따라갔다. 주방은 셰프의 자존심이라는데, 이 할머니는 한국에서 날아온 바보 같은 두 사공에게 쉬이 그 한편을 허용했다. 주방에 놓인 냉장고 앞에서 그녀가 준비된 디저트를 하나씩 꺼내 보였다. 모든 것이 생소하지만 무얼 먹어도 맛있을 게 틀림없으니 랜덤으로 하나 골라 손가락으로 가리켰다. 그녀가 또 단호히 고개를 끄덕인다. "Si"

파스타에 와인에 디저트까지 먹고서 자리에서 일어났다. 문을 나서는데 괜히 우리가 앉았던 자리로 눈길이 갔다. 다 마신 와인잔과 디저트 접시, 그 위로 초콜릿이 묻은 포크 두 개가 놓여 있다. 중년의 이태리 아저씨들이 식사를 했던 옆자리에는 우리에겐 없던 에스프레소 커피잔이 있다. 그러고 보니 다른 테이블도 마찬가지다. 식사 마지막에는 에스프레소를 즐기며 한참을 이야기하는 것이 그들의 문화였다. 누가 봐도 우리가 앉았던 테이블은 관광객이 왔다 간 자리였다.

늘 계획하고, 하나를 하면 그다음에 무얼 할지 궁리하며 앞만 보던 여행에서 그날 나는 처음으로 뒤를 돌아보았다. 우리가 일어선 자리엔 우리가 그대로 남아 있었다. 그의 냅킨은 바닥에 떨어졌는지 의자에 올려 두었는지 보이지 않았고, 나의 냅킨은 접힌 채로 테이블 한가운데 놓여 있었다. 먹는 것 앞에 예의는 없다는 그의 성격, 곧 죽어도 빵가루 없이 얌전히 먹어야 하는 나의 성격이 보였다. 그들과 우리, 현지인과 이방인의 모습은

먹고 일어선 자리엔
우리의 현재가 남아 있다.

사람이 떠나고 남겨진 빈자리에서 드러났다. 어쩌다 생긴 하루의 시작, 남겨진 그릇들은 우리를 그렇게 보여 주고 있었다.

1인가구에게 유용한 그릇

1인가구에게 가장 유용한 그릇은 대접시다. 서양에서 디너
플레이트(dinner plate)라 불리는 지름 22센티미터 이상의 원형 접시는
여럿이 사는 집보다 혼자 사는 집에서 그 역할을 톡톡히 한다.
한국의 일반 가정에서는 한식을 가장 많이 먹고 밥과 국, 거기에 각종
반찬들을 담는 각각의 작은 그릇들이 필요하다. 큰 접시보다는 중소형의
자잘한 접시들이 더 빈번히 쓰인다. 한편 혼자 사는 집은 한식이라도
제육덮밥, 오징어볶음 등 한끼식사류를 더 많이 먹게 된다. 이때 밥과
요리를 굳이 다른 접시에 덜 필요 없이 커다란 접시 한켠에 밥을,
나머지에 요리를 놓으면 편하다. 한 끼 식사가 아니라 여러 가지 반찬을
곁들이더라도 뷔페를 먹듯 각각의 반찬을 조금씩 덜어 대접시 위에 놓고
밥을 푸면 보기에 그럴듯하다. 파스타 같은 간단한 서양요리도 대접시에
먹기 좋다.

대접시를 꼭 하나만 들이는 경우에는 평평한
것보다 살짝 오목한 딥플레이트(deep
plate)가 유용하고, 특히 둥글게 곡선
형태로 오목한 것보다는 사선으로
깎아 내리듯 경사지고 가운데는
평평한 그릇이 좋다. 도마 대신 대접시
위에 과일을 놓고 자를 때 곡선으로
움푹한 경우는 칼질이 쉽지 않다. 오목한

대접시는 국물떡볶이, 갈비찜 등을 내기 좋고, 카레라이스와 같은
덮밥류, 과일을 담기에도 좋다. 혼자의 살림이라 더 분위기를 낼 수 있는
그릇이 좋겠다는 사람이든, 혼자이니 더 간편하게 먹을 수 있었으면
좋겠다는 사람이든, 직선으로 오목한 대접시 하나면 기분도, 간편함도
모두 누릴 수 있다.

대접시는 사선으로 깎아 내리듯
경사지고 가운데는 평평한 것이 좋다.

이베이에서 중고 그릇 사기

이베이는 미국의 경매 기반 웹사이트로 셀러 관리가 철저하다.
고객 평가를 기반으로 셀러의 신뢰도를 측정하고, 그 신뢰도는 판매에
결정적인 역할을 한다. 이베이에서 중고로 물품을 구매하는 경우에는
상세설명(description)을 꼼꼼하게 확인하고, 제품을 받았을 때에도
설명과 일치하지 않는 부분은 없는지 살펴야 한다. 나는 그릇을 사면서
이가 나가지(chip) 않았는지, 유약 갈라짐(crazing)이 없는지 살피는데,
간혹 설명에는 "no chip, no crazing"이라 적혀 있었음에도 막상 받아
보면 흠집이 발견되는 경우가 있다.

○ 제품이 상세설명과 다를 경우
　　이때는 즉시 사진을 찍어 두고, 셀러에게 사진과 함께 메시지를
　　적어 보내면 그쪽에서 페이팔(paypal) 계정을 통해 환불을 하거나
　　타협안을 제시한다. 타협안이 마음에 들지 않는다면 내 쪽에서 다른
　　요구를 할 수도 있다. 제품 상태에 따라 적절한 방안을 제시해야
　　하는데, 셀러의 입장이 되어 생각해 보면 좀 더 도움이 된다. 예를
　　들면 아주 미세하게 이가 나간 경우는 재판매가 가능하다고 볼 수
　　있다. 그러니 셀러 입장에서는 재판매가 가능한 물건을 구매자에게
　　굳이 전액 환불해 줄 이유가 없다. 다른 데에 팔 수 있는 물건이면
　　이번 판매도 유효하다고 생각하기 때문이다. 그 밖에는 일부 환불을

요구하거나, 해당 셀러가 판매하는 제품 중 하나를 할인 구매하는
방법 등이 있다.

○ 배송 중 파손? 원래 있던 흠?

이베이를 통해 주문한 물건은 대부분 미국 현지의 배송대행지를
거친다. 그릇이 완전히 깨진 경우는 배송대행지의 검수직원이
사진을 찍어 셀러에게 연락하라고 알려 주니 처리가 간단하다.
이후 한국까지 오는 과정에서 발생한 파열은 배송대행지에
보상을 요청하고, 그 밖에 이가 나갔거나 유약이 갈라진 경우는
운송과정과는 무관하게 처음부터 있던 문제이니 주저 말고
셀러에게 연락하자. 증빙용 사진은 셀러가 확인하기 쉽게
여러 각도에서 촬영한다. 이베이의 나의 계정(my ebay) > 최근
구매내역(purchase history)에서 해당 거래를 확인하고 셀러에게
연락(contact seller) 버튼을 누른 뒤 사진을 첨부하면 된다.

○ 밑져야 본전 "깎아 주세요~"

한 셀러에게서 여러 제품을 구매하면 할인해 주는 경우가 간혹
있다. 밑져야 본전이니 물건을 구매한 뒤 셀러에게 메시지를 보낸다.
의외로 5달러, 10달러 할인해 주는 경우가 많은데 차액은 페이팔
계정으로 입금해 준다. 할인 이야기를 대뜸 꺼내기가 어려울 때는
묶음배송을 요청하면서 말끝에 "깎아 주시면 안 돼요?" 한마디
덧붙여도 좋다. 아래는 내가 즐겨 쓰는 표현이다. 경험상 친근한
표현보다는 공손한 표현이 좀 더 성공 확률이 컸다.

Hi. I have just bought two of your deals: (상품명1), (상품명2). Would you be kind enough to offer me a discount? I am looking forward to hearing from you soon. Thanks in advance.

↳ 셀러의 답

Thanks for your purchases! I will combine shipping & issue a refund of $12.00. Hope this helps.

하루하루
공들여
살고 싶다

3

여행을   마시다

나의 첫 해외여행지는 상하이였다. 수능을 마친 겨울방학,
부모님의 계모임 여행에 동행했다. 가족 모두에게 첫
해외여행이었다. 첫 여권이 그렇게 생겼다. 캐리어라는 것도 처음
끌어 봤다. 드라마에서 보던 국제공항에 처음 가 봤고, 처음으로
출국심사대를 통과했고, 첫 기내식을 먹었다. 처음으로 호텔에서
자 보고, 호텔 조식을 먹었다. 영어 선생님 외에 처음으로
외국인과 대화했다. 티 플리즈(Tea, please~). 샤워가운이란 것도
처음 입어 봤는데 꼭 영화배우가 된 기분이었다.

아쉽게도 그 여행 자체에서 떠오르는 특별한 기억은 없다.

동방명주탑을 보았다는 것 정도. 게다가 가이드의 빨간 깃발을 따라 관광버스로 여기저기 이동했으니 자잘한 우여곡절도 없고 이렇다 할 에피소드도 없다. 그러나 첫 여권을 손에 쥘 때의 마음은 오래도록 남아 10년이 훌쩍 지난 지금도 공항에 들어서면 그때의 설렘에 사로잡히곤 한다.

기내식을 못 먹을까 봐 잠들지 못했던 여고생은 이제 못 먹은 간식도 요구할 수 있는 어른이 되었다. 그러는 동안 여행을 추억하는 나만의 방식이 생겼는데, 유명 관광지의 기념컵을 사는 것이다. 흔히들 여행할 때 말한다. "다들 이렇게 여유 있게 사는데, 난 무얼 그렇게 바빠 생활했을까." 그렇지만 일상으로 돌아오면 다음 휴가를 기다릴 뿐, 여행의 영감은 입국과 함께 사라진다. 잊거나 타협하는 일이 나쁘다는 게 아니다. 나 역시 그런 일을 반복하며 지내고 있다. 그러나 여행 동안 얻은 인생의 영감은 좀 더 자주 기념해야 한다고 생각했다. 앨범에서 여행 사진을 꺼내 보는 일은 1년에 몇 번 없고, 이걸로는 아쉽다. 그래서 여행지의 기념컵을 사서 곁에 두고 일상적으로 꺼내 쓴다.

막상 기념컵을 사러 가면 좀 고민스럽다. 기념품 가게는 대부분 정리가 잘 돼 있어 주요 조형물의 모형, 마그네틱, 유리구슬, 인형 등이 아이템별로 서로 다른 선반에 빈틈없이 진열되어 있다. 기념컵 선반에는 기념컵들이 다닥다닥 모여 있는데 예쁘지도, 품질이 훌륭하지도 않고 게다가 비슷하기까지 하다. 수많은 컵 중에 하나를 들어 계산대로 가져가기까지 망설이고 또 망설인다. 이런 가게에서 물건을 사면 아마추어 여행객이 되는 것 같아 부끄럽기도 하다. 컵은 무겁기도 하고 깨질 위험도 있으니 짐을 쌀 때도 정말 짐이다. 그러나 집에 가져와서 보면 다르다.

○ ○ ○

기념컵의 프린팅은 현지의 모습을 가장 쉬운 화법으로 구현한다. 이렇게 직접적으로 여행지를 설명하기도 어렵다. 에펠탑 같은 랜드마크가 가운데에 떡 하니 박혀 있고, 도시의 이름이 가급적 크게 적혀 있다. 너무 노골적이어서 홀로 커피나 차를 마실 때, 그곳이 떠오르지 않을 수가 없다. 눈에 잘 띄는 이정표와 같다. 친구가 놀러 왔을 때 기념컵에 차를 내면 컵이 계기가 되어 이야기가 시작되고 여행의 이모저모를 나누게 된다. 그러다 보면 여행의 즐거움과 마주쳤던 사람, 그들을 통해 느꼈던 것, 그곳에서 했던 생각을 스스로 되새기게 된다. 종교적으로 보면 일종의 기도다. 삶의 철학을 확인하고 나의 하루를 반성하며 내일을 다짐하는 하나의 의식이다.

일상은 고되다. 여럿이 어우러져 의식적이든 무의식적이든 서로 비교하다 보면 '나'를 잊는다. 이게 사회생활이라지만 '나'를 잊고 사는 동안 행복하지 않았다. 그래서 매해 여행을 떠났다. 여행하는 동안 만난 '나'는 참 반가웠다. 실적이 안 나면 어쩌나,

기념컵은 눈에 잘 띄는
이정표와 같다.
여행의 기억으로 나를 이끈다.

from
Germany
in 2013

거래처에 평판 좋은 사람이긴 한 걸까, 매출을 못 맞추면 어쩌나, 상사가 실망하면 어떡하지 등등 나보다는 타인이 주어가 되는 생각을 뒤로한다. 대신 낯선 풍경들을 몸으로 맞으며 오늘 무얼 할까, 어딜 갈까, 온통 내가 주어인 생각을 한다.

흔히 여행을 리프레시(refresh)하는 시간으로 여긴다. 단어를 찬찬히 곱씹어 보면 리-프레시(re+fresh)다. 프레시(fresh)했던 상태로 돌아가는 것(re), 즉 원래는 프레시했음을 전제하는 말이다. 다분히 개인적인 나의 번역은 '되살리기'다. 본래의 삶으로 복귀하는 시간이 여행이다. '나'답지 않은 삶을 떠나 '나'다운 모습을 되살리기. 여행에서 겨우 찾은 원래의 내 모습을 그렇게 쉽게 잊고 지내서는 안 된다. 촌스럽기 그지없는 이 컵들은 '삶'을 상기시키고 '되살림'의 필요성을 강조한다.

여행을 거듭하면서 나도 많이 달라졌다. 노파심에 바리바리 짊어졌던 짐은 점점 간소해져 이제 신용카드, 여권, 항공권만 제대로 챙겼으면 안심한다. 처음에는 다 사기꾼 같아 주변을 경계했지만, 그동안 좋은 사람들을 만나며 낯가림이 줄었다. 맥도날드, 스타벅스만 보면 그리도 반가웠는데 요즘은 현지 시장바닥에 앉아 대충 손짓으로 주문을 해 국수를 말아 먹는다. 모르는 것이 있으면 타인에게 도움을 청해 안 가 본 곳, 안 해 본 일, 안 먹어 본 음식들을 경험한다. 일어나지 않은 미래에 대해 불안해하는 대신 지금의 나의 모습, 내 손에 가진 것들을 지렛대 삼아 시도하는 삶을 살아 보려 애쓴다.

꼭 컵이 아니어도 좋다. 어떤 방법이어도 좋다. 다만
본래의 자신을 상기시킬 수 있는 계기는 누구에게나 필요하다.
리-프레시를 희망하는 사람도, 실천하는 사람도 많지만 그보다
중요한 것은 프레시한 자신을 마주하는 일이다, 자주. 기념컵에
음료를 따르고 여행을 마신다. 리-프레시.

코끝이
시리면,

빌 레 로 이
앤 드 보 흐
나 이 프
크 리 스 마 스

겨울에 가장 사랑스러운 그릇은 독일 빌레로이 앤드 보흐의
나이프 크리스마스(Naif Christmas) 시리즈다. 이 시리즈의
큰 접시는 찬장 구석때기에 자리하다 손끝과 코끝이 시린 계절이
오면 가장 쓰기 좋은 위치의 접시 거치대로 자리를 옮기고,
이 시리즈의 볼은 매일 아침 요구르트, 시리얼, 포타주나 수프를
담아 내기 위해 아예 식기건조대에 떡 하니 자리를 잡고 있다.
　　주로 단정하고 간결한 나의 그릇들과는 달리 녀석들은
접시와 볼 한가운데 가득 그림이 그려져 있다. 광장에도,
동산에도, 지붕 위에도 눈이 소복이 쌓인 겨울날, 동네 아이들도,

함께 춤 추고 싶은
나의 겨울 그릇

Villeroy & Boch
Naif Christmas
by Laplau,
Germany, 1983~

어른들도, 바둑이도, 꿀꿀이도, 꼬꼬닭도 모두 밖으로 나와
덩실덩실 춤을 춘다. 그릇에 그림을 그려 넣었다기보다 그림을
그릇에 옮겨 왔다는 표현이 더 어울린다. 보고 있노라면 나도
따라 춤을 추고 싶어진다. 음식이 담겼을 때는 이 그림이 보이지
않으니 가장 일반적인 하얀 그릇인 듯하지만, 음식을 먹다 보면
바닥의 그림이 조금씩 모습을 드러낸다. 즉석복권의 은박을 벗겨
낼 때나, 초콜릿바를 빨아 먹다가 아몬드 한 알이 혀에 닿았을
때의 발견의 기쁨! 음식을 다 먹고 나서도 그릇이 텅 비지 않으니
늘 재미있다.

　　나이프 크리스마스는 빌레로이 앤드 보흐의 디자인
나이프(Design Naif) 시리즈 중 하나인데, 이 시리즈에는
이 외에도 다양한 그림들이 있다. 동네 닭들이 뛰노는 시골
마당(Country Yard), 곰, 코끼리 등이 사람과 함께 배에 타고 있는
노아의 방주(Noah's Ark) 등 서로 다른 그림들은 한결같이 아이가
크레용으로 그린 듯 유치하고 귀엽다. 차려진 음식을 먹다 그
끝에 어떤 그림을 맞이해도 행복할 것 같다. 이 그림들은 모두
프랑스의 화가 라플로(Gérard Laplau)의 작품이다. 1978년 그는
유니세프의 크리스마스 카드를 그렸는데, 그 카드 중 하나가
빌레로이 앤드 보흐가(家)의 일원이자 당시 상무이사였던 바론
안토인(Baron Antoine)에게 전해졌다. 그림에 반한 그가 화가에게
비슷한 그림들을 의뢰하여 탄생한 것이 디자인 나이프 시리즈다.

　　동심이 가득한 그림은 아이가 써도 좋지만, 어른들에게도

널리 사랑받았다. 이 시리즈의 매력에 사로잡힌 컬렉터들은 현재까지 출시된 패턴을 모두 모으기도 한단다. 아이와 어른, 사냥꾼과 농부 등 등장인물도 다양하고 봄, 여름, 가을, 겨울, 사냥이나 추수, 결혼식 등 소재도 여러 가지니 그들의 팬심도 이해할 만하다. 나 역시도 생일, 출산, 결혼에 선물용 그릇을 추천할 때 1순위로 꼽는 것이 이 시리즈인데, 어느 상황에나 그에 적합한 디자인이 꼭 하나씩 있기 때문이다.

　이 그릇은 나의 다른 그릇들과 잘 어우러져 식탁을 빛낸다. 식탁의 포인트가 되면서도 튀지 않아 좋다. 처음에 친구에게 선물받았을 때는 눈에 띄는 그림 때문에 단독으로 써야겠거니 했는데 의외로 조합이 좋았다. 깔끔한 화이트 자기류는 물론이고 색과 패턴이 있는 다른 그릇들과도 어색하지 않다. 그릇을 주로 단품으로 들이는 나 같은 사람에게 더욱 큰 장점이다. 알고 보니 여기에는 하나의 장치가 숨어 있었는데, 한 그림당 총 26개의 색상이 사용되었다는 점이다. 다른 그릇이 가질 수 있는 웬만한 색감이 다 들어 있어 어떤 그릇과 함께 놓여도 적절히 조화를 이루는 것이다. 이는 기획 단계에서부터 의도한 장치였다. 70년대 중반부터 이미 선진국에서는 핵가족화가 진행되던 추세였고, 그러다 보니 그릇을 풀세트로 들이는 일이 예전보다 줄었다. 늘 이것이 고민스러웠던 바론 안토인은 라플로의 엽서를 보는 순간, 이 트렌드를 담을 수 있는 하나의 아이디어를 얻었던 셈이다. 남녀노소 누구에게나 사랑받을 수 있으면서 하나둘씩 구입해도 이미 각 가정에 있는 그릇들과 잘 어우러질 것. 이것이 디자인 나이프였다. 1748년 시작되어 270년 가까이 명성을 유지해 온 브랜드에는 역시 그만한 이유가 있다. 아무리 오래되어도 명성을 믿고 방심하면 금세 시장에서 잊혀지게 마련인데, 주변 환경에 관심을 가지고 꾸준히 애쓴 덕분에 여전히 세계적인 도자기 회사로 인정받는다.

싹이 트는 계절이 오면 마지막으로 나이프 크리스마스에 식사를 하며 또 한 계절을 무탈하게 보낸 것에 대한 고마움을 담는다. 나름의 고별 무대다. 겨울방학의 마지막 날처럼 아이들과 춤을 추고 노래를 부르며 식사를 마치면, 이제 새 봄을 맞을 차례다. 나이프 크리스마스를 찬장 깊숙이 넣고 그 자리에 봄 그릇을 꺼낸다.

여유 있을 때

비로소

들리는 소리

오늘 아침이 어떻게 시작되었는지…… 매일 벌어지는 일상이라
아침에 눈을 떴을 때를 새삼스럽게 생각하기가 어렵다. 일단
눈을 떴으면 서둘러 먹고, 씻고, 입고, 이후의 일들을 향해 오늘도
출발이다. 출근하면서 무언가를 읽거나 보고, 혹은 부족한 잠을
청해 둔다. 출근하면 일하기 바쁘고, 퇴근을 기다리기 바쁘다.
집이 일터인 사람도 마찬가지다. 출근이 없으니 퇴근도 없는
경우가 대부분이다. 엄마의 일상에서 엉덩이 붙이고 앉아 있을
시간이란 생각보다 많지 않다. 학생일 때나 취업 준비를 하는
때도 학교 수업시간, 학원 강의시간에 맞춰 배움의 장으로 가느라

오늘 어떻게 일어났는지 그 기분을 헤아릴 겨를이 없다.

아마 대부분은 자기 전에 지정해 둔 '일어나야 할 시각'에 눈을 뜰 것이고, 여기엔 지나치게 오차 없는 알람의 역할이 클 것이다. 나 역시 알람 없이 눈을 뜬 것이 언제였는지 모르겠다. 일과가 그나마 유동적인 대학생이 되어서도 마찬가지였다. 고마운 문물이지만 알람 소리는 늘 신경에 거슬린다. 잔잔한 음악으로 설정할 수도 있지만, 혹시나 듣지 못할까 싶어서 결국 기본 세팅인 경쾌발랄시끌 멜로디로 돌아간다. 시끄러운 알람 소리는 자던 사람에게 찬물을 끼얹듯, 따귀를 때리듯, 갑작스럽게 찾아온다. 숨을 들이쉬던 1초 전엔 잔잔하던 세상이 숨을 내쉬는 순간 바뀌어 버린다. 언젠가는 단잠을 자며 브래드 피트가 나오는 꿈을 꾼 적이 있는데, 눈빛을 교환하며 키스하려던 순간 요란한 알람이 울리며 현실로 돌아와 버렸다. 한 번의 알람만으로도 기분이 나쁜데, 반복 울림으로 설정된 알람에 반복해서 짜증이 났다. 네, 네, 일어났습니다. 이제 그만하시죠.

아침에 어떻게 일어났는가의 문제는 생각보다 일상에 미치는 영향이 크다. 깜짝 놀라 하루를 시작하며 전진하는 일상은 경주마 같다. 방아쇠를 당겨 시작됐으니 튀어나가 바삐 달려야 한다. 어쩌다 알람 없는 주말을 맞이할 때, 영화처럼 쏟아지는 햇살에 눈을 뜨는 날은 해가 중천에 떴어도 기분이 좋다. 억울하게도 새벽같이 눈을 떴다 하더라도 깊은 잠에서 자연스레 깨어나면 하루가 훨씬 편안하다. '연인이 준비한 커피향으로 눈을 뜨는' 로맨스 영화의 아침이란 괜히 탄생한 것이 아니다. 물론 그 연인은 커피를 위해 알람을 맞춰 볼기짝을 맞는 기분으로 하루를 시작했을지 모르지만, 영화에서는 그 기분까지 고려해 주진 않는다.

○ ○ ○

연인은 아니지만, 성인이 되기 전에는 비슷한 류의 낭만이 있었다. 정말 이불 밖으로 나서야만 하는 시각에는 엄마가 "일어나!"를 외치며 방문을 두드리지만, 그런 장면이 연출되기 전 5분 동안은 경쾌함과 생동감이 공기를 감쌌다. 스틸 냄비를 가스레인지 위에 올릴 때 묵직하게 울리는 턱 하는 소리와 냄비의 위치를 조정할 때의 찌익 하는 금속끼리의 마찰 소리, 다다다닥 가스레인지가 점화되는 소리, 계란찜을 중탕할 때 물이 끓으며 사기 그릇이 냄비와 부딪히는 소리, 된장국이 바글바글 끓으며 냄비 위의 공기배출구가 오르락내리락 하는 소리……. 그릇 소리들 덕분이다.

　매일 아침 주방에서 나는 소리는 닫힌 방문을 통과해 내 방으로 들어왔다. 조용히 듣고 있자면 그날의 메뉴가 무엇인지도 맞출 수 있었다. 우리 집 식탁에는 유리가 깔려 있어, 그 위에 놓여지는 그릇들과의 소리를 반사하는 편이라 내 귀에 잘 꽂혔고 제법 정확한 추측이 가능했다. 일상 반찬인

187

김치류는 유리 용기째 내어지는데, 이때는 어디론가 빨려 들어가는 묵직한 소리가 난다. 금방 무친 오이무침은 먹다 보면 오이의 수분이 빠져나오니 약간 오목한 사기 접시에 다보록하게 담겨 김치보다는 맑은 톤의 톡 소리와 함께 식탁에 오른다. 가장 신나는 때는 빈 프라이팬이 가스레인지에 오르며 공중으로 퍼지는 탁 하는 소리와, 젓가락이 종지를 휘휘 젓는 소리가 들리는 아침이다. 이건 분명 소고기가 구워지고 기름장이 준비되는 소리다. 이런 날은 엄마가 방문을 두드리기 전에 벌떡 일어나 경건한 마음으로 의자에 앉아 대기한다.

혼자 사는 사람들이 집에 들어가 가장 먼저 하는 일이 티브이를 켜 집 안을 사람 소리로 채우는 것이라는데, 내 경우엔 귀가 후 텅 빈 집이 그리 적막하지는 않았다. 그러나 잠을 깨우는 아침의 그릇 소리만큼은 그리웠다. 무언가 기대하며 몽롱함에서 깨어나는 그 5분의 시간이 그렇게 그리울 수가 없었다. 불쾌한 알람 소리에 미적거리며 일어나 씻고 내 손으로 밥을 차려 먹고서 서둘러 준비해 늦지 않게 나가야 하니 소리 따위 듣고 앉아 있을 시간이 없다. 퇴근 후에도 씻고, 깎고, 썰고, 지지고 볶다가 예쁜 그릇을 골라 하나씩 담아 먹고, 이후엔 아침에 어지른 옷가지를 정리하다 보면 벌써 잘 시간이다. 그릇의 소리란 까마득히 잊었다. 대신 발달한 것은 생활형 청각으로 냄비 국물이 넘친다거나, 덜 잠긴 수도꼭지에서 물이 떨어진다든가, 집앞 복도로 누군가 걸어간다든가 하는 소리에 대한 청각이었다. 이런 소리들은 부모님과 함께 살 때는 들리지 않았으니, 생활환경에 따라 서로 다른 종류의 감각이 발달하는 듯하다.

○ ○ ○

쫓기듯 어딘가로 향하는 일상에서 벗어난 요즘은 그릇의 소리가 조금씩 들린다. 얇은 홍찻잔은 소서에 놓이는 쨍한 소리를 내고, 그보다 두툼한 찻잔들은 터덕 하며 소서에 안착한다. 진득한 핫초코를 담은 코코아 잔에서는 노래방 마이크를 움켜쥐고 두드릴 때 들리는 탁한 소리가 난다. 대량의 커피를 머그컵에 담아 컵받침 위에 내려놓을 때에도 담긴 커피의 중량만큼이나 무거운 톤의 닫힌 소리가 난다. 혼자 기분을 내겠다며 찬장에서 와인잔을 꺼낼 땐 함께 보관한 다른 유리잔들과 부딪히는 울림의 소리가 있고, 그보다 입구가 좁은 샴페인잔을 꺼낼 때는 맑은 종소리가 난다. 차와 함께 디저트를 즐길 때의 소리도 있다. 생크림 케이크는 어여쁜 모양과는 달리 철퍼덕 하며 접시에 오르고, 그다지 접시에 오를 생각이 없어 보이는 쿠키가 접시 위로 점프할 때는 잠시 구르며 방황하는 소리를 낸다. 설거지를 마치며 그릇을 하나씩 엎어 두면 크기가 비슷한 두 그릇이 빈틈없이 포개지며 오목한 소리를 낸다. 해와 지구와 달이 만나는 일식, 혹은 월식의 순간에 들릴 듯한 "톡". 살림에 익숙해졌는지 요즘은 접시를 층층이 쌓아 찬장에 올릴 때도 떨어뜨릴까 불안한

빈틈없이 포개지며 "톡"
일식 혹은 월식의 순간

Rörstrand Annika
by Marianne
Westman, Sweden,
1972~1981

Rörstrand Jenny
by Jackie Lynd,
Sweden, 1977~1987

예전의 긴장이 사라졌는데, 접시마다 포개지는 소리가 다른 것도
알게 됐다. 그릇의 소리란 마음이 어지러울 때에는 조용히 숨어
있다가 여유가 있을 때면 배시시 웃으며 고개를 내민다.

부모님 댁에 갈 일이 많아야 1년에 서너 번이니 앞으로
몇 번이나 옛날 그 소리를 들을 수 있을까? 돌이켜보면 그릇
소리에 깨는 아침은 유년기에만 누릴 수 있는 특권이었다. 그때의
내가 느낀 감정에 대한 지금 나의 갈망이 그릇 소리를 떠올렸고,
지금의 여유 덕분에 그릇 소리가 귓가에 스칠 수 있었다.
누군가에게 보살핌을 받던 삶에서 스스로 보살피는 삶이 되어
보니 이전엔 모르던 찻잔의 소리, 정리되는 그릇의 소리도 들린다.
언젠가 삶을 함께할 사람들이 생기면 내가 들었던 이 소리들을
고스란히 담아 전해 주고 싶다. 오늘의 아침식사가 무엇일지
소리로 듣고 기대했듯, 내 한 몸에 더해 타인을 보살피는 삶으로
또 이만큼 자라 있을 그 순간은 어떤 모습일지.

만든 이의
애착이

가득,

빈 톤 즈
머 그 컵

런던에서 즐겨 찾던 플리마켓은 윔블던 카부츠 세일(Wimbledon Car Boots Sale)이다. 시내에 있는 마켓들에 선택받은 물건이 있다면, 이곳에는 '정말 저걸 팔겠다고 왔을까?' 싶은 물건이 흔하다. 촌스럽고 구리디구린 옷가지들, 심지어는 중고의 속옷들과 녹슨 식기까지, 입이 쩍 벌어진다. 정말 안 팔려도 그만인 물건들인지, 남은 물건을 버리고 가지 말라는 문구들이 곳곳에 적혀 있다. 그래서 구경하는 재미가 쏠쏠하고 당연히 물건 값도 시내보다 싸다.

아침부터 알 수 없는 에너지가 넘치는 주말이면 플리마켓에 가야 한다. 늦잠을 자려 작정을 했음에도 괜히 눈이 빨리 뜨인 날, 혹은 고삐 풀린 망아지처럼 그저 마구 뛰어다니고 싶은 날 딱 좋은 곳이다. 어느 하루는 넓은 주차장을 가득 메운 매대들 사이를 구석구석 살피는데, 흐린 날씨만큼 물건들도 어째 뿌연 먼지 가득이었다. 이 집 저 집 아직 풀지 않은 박스들을 쪼그리고 앉아 열심히 파헤쳐 보는데 저 안쪽으로 반짝이는 하얀 그릇 한 쌍이 보였다.

그릇을 꺼낼 때는 혹시라도 깨질까 무서워 산삼을 캐듯 조심조심 하는데, 꺼내고 보니 진짜 산삼을 캔 듯 '심봤다'다. 내가 좋아하는 블루베리색을 입은 꽃무늬가 아주 귀여웠다. 적절한 두께에 사이즈도 좋았다.

유용할까? 예스! 예쁜가? 예스! 저렴한가? 예스!

플리마켓 그릇 사냥의 3요소 달성이니 구매 확정이다. 저 먼지 더미에 서로 의지했을 것만 같은 녀석들을 떼어 놓기가 아쉬워 기꺼이 한 쌍을 들고서 기숙사로 돌아왔다. 지하철에 앉아 무릎 위에 조심히 둔 장바구니 안으로 두 녀석을 보니 문득 어릴 때 키우던 강아지들이 생각났다. 품 안에 안고 걸으면 이쪽저쪽 거리를 보다 괜히 한번 왕왕 짖던 강아지처럼 이 녀석들은 괜히 한번씩 딸각딸각 서로 부딪치는 소리를 냈다. 종소리처럼 울리지 않고 호흡이 짧다.

이런 소리는 두께가 두껍고 유약도 두껍게 바른 도기가 부딪힐 때의 소리다. 책에 보면 흙으로 빚은 그릇들은 크게 세 종류인데, 도기, 석기, 자기가 그것이다. 셋의 가장 큰 차이점은 어떤 온도에서 구웠는가이다. 도기가 가장 낮은 온도에서, 석기가 그다음, 자기가 가장 높은 온도에서 구워졌다. 높은 온도에서 파손되지 않고 살아남으려면 고도의 기술이 필요하기에 도자기는 도기, 석기, 자기 순으로 발달했고, 자기를 가장 높은 가치로 보았다. 자기는 높은 온도에서 흙과 유약이 변형되며 합쳐져 얇으면서도 단단하고 특유의 맑은 소리를 낸다. 그러나 모든 기술을 갖춘 요즘은 자기를 못 만들어서가 아니라 도기나 석기의 장점 때문에 이 모두를 생산한다.

　도기는 그 온도에서만 낼 수 있는 따뜻한 색감과 열을 오랫동안 품는 성질이 있다. 된장국은 뚝배기에 끓여야 제대로다. 석기는 도기와 같이 보온성이 있으면서도 보다 높은 온도에서 구워지다 보니 입자끼리 서로 결합하는 힘이 강하다. 물기가 스미지 않으면서 단단하다. 오븐에서 은근히 오래 조리해야 하는 음식은 적절한 두께의 단단한 그릇이 좋은데, 석기가 가장 적합하다. 조리와 서빙을 하나의 그릇으로 하는 라자냐 같은 음식은 석기 그릇에 조리해 그대로 식탁에 낸다. 오랫동안 식지 않아 마지막까지 따뜻하게 먹을 수 있다. 또한 석기는 자기보다는 합리적인 가격대로 좋은 디자인을 고를 수 있다.

　영국 하면 '로열'의 옷을 입은 본차이나(bone china) 티웨어가 떠오른다. 본차이나는 자기의 원료인 고령토에 소의 뼛가루(bone ash)를 섞어 굽는데, 자기와 같이 얇고

튼튼하다. 빛을 통과하는 성질은 있지만 차가운 흰색을 가진
자기와 달리 본차이나는 상아빛에 가까워 따스한 느낌이 좋다.
지금이야 세계 전역으로 그 기술이 퍼져 나갔지만, 18세기부터
20세기 후반까지는 오직 영국에서만 이 기술이 사용되었다.
그러나 역사적으로 볼 때 영국 도자기의 근간이 된 것은
도기다. 감자나 겨우 자라는 척박한 영국 땅이지만, 도자기를
만들기에 적합한 양질의 흙이 나는 곳들이 있는데 중부의
스테퍼드셔(Staffordshire) 지역이 대표적이다. 이 지역 중에서도
버슬렘(Burslem), 펜턴(Fenton), 핸리(Hanley), 롱턴(Longton),
스토크(Stoke), 턴스털(Tunstall)에 공방들이 밀집해 있었는데,
이곳을 통칭해 스토크온트렌트(Stoke-on-trent)라 부른다. 영국의
대표적인 도자기 회사 웨지우드(Wedgwood), 민턴(Minton),
스포드(Spode) 등이 이 지역에서 명성을 얻기 시작했고, 이날
마켓에서 데려온 머그컵을 만든 빌톤즈(Biltons)도 이 지역을
기반으로 100년 동안 도기 소재의 그릇을 만들었다.

1900년 이 지역에서 시작한 빌톤즈는 먼저 언급한 다른
브랜드와는 달리 일반 가정에서 실용적으로 쓰기 쉬운 중저가의
제품들을 만들었다. 요즘 말로 가성비가 좋은 그릇이었다.
상류층을 위한 럭셔리한 디자인 대신, 음식이 쉽게 식지 않는
적절한 두께와 소박한 디자인의 빌톤즈는 모던함을 추구했던
일반 가정에서 사랑을 많이 받았다. 이들은 그릇 전반의 다양한
품목을 만들었지만, 그중에서도 머그컵이 가장 인기가 높았다.

그릇을 좋아하는 사람도 컵과 소서가 한 세트인 찻잔을 일상적으로 쓰기에는 불편함이 있다. 소서가 딸린 찻잔은 기본적으로 크기가 작은 편이라 목이 마를 때 물을 따라 마시기에 영 성에 차질 않고, 손잡이도 자그마하니 주의를 기울이지 않으면 떨어뜨리기 쉽다. 게다가 소서와 세트로 디자인되어 어느 하나가 단독으로 쓰이면 뭔가 부족한 디자인이 되고 만다. 금장, 꽃무늬 등 디자인도 지나치게 화려한 경우가 많다.

합리성을 중시하는 현대 가정에서는 다양한 용도로 무리 없이 쓸 수 있는 그릇에 대한 수요가 있었을 것이다. 특히 1970년대 후반 세탁기, 식기세척기 등 가사노동을 덜어 주는 가전제품이 보편화하기 시작하며 합리적인 주방살림의 수요가 늘기 시작했는데, 클래식 티웨어 위주인 자기 브랜드에서 놓친 틈새를 중저가 브랜드의 머그컵이 공략했고 빌톤즈가 그 대표주자다. 80년대의 영국 가정에는 빌톤즈의 머그컵이 없는 집이 없었다 하니, 그 덕분에 영국의 어느 플리마켓에 가나 만나 보기 쉽다.

○ ○ ○

씻겨 놓고 보니 녀석들은 밖에서보다 더 하얗고 반짝였다. 국내외의 인테리어숍에 가면 브랜드는 알 수 없지만 구매욕구를 불러일으키는 예쁜 패턴의 머그컵들이 진열되어 있는데,

내 손에 들어온 옛 물건과
이를 만든 사람들에 대한 예의.
결코 가볍지만은 않다.

Biltons,
U.K.,
1970s

이 재질이 보통 빌톤즈와 같은 도기다. 그러나 요즘의 머그컵들은 용량이 350밀리리터가 평균이라 우유 200밀리리터가 들어가면 딱 맞는 이만한 사이즈가 좀처럼 없다. 캡슐커피 머신에 얹어도 바닥 높이를 조절하지 않고 사용할 수 있어 편하고, 집에 어린아이들이 놀러 왔을 때 음료를 담아 주기에도 좋은 용량이다. 비슷한 형태의 모델들을 기준으로 추론했을 때 원래는 이 잔에도 소서가 있었던 듯하지만, 소서 없이도 충분히 기능을 발휘하는 것이 실용적인 브랜드의 매력이다. 반대로 찻잔이 없이 소서만 쓰더라도 이를 빵 접시로 활용할 수 있으니 따로 또 같이 좋은 디자인이 빌톤즈다. 그릇에 크게 관심은 없지만 여행지에서 뭔가 하나 기념하고 싶다면 저렴하고 실용적인 이런 머그잔을 추천한다. 특별히 튀지 않으면서 실생활에서 물컵으로, 찻잔으로, 혹은 연필꽂이로도 두루두루 쓰기 좋다.

사업을 시작한 이래 승승장구했음에도 불구하고, 빌톤즈는 80년대 들어 과도하게 사업 규모를 키우다가 수익이 급감하여 1986년 매각되었다. 이후, 몇 번 더 주인이 바뀌다가 1999년, 새 천 년을 보지 못하고 역사 속으로 사라졌다. 이 머그잔은 1900년대 한 세기를 누렸던 회사의 유물인 셈이다. 문득, 새 천 년을 보지 못하고 사라진 빌톤즈의 사람들이 궁금해졌다.

스토크온트렌트 지역 인터넷 신문을 검색해 보니 빌톤즈사의 옛 직원들이 전시를 열기 위해 옛날 그 지역에 다시 모였다는 기사가 있었다. 한 지역에서 100년 동안이나 공장을 유지했으니 도공들은 이웃이자 동료였을 것이다. 여전히 다른 브랜드의 도공으로 활약하고 있다는 그들 대부분은 빌톤즈에서의 추억을 무척 아름답게 기억하고 있었다. 힘들기는 했어도 함께 일한 사람들 덕분에 즐거웠고 동료들이 마치 한 가족 같았단다. 요즘처럼 인건비가 싼 중국으로, 필리핀으로, 베트남으로 생산공장들을 옮기면서는 생기기 어려운 애착, 옛날의 제작공정에서만 발현되었을 그 마음이 더욱 소중하게 느껴졌다. 또한 예전의 공장 건물이 지금은 은퇴자를 위한 보금자리로 쓰인다니 그 의미가 더욱 깊다.

이들의 사연을 읽고서 나의 두 잔들을 바라보니 가슴이 뭉클했다. 비록 지금은 사라졌지만 자신들이 만든 옛 모델들을 여전히 아끼고 사랑하는 마음에 나의 책임감도 더 커진다. 누가, 어떻게 만든 물건인지를 알아 가는 과정은 단순히 골동품의 가치를 측정하는 작업이 아니라 내 손에 오기까지 이 작은 물건이 담아 온 삶과 그 삶의 의미를 알 수 있는 기회다. 과거의 사람들이 애정을 가지고 만든 그릇이니 현 시대의 나 역시 오랫동안 잘 살피며 사용해야겠다. 그것이 저가이건 고가이건 시장가치와는 상관없이 내 손에 들어온 옛 물건과 그를 만든 사람들에 대한 예의다.

예쁜
손보다

예쁘게
만드는

손

내 기억 속의 첫 집은 경찰서 맞은편 골목의 이층집이다. 1층에는 주인집이 살고 우리 집은 2층에 세들어 살았다. 직사각형 형태에 양쪽으로는 방이 있고 가운데가 거실, 그리고 거실로 통하는 문을 나서면 꽤 넓은 마당이 있었다. 돌이켜보면 그 마당이 아랫집의 천장인데, 그 위에서 동생과 내가 말도 타고 세발자전거도 타고 놀았으니 소음이 생겼을 법하지만 뛰지 말라는 이야기는 따로 들어 본 적이 없었다.

　　20대 후반 한창때인 당시 엄마는 어린 내 기억에도 살림꾼이었다. 술을 즐기는 시아버지를 위해 커다란 유리병들 가득 매실주, 인삼주, 더덕주를 직접 담가 거실과 부엌 모퉁이에 두었다. 어느 날에는 재봉틀을 들여와서는 커튼도 만들고, 이불도 만들고, 각종 쿠션커버들도 만들었다. 우리 집도 꾸미고 할머니 집도 꾸몄다. 장식품 만들기도 좋아해서 동네 어딘가 레슨을 다니며 지점토 공예를 배웠고 우리 집에는 점토로 빚은 소품들이 늘어 갔다. 가늘고 하얀 목이 매력적인 드레스 차림의 서양 여인 피겨린이 생겼고, 가장자리를 비잉 둘러 꽃이 활짝 핀 전신 거울과 화장대 거울이 생겼다. 거실의 벽시계도 엄마가 직접 만들어 채색했고, 나의 유치원 졸업사진이 끼워져 있는 액자 역시도 그때 엄마가 만든 소품이다. 뭐든 뚝딱뚝딱 만들어 내는 엄마가 무척 신기했다. 미적인 솜씨라곤 전혀 없는 나는 중학교 2학년 때까지도 마요네즈 용기에 은박지를 감고 눈을 붙인 물고기를 폐품 활용 만들기 과제로 냈으니, 엄마를 닮았더라면 참 좋았겠다 생각하며 아쉬웠다.

엄마는 화분도 잘 길렀다. 왜 죽은 화분도 살려 내는 그런 사람 있지 않나. 우리 집에는 10년 넘게 키우는 화분이 흔하고, 그 나무를 꺾꽂이하거나 그 열매를 심어 기른 2세대 화분들도 많다. 평생 키워도 한번 보기가 어렵다는 행운목의 꽃도 우리 집에선 재작년에도, 작년에도 피어나 온 집 안을 향기롭게 했다. 집에 좋은 일이 생길 거라는 엄마의 말에 멀리 있는 나의 마음 역시 설렜다.

보고 자란 것이 있어 익숙해 그런지, 나 역시 집을 꾸미며

산다. 꽃 모양의 액자를 방에 걸어 두기도 하고, 어두운 색의 나무 프레임이 싫어서 시트지를 재단해 베이지색으로 리폼하기도 했다. 거실장도, 부엌의 벽과 찬장도 시트지를 활용해 리폼했다. 자잘한 타일을 사다가 화장실 문과 스위치, 거울 가장자리에 붙여 분위기를 바꿔 보기도 했다. 내 이름으로 계약한 나의 공간이 생긴 뒤에는 나 역시 엄마가 좋아하는 화분 가꾸기에 도전했다. 집에 생명체라고는 나뿐이니 허브 화분을 사다가 튼실한 로즈마리엔 '율', 여리고 귀여운 민트에는 '희'라는 이름을 붙여 가꾸었다. 그 집에는 해가 잘 들지 않아 그랬는지, 내게 무언가 키우는 재주가 없는지 파릇한 잎은 금세 시들해지다 거뭇해지다 말라 버렸다. 물을 더 줘도, 덜 줘도 죽기만 했다. 내 이름을 붙인 녀석들이 죽어 버린 허무함에 그 이후로는 꽃으로 전향했다. 화분처럼 키우는 재미가 있다거나 오래오래 파릇하진 않지만 한 송이의 꽃이라도 있는 방에는 생기가 돌았다.

○ ○ ○

꽃을 더 쉬이 접한 것은 영국에서였다. 가드닝의 천국이자 세계적으로 이름난 플로리스트들이 활동하는 곳, 그리고 또 다른 플로리스트들을 양성하는 곳. 이만큼 쉽게 꽃을 접할 수 있는 곳도 드물다. 가까운 동네 마트에서도 싱싱한 꽃들을 구할 수 있는데 후줄근한 차림의 중년 남자가 한 손에는 마트

고유의 라이프스타일이 있어야
그 삶이 멋있는 것.

장바구니, 다른 한 손에는 꽃 한 다발을 들고 있는 모습이 흔히 목격된다. 시장에 가도 꽃을 구하기 쉽다. 그렇다고 해서 '안녕? 나는 꽃이야' 생색내며 한 코너를 멋지게 장식하고 있지는 않다. 우리로 치면 그저 나물 파는 노점 옆에 건어물 노점이 있듯, 시장 곳곳에 자리할 뿐이다. 꽃을 사도 특별한 요청이 없으면 대개는 누런 종이 혹은 신문에 둘둘 말아 준다. 노랑 분홍 부직포에 투명 비닐을 마는 인위적인 장식은 없다. 잘사는 동네의 꽃들이 매우 훌륭하긴 하지만 변두리 동네에 가도 꽃이 없는 집이 없다. 마트에 문 닫을 시간에 갔다가 마감 세일을 하는 꽃을 사 오기도 하고, 치즈를 사러 파머스 마켓에 갔다가 노점에서 한 송이 들여오기도 하며 나는 세 평 남짓한 기숙사 방에 꽃을 두었다. 작은 공간일수록 꽃 한 송이의 위력은 상대적으로 커서 좀처럼 해가 나지 않는 우울한 날씨에도 기분이 그리 가라앉진 않았다.

한번은 꽃을 좋아하는 친구들이 모여 일일 레슨을 받았다. 런던에서 40분 정도 기차를 타고 가면 있는 세븐오크스(Sevenoaks)에서였는데 자연이 무척 아름다웠다. 키가 큰 나무들이 거리마다 빽빽했고, 드넓은 공원에는 사슴이 놀았다. 넓은 호수에는 늪지대도 있고, 철새들이 때마다 찾아와 장관을 이루고, 길가에서 블랙베리를 똑똑 따 먹으면 그 달콤함이 온몸에 퍼지는 동화 같은 곳이었다. 기차역으로 선생님이 마중을 나와 우리를 차에 태우고 간단히 동네의 이곳저곳을 관광시켜 주고선 선생님의 집으로 향했다.

영국에 와서 누군가의 집에 가 본 것이 처음이었다. 친구들
집에 몇 번 가 보기는 했어도 학생이 사는 도시의 집이란
우리 식의 원룸, 즉 방과 거실, 주방의 구분 없이 트인 하나의
네모 공간이었다. 이런 진짜(?) 집은 모든 것이 새로웠다.
현관문을 여니 그날 우리가 쓸 꽃들이 종류별로 꽂혀 있었고,
그 맞은편으로는 그릇장이 있어 찻잔들을 구경할 수 있었다. 부엌
언저리에 놓인 테이블에서 그날의 레슨을 시작했다. 작은 바구니
하나와 야외 장식용 센터피스를 만들어 보는 시간으로, 선생님이
먼저 설명하며 꽂으면 그것을 보고 우리가 각자의 꽃을 만드는
방식이었다.

꽃바구니를 만드는 룰 자체는 간단하다. 밑그림을 그리듯
먼저 키가 큰 꽃들로 높이와 형태를 잡고 그 사이사이를 나뭇잎과
잔꽃들로 메워 가면 된다. 한쪽으로만 두고 꽂으면 꼭 빈 공간이
생기니 바구니를 계속 돌려 가며 균형을 맞추는 작업이 중요하고
균형만 맞아도 적당히 무난한 꽃바구니 하나가 완성된다.
선생님이 가장 강조한 부분은 재미있는 요소가 있어야 한다는
점이었다. 처음 구상한 대로가 아니라 '이것도 한번 꽂아 볼까?'
하며 손에 잡히는 꽃들로 심심하지 않은 연출을 해 보라고 했다.
얼마든지 수습할 수 있으니 계속 시도해 보라는 것. 나를 겨냥한
말은 아니었지만 미술에는 자신이 없어 소심한 터치만을 하고
있던 내게 용기를 주는 말이었다. 나만의 재미난 요소로 나는
티라노사우루스의 입만큼 쫙 펼쳐진 백합을 골라 구석에 꽂았다.

주변에 다른 꽃들도 꽂아 넣으니 공격적으로만 보이던 이 녀석도 전체적인 조화에 순응했다.

야외 테이블 장식에 쓰일 꽃 만들기도 흥미로웠다. 이번엔 꽃 대신 사과가 등장했고, 선생님네 집 정원에서 뜯어 온 아이비도 함께했다. 사과에 꼬치를 꽂아 꽃처럼 아이비 더미 사이에 넣으니 특색 있는 야외 장식이 탄생했다. 그 사이사이에 초를 꽂아 불을 붙이니 풍성한 식사의 느낌이 더해졌다. 그녀가 강조한 대로 재미가 가득했다.

레슨이 끝나고 선생님이 홍차를 내어 주었다. 거실 옆으로 연결된 따뜻한 공간으로 이동했다. 사방이 유리로 된 영국의 전형적인 티룸에는 크고 작은 화분들이 보기 좋게 놓여 있었다. 그녀가 기르는 개들도 왔다 갔다 했다. 손님의 손길을 갈구하는 녀석들이 두 마리, 그리고 내가 아무리 불러도 옆에 오지 않는 한 마리가 있었다. 주인인 선생님의 손짓에도 쉬이 가까이 오지 않았다. 부끄럼이 많은 것 같다고 말하니 선생님은 그 녀석이 유기견으로, 사람에게 버려진 마음의 상처가 있었고 더군다나 눈이 잘 보이지 않는다고 설명해 주었다. 눈 때문에 버려졌는지, 버려진 뒤에 눈을 다쳤는지는 모르겠지만 신뢰를 쌓는 데 시간이 걸린다고 했다. 다가오지 않는 그 녀석과의 거리를 인정하고 기다려 주는 그녀의 모습이 꽃과 함께 어우러져 한동안 마음에 남았다. 고유의 라이프스타일이 있어야 그 삶이 멋있는 것. 환하게 아름다운 그 공기가 세포 구석구석을 밝혔다.

엄마의 손도 선생님의 손도, 주변을 예쁘게 가꾸느라 마디마디가 굵고 손등은 거칠다. 엄마는 늘 반지 하나 사 줄까 해도 손이 안 예쁘다 수줍어했고, 선생님도 '예쁜 손 따위 나는 몰라' 하는 식이었다. 그러나 사람은 손이 고울 때보다 그 주위를 밝힐 때 더 아름다운 존재임을, 나는 그녀들에게 배웠다. 예쁜 손보다 예쁘게 만드는 그 손이 곱다.

세
손가락의   힘

헤어짐은 만남보다 어렵다. 주말에 함께 영화 볼 사람이 없고,
늦은 밤에 전화 걸 상대가 없고, 혹은 아침부터 저녁까지
매달리던 직장이 없는 삶을 택하는 일은 일상을 일상적이지 않게
만든다. 낯설다. 그리고 낯선 공간에서 낯선 시간에 낯선 행위를
했을 때의 결과는 예측 불가다. 헤어지면 그뿐이지만 그 후폭풍은
오롯이 개인이 감당할 몫이다. 헤어짐의 책임은 오로지 나에게
있는 것이다. 떠나고자 할 때는 그 무거운 책임을 짊어지는
것부터 시작해야 한다. 그 짐이 버거워 들었다가 놓았다가,
짐을 꾸렸다가 풀기를 반복한다. 없는 것을 들이는 것보다 있던

것을 버리는 것이 더 어렵다. 그래서 헤어짐은 만남보다 어려운 선택이다.

나와는 스타일이 전혀 다른 상사와 석 달간의 프로젝트를 마무리하던 즈음이었다. 인지하지 못했던 건강의 적신호가 깜빡였다. 좀 더 정확히는 정신 건강의 적신호다. 여러 팀의 이해당사자들과 함께 해외기관과 협업하는 업무에서 상사는 일 처리보다는 보고를 우선하고 자잘한 결정까지 임원진에 의견을 구했다. 빠른 결정과 소통을 중시하는 상대 기관에서의 불만은 쌓여 가고 실무를 담당하는 나와 관리자인 상사 사이에는 마찰이 시작됐다. 회사는 일하는 곳, 빠르고 정확한 일 처리가 우선이라 생각하는 내가 관료주의 문화에 익숙한 상사의 눈에는 거슬릴 수밖에 없었을 것이다. 그는 일 자체가 아니라 윗사람을 대하는 나의 태도와 인격을 문제 삼았고, 마음속에서 이미 이곳에 대한 애착을 접고 신세한탄 중이던 나는 점점 초라해졌다. 사무실 책상 앞에서 뚝뚝 떨어지는 눈물을 멈출 수 없을 때가 종종 생기더니 한동안은 집에 돌아와도 울기만 했다. 한숨이 늘고, 멍하니 보내는 시간, 아무것도 하기 싫은 날들이 이어졌다.

매일 늦은 밤마다 전화기 너머 연인에게 눈물과 한숨을 쏟아 내기를 한 달, 그로부터 전문가의 상담을 받아 보는 것이 좋겠다는 장문의 메일 한 통이 왔다. 첫 기분은 나빴다. 그래, 내가 정상이 아니라는 거지? 다음날이 되어서야 어지간한 믿음과 애정과 고민 없이 꺼내기 어려운 말이라는 생각이 들었다.

그저 차를 마신다.
우울하지도, 슬프지도,
외롭지도, 괴롭지도 않다.

Arabia Merituuli
by Heljä Liukko-
Sundström,
Finland,
1983~1987

집과 가까운 개인 병원을 찾았다. 내과나 피부과보다 가구와 벽지, 소품에 조금 더 신경을 쓴 듯한 그곳은 아주 편안하거나 아주 불편할 것 없이 평범하기만 했다. 첫 질문도 다른 병원과 같았다. "어떻게 오셨어요?" 다른 것은 나의 태도였다. 질문에 뭐라 답해야 할지 적당한 말이 떠오르지 않았다. "최근 우울하고 무기력하고 멍한 시간이 많아져서, 지인의 권유로 왔습니다." 면접을 보듯, 육하원칙에 입각한 답을 하려 노력했다. 왜 그러냐는 두 번째 질문이 돌아왔고 회사에서의 일을 간단히 정리해 답했다. 보고서를 적듯, 사건의 개요, 그 사건에 대한 나의 생각과 감정을 간추렸다. 상사만을 마음껏 원망할 수 있다면 좋을 텐데, 고작 그런 일에 휘말리고 괴로워하는 나의 성격, 잘나가는 지인들에 비해 왜소해져만 가는 나의 커리어, 낮은 수입, 그러나 정년이 보장되는 안정적인 직장, 그로 인해 일을 즐기기보다 그저 시간을 때우고 있다는 자괴감, 부당하다 느꼈다면 맞받아쳐야 했을 것을 화를 삼키고 돌아섰던 나에 대한 실망, 결국은 내가 문제라는 자아비판에 내가 쓸모없는 사람인 것 같다는 귀결, 그럼에도 불구하고 무얼 어떻게 해야 할지 도통 아무 생각이 들지 않는다는 속수무책 자가진단을 늘어놓았다. 하루의 언제부터 눈물이 나는지 의사가 물었다. 출근길의 지하철인지, 그 이후인지. 나의 경우에는 아침에 현관문을 쾅 닫고 나서는 순간이었다. 이 말을 듣고 의사는 우울증 직전 단계에 와 있다고 진단했다. '아, 아침에 눈을 뜨자마자 라고 할걸. 아니, 저녁에 잠드는 순간부터

눈물이 난다고 할걸 그랬나?' 순간적으로 이런 생각이 스쳤던 걸
보면 아직 우울증의 단계가 아닌 건 틀림없었나 보다.

몇 가지 약을 처방받고 다음 진료를 잡았다. 병원을 찾은 것
자체가 기분 좋았다. 나를 위해 무언가를 했다는 즐거움이 있었다.
그러나 출근은 이어지고 매일 같은 자극에 노출되니 호전은
어려웠고 달리 대처할 방법을 몰라 다시 극도의 스트레스를
받았다. 평소라면 별것 아닌 말에도 다리에 힘이 풀리고 눈물이
났다. 울렁거림에 버스에서 도망치듯 내리는 날도 있었다.
퇴근하면 집으로 바로 가질 못하고 밤이 늦도록 길가 벤치에 그냥
앉아 있다가 겨우 집에 돌아와서는 차를 끓였다. 그냥 쓰러지기엔
나를 위해 아무것도 하지 않은 하루가 너무 아까웠다.

○ ○ ○

손님을 대접하거나 홀로 기분을 낼 때면 늘 소서가 있는
찻잔세트를 꺼낸다. 우울한 그날들에도 그랬다. 격식을 갖추어
나를 대접하고 싶었다. 벽에 기대고 앉아 따뜻한 차를 한 모금
마시고서 다시 잔을 내려놓았다. 한숨을 몰아쉬고 다시 잔을
들었다. 잔을 들고 놓을 때는 그저 찻잔만 보였다. 찻잔의
손잡이는 섬세하고 크기도 작아서 잘 들지 않으면 떨어뜨리기
쉽다. 검지손가락을 걸고, 중지로 무게를 받치고선 엄지로 눌러
잘 고정해 잡아야 한다. 소서의 정중앙 홈 안에 잔을 안착시켜야

하니 그 순간에도 집중해야 한다. 그렇게 잔을 들고 내리길 반복하다 보면 나는 그저 차를 마시고 있었다. 우울하지도, 슬프지도, 외롭지도, 괴롭지도, 아무런 감정도 들지 않았다. 다만 차를 마실 뿐이었다.

차를 홀짝이던 저녁이 며칠 이어지고, 이제 할 만큼 했다는 생각이 들었다. 이렇게까지 시간과 노력을 기울일 문제가 아니었다. 의사는 현 상태에서 큰 판단을 내리지 말 것을 조언했다. 내가 지금 내리는 판단은 내가 내리는 것이 아닐 수 있다는 것. 불안한 심리 상태에서의 잘못된 판단으로 향후에 더 큰 타격을 입을까 봐 했던 말이었을 것이다. 그러나 머릿속에서 노래가 절로 흘렀다. 여기까지가 끝인가 보오. 이제 나는 돌아서겠소.

이후로 병원을 다시 찾지 않았다. 상담이 도움이 되지 않았던 것은 아니지만, 여기부터는 내 힘으로 할 수 있다는 확신이 들었다. 엄지와 검지, 중지 단 세 손가락에 집중할 수 있는 기운이면 무엇이든 할 수 있을 것이다. 내가 할 일은 단지 하나. 그저 격식 있는 찻잔에 차를 내는 일. 시작은 아주 작고 단순하다.

행복의
맛,

당근주스

어릴 적 할머니를 따라 밭에 가면 채소들을 구경하는 재미가
있었다. 무는 호기심쟁이다. 땅속에서 야금야금 자라다가 조금
컸다 싶으면 하얀 머리를 빼꼼 내밀고 땅 위의 세상을 슬쩍
구경하며 눈치를 본다. 고구마와 감자는 반대다. 소심하고
수줍음이 많아 땅속에 꼭꼭 숨는데 서로 옹기종기 모여
쏙닥거리다가 호미로 파 올리면 모두 함께 와르르 난 몰라 쏟아져
나와 굴러다닌다. 풍성한 머리숱을 자랑하는 배추는 마치 동네
미용실에서 파마를 말고서 보자기로 머리를 감싼 채 돌아다니는
아지매 같고, 마늘과 생강은 그 향기만큼이나 강렬하고 튼튼한

줄기를 땅 밖으로 쏘아 올린다.

산돼지마냥 밭 여기저기를 쑤시며 구경하다 보면 한쪽에 연둣빛이 감도는 기분 좋은 초록의 풀들이 키가 작은 나의 겨드랑이 높이에서 바람에 흔들거리고 있다. 색은 틀림없이 싱싱한데 안 싱싱한 척 잎을 축 늘어뜨린 것이 우동 위에 떠 있는 쑥갓 같다. 연두색과 녹색 크레파스를 한데 섞어 칠한 듯한 이파리의 부드러운 질감도 마음에 쏙 든다. 이건 뭔가 하며 슬쩍 들어 올리니 갓 태어난 아가처럼 반투명한 붉은빛의 무언가가 보인다. 당근이다.

시장에서 보던 당근들과 달리 땅속에 있던 녀석들은 수분을 가득 머금었다. 어린 내 눈에도 아직은 뽑을 때가 아니어 보였으니, 할머니한테 혼나기 전에 얼른 주변의 흙을 발로 밀어 넣어 꾹꾹 눌렀다. 가을이 돼야 당근은 제철을 맞는다.

○ ○ ○

아빠와 동생과 내가 셋이서 동네 산에 다녀오면 엄마는 늘 당근주스를 만들어 주셨다. 어릴 때는 왜 그렇게 하루 종일 뛰어도 지치지 않고 늦게 자도 일찍 눈이 떠지는지, 기운 좋은 나와 동생은 기꺼이 아빠를 따라 산에 갔다. 즐겨 찾는 코스는 집 마당에서 보이는 앞산이었다. 그 산 중턱에는 표지판같이 초록의 커다란 바탕 위에 '자연보호' 네 글자가 흰 색으로 적혀 있었다. 그 표지는 하나의 이정표가 되어 어디까지 다녀왔는지 묻는 엄마에게 우리는 "자연보호까지"라 답했다. 휴대전화가 없던 시절이라 우리가 어디만큼 왔는지 전혀 몰랐을 엄마는 돌아오는 길에 우리가 집 앞 횡단보도에 대기 중이면 꼭 맞춰서 마당에 나와 손을 흔들었다. 그것이 신기하고 반가워서 나는 큰 소리로 엄마를 부르며 신호가 바뀌자마자 집까지 뛰었다. 당시 나는 전교에서 가장 작은 아이였는데, 그 짧은 다리를 재게 놀리며 최대한 단숨에 계단을 올라 대문을 열었다.

현관문을 열고 집 안으로 들어서면 바로 옆 주방에서 당근향이 반겼다. 신선하고 건강한 냄새. 달콤하지만 과일향과는 달랐다. 발효된 와인이나 생강처럼 뭔가 모를 알싸한 향이 있었다. 엄마가 알맞은 크기로 가늘고 길게 잘라 둔 당근을 받아 들고 토끼에게 먹이를 주듯 조심스레 주서기에 집어넣었다. 당근이 즙이 되어 떨어지는 걸 보고 싶어 재빨리 뛰어 한 바퀴를 돌아 이번에는 바닥에 한쪽 귀를 댄 채 납작 엎드려 주서기 하단의 플라스틱 통을 관찰했다. 틀림없이 내가 넣은 당근으로 주스가 나왔다. 뚱뚱한 로봇 같은 '휘미리주스'가 어디서 온 건지는 몰라도 이 주스는 틀림없이 바로 저 당근이 만들었다. 할머니 밭에 났던 쑥갓 머리의 당근, 모양도 예쁘고 색도 예쁜 그 당근이 틀림없다. 식품안전 문제가 크게 주목받던 때도 아니었는데 괜한 의심이 많았던 나는 틀림없는 그 당근주스를 고개를 젖혀 단숨에 들이켰다.

한 컵을 다 마시고서 카아— 숨을 몰아 내뱉으면 입안에서
당근 냄새가 났다. 오렌지주스는 먹을 때는 새콤해 입안이 깔끔한
듯하지만 끝맛은 단맛이 돌며 찜찜하다. 그 단맛은 납작하게 온
입안에 달라붙는다. 제철의 당근을 주스로 만들면 혀도 달지만
코도 달다. 혀의 단맛이 사라진 뒤에도 코에 단 향이 남는다.
당근주스를 마시고 난 뒤엔 늘 손을 입 가까이에 대고 뻐끔대며
향을 맡아 보았다. 어린 생각에 향수를 먹으면 당근주스의 맛이
날 것만 같았다.

조금 더 자라 산에 가는 것이 몹시 귀찮아졌을 즈음
주서기는 자취를 감췄다. 아마 잠시 유행이라 거품이 빠졌던 게
아니었을까 싶다. 홈메이드 당근주스도 품절이었다. 슈퍼마켓
냉장고 안에서 유리병에 담긴 녀석들 중에 하나를 고르는 수밖에
없었다. 그러다 몇 년 전 홈쇼핑을 시작으로 주서기가 다시
인기를 얻으며 고향집에서는 오랜만에 당근주스 향이 났다. 쑥갓
머리를 한 당근의 향수 같은 맛, 그것이었다.

○ ○ ○

홀로 사는 살림에도 주서기를 하나 들이고 제철을 맞은 제주
흙당근을 박스로 주문했다. 그러나 현실은 20년 전 그때와
달랐다. 늘 해 주는 것만 먹다가 직접 하려니 보통 귀찮은 일이
아니었다. 당근은 흙이 있으니 신선하긴 해도 한번씩 씻어 내기가

당근주스는 역시
누가 해 줄 때가 제일 맛있다.

Ocean
Glass
Tango Rock,
Thailand

몹시 번거로웠다. 씻은 당근도 혹시 흙이 남아 있을지 모르니
감자칼로 껍질을 깎아야 했는데 그러다가 손을 베인 것이 한두
번이 아니다. 그 많은 즙을 내뿜는 걸 보면 틀림없이 수분이 많은
것을, 이놈의 당근은 왜 이렇게 단단해 썰기가 어려운지, 맙소사.
두세 개 힘주어 썰다 보면 팔목이 아팠다.

주스를 내고 뒤처리하는 것도 일이었다. 투입구와 모터,
용기와 필터를 분리해 커다란 솔로 사이에 끼인 찌꺼기까지
모두 꼼꼼히 닦아야 했다. 싱크대로는 공간이 부족해서 작은
채반을 쟁반에 받치고 그 위에 부품들을 얹어 물기가 없어질
때까지 말렸다. 이쯤 되니 옛 추억을 살려 한번 먹어 보자 했던
당근주스는 당근을 씻고, 깎고, 자르고, 주서기를 조립하고 주스를
만든 후 뒤처리까지 30~40분은 걸려야 한 컵이 나오는 셈이었다.
한번에 많은 분량의 주스를 만들어 냉장고에 넣어 두면 시간은
아끼겠지만 그것은 이미 신선한 주스가 아니었다. 아침저녁으로
두 번씩은 해 먹어야 박스 안의 당근이 상하기 전에 처리할 수
있었으므로 하루 24시간, 비좁은 주방이 건조 중인 주서기로 꽉
찼다. 유리잔 가득한 당근주스의 낭만은 결국 "짜~증~으을~
내~어~서어~ 무~얼~ 하아~나"하는 노동요로 마무리되었다.

제철이고 뭐고 없다. 당근주스는 역시 누가 해 줄 때가
제일 맛있다. 다 커서 어릴 적 추억을 더듬는 건 꼭 아름답지만은
않지만 그때의 추억이 누군가의 노동으로 가능했음을, 그래서
남의 손이 소중함을 깨닫게 한다.

나의

노 오 란
카 스 델 라

엄마가 당근주스를 갈 때면 우리 집이 꼭 동화 속에 나오는
행복한 집 같았다. 사전에 나오는 단어 그대로의 '행복' 그 자체가
우리 집 같았다. 다른 때 내가 행복하지 않았다는 의미는 아니다.
다만 어린 마음에 가득 찬 감정이 그저 단순히 좋은 건지, 몹시
좋은 건지, 만족인지, 행복인지 알 수 없었고 누가 물으면 '기분
좋다!' 말할 수는 있어도 '행복하다'는 말은 잘 나오지 않았다.
당근향이 가득한 집에서 유리컵 끝까지 찬 그 주스를 마시며
나의 마음에는 별 다섯이 채워졌다. 교과서에 있던 철수와 영희
그림이나 시리얼 광고에서 본 듯한 비현실적이고 전형적인

모범답안의 행복이었다. 뿌듯하고 당당하게 나는 행복하다
이야기했다. 스테레오타입의 뻔한 감정을 느껴 보는 것도 그래서
참 좋다. 당근주스는 내게 행복한 우리 집을 알게 했다.

당근주스와 함께 행복한 우리 집 하면 떠오르는 다른 하나는
카스텔라다. 비슷한 시기였다. 어느 날 학교에서 돌아와 보니
습기를 머금은 따뜻하고 달콤한 향이 났다. 무언가 끓이거나
삶거나 쪘을 것인데, 처음 맡아 보는 그 향이 참 좋았다. 가방을
내려놓고 부엌으로 달려가니 엄마가 쟁반에 흰 우유와 노오란
빵을 내어 주었다. 빵에서 방금 그 냄새가 났다. 한입 입에 넣으니
빵이 녹아 없어졌다. 정말 폭신한 것이 엄마 따라 시장에 가면
큰 길 옆 빵집에서 사 먹던 컵케이크와 비슷했다. 세 개씩
네 줄, 열두 개가 들어 있어 많아 보이지만, 두 입 먹으면 감쪽같이
하나가 없어져 늘 아쉬웠던 컵케이크. 요즘 나오는 컵케이크만큼
단단하지도 않고 그 위에 크림이나 또 다른 토핑들이 올라가
있지도 않지만 그때는 꽤 고급진 간식거리였다. 학교에서 반장을
새로 뽑으면 꼭 반장 엄마가 컵케이크 하나와 쿨피스를 간식으로
나눠 주셨는데 보들보들한 그 맛이 좋아 종이에 붙은 가루
하나까지 착실히 떼어 먹은 기억이 난다. 엄마가 내어 준 빵은
컵케이크보다 진하고 크기도 더 컸다. 진한 맛은 계란이 많이
들어간 덕분이고, 그때 먹은 빵이 카스텔라라는 사실은 나중에
알았다.

○ ○ ○

90년대 초인 그때까지만 해도 야쿠르트 아줌마, 아모레 아줌마,
웅진 아저씨가 동네마다 돌아다니며 사람을 모아 물건을 파는
일이 흔했다. 딸기가 들어간 떠 먹는 요구르트가 냉장고에
있으면 야쿠르트 아줌마가 들른 날이었고, 왠지 모르게 엄마
얼굴이 반질반질 윤이 난다 싶으면 아모레 아줌마가 오신
날이었다. 그런 날이면 어김 없이 우리 골목길의 모든 아줌마들
얼굴이 반짝거렸다. 책장에 하드커버의 책들이 갑자기 50권씩
있으면 웅진 아저씨가 온 날이었다. 이 3인방 외에도 1년에 한두
번 드물게 오는 방문판매 영업사원들은 압력밥솥, 전기밥솥,
프라이팬 등의 주방용품들을 팔았고, 시연 삼아 어느 집에 모여
사용법을 홍보할 겸 요리도 했다. 내가 카스텔라를 처음 본 날은
그런 시연회가 바로 우리 집에서 있던 날이었다. 고맙게도 그
카스텔라 냄새가 오래오래 남아 주어서 팔을 휘저을 때마다
달콤하고 따뜻한, 노오란 향기가 스쳤다.
    적어도 우리 동네에는 오븐이 보편적일 때가 아니어서
나는 일단 집에서 빵을 만들 수 있다는 사실이 신기했다. 정확히
말하면 그날의 카스텔라는 구운 것이 아니라 전기밥솥에 찐
것이었고, 나는 집에서 빵 만드는 냄새를 처음 맡아 보았다.
가끔 뭔가 정확한 기억이 떠오르진 않지만 그날의 향기라든가
색깔은 생생할 때가 있는데, 홈메이드 카스텔라의 향이 그랬다.

당근주스는 종종 마셨지만, 카스텔라는 딱 그 하루였다. 그 하루의
향이 그렇게 강렬했다. 그 시절부터 존재했던 내 세포 어딘가에
타임캡슐처럼 그 향이 저장되어 있을지도 모르겠다.

　　빵 만드는 냄새는 사람을 행복하게 한다. 반죽이 부풀어올라
익어 가는 냄새, 그 안의 밀가루와 버터와 계란과 설탕이
혼연일체가 되며 덥혀지는 내음은 호텔 침구마냥 포근하고
따스하다. 내가 다니던 회사의 로비에 어느 날 도넛 가게가
들어왔는데, 소문에 따르면 재벌 일가인 사장님께서 "우리도
아침에 빵 냄새가 좀 나면 좋잖아" 하신 한마디에 생겼단다.
그 진위는 알 수 없지만 모두들 고개를 끄덕였다. 정말, 아침에
회사 건물 로비에 들어서며 맡는 빵 냄새는 그 어떤 방향제보다
좋았다.

○ ○ ○

한동안 퇴근 후 집에 돌아와 빵을 만들었다. 오븐이 없으니
인터넷에 있는 '노오븐 베이킹' 레시피들을 따라 했다.
전기밥솥에도 생각보다 다양한 베이킹이 가능했다. 브라우니,
당근케이크, 치즈케이크를 만들며 하루 종일 곤두섰던 신경을
마사지했다. 밀가루는 두 번 체에 걸러 곱게 내리고, 계란의
흰자와 노른자는 분리하고, 버터는 실온에 말랑하게 녹이고,
우유는 미지근하게 전자레인지에 20초 데운다. 처음에야 계란

새벽 두 시의 카스텔라.
아이 같은 행복.

Arabia Koko
by Kristina Riska &
Kati Tuominen-
Niittylä, Finland,
2005~

흰자를 탄탄하게 거품 내느라 손목이 빠질 지경이었지만, 거품 내는 기계를 사용하니 그마저도 간단했다. 집에 오자마자 머리카락을 질끈 묶고 휘리릭 반죽을 만들어 밥솥에 넣고는 빵이 익는 동안 씻고 나와 어질러진 집을 정리하고 티브이를 보거나 음악을 듣다 보면 금세 완성이었다.

노오븐 카스텔라에 도전한 날, 여느 때처럼 반죽을 밥솥에 넣고 샤워를 마친 뒤 욕실 문을 여니 까맣게 잊고 있던 어릴 적 그날의 향기가 나타났다. 그 향은 멀리 우주여행이라도 하고 온 듯, 10년이 넘는 세월 동안 어디 하나 변하지 않고 그렇게 갑자기 눈앞에 나타났다. 얼마나 반가웠는지 다른 일은 젖혀 두고 식탁에 앉아 카스텔라가 나오기를 기다렸다. 어른이 된 첫사랑을 만나러 약속 장소에 먼저 나와 기다리듯, 문이 열릴 때마다 그 아이인가 확인하듯, 나는 밥솥의 움직임이 있을 때마다 흔들리는 추와 카운트다운 중인 숫자를 확인하며 괜히 움찔거렸다.

빵이 다 되면 뒤집어 꺼내서 김이 빠지고 식기를 기다려야 예쁘게 썰리지만, 나는 늘 기다리지 못하고 푹푹 못난이 모양으로 썰어 먹는다. 젊은 엄마가 그랬듯 흰 우유를 꺼내 식탁에 놓고 아직 식지 않은 카스텔라를 한입 베어 물었다. 계란과자 같은 그 맛이 가득 퍼졌다. 제과점 카스텔라보다 훨씬 노랗고 커다랗지만 어찌나 부드러운지 입안에 넣으면 씹을 것이 없었다. 우유를 곁들여 꿀꺽 넘기고 나면 정말이지 행복했다. 아이 같은 행복함이었다.

한 달에 하루, 고정적으로 새벽 두 시가 넘어 퇴근해야
했던 때, 그런 날은 꼭 카스텔라를 구웠다. 그냥 잘까 누웠다가도
그 시각이 되도록 일만 했다는 억울함에 카스텔라 향이 떠올라
버렸다. 꺼진 불을 다시 켜고 부산히 움직여 밥솥에 반죽을 넣고
나면 번져 가는 그 향이 어김없이 행복을 가져왔다. 다 되기를
기다리는 설렘도 있고, 맛이 좋으니 먹는 재미도 있었다. 늦게까지
일했지만 적어도 내가 좋아하는 빵을 하나 구웠다는 위안. 스스로
굽는 행복의 한 조각은 말 그대로 꿀맛이다.

줄여서

느는

살림

1인가구로서 첫 번째 집은 자취방이라고 하기엔 꽤 넓었다.
15평이 조금 안 되는 다세대주택의 투룸이었는데, 공간 분리가
되니 깔끔하게 정리하고 살 수 있어 좋았다. 딸내미가 처음으로
홀로 살아갈 집이 너른 공간이라는 점은 부모님 마음에도
흡족했다. 특히 아빠는 방 크기를 중요하게 생각했는데, 여기에는
나름의 사연이 있었다.

아빠는 대학생 때 지방에서 생활했고 고모들은 작은 방을
얻어 서울에서 생활하고 있었단다. 넉넉하지 않은 살림이니
아빠도 여유롭게 생활하진 않았지만, 서울 물가가 무서운 것은

그때나 지금이나 비슷했나 보다. 처음으로 고모들의 집을 찾은 아빠는 지방에는 잘 없다 싶게 비좁은 지하 단칸방에 여럿이 모여 사는 모습에 충격을 받았다. 본인이 열심히 벌어 가족들 누구도 그런 집에 살게 하지 않겠다는 과업을 그때 스스로 짊어졌다. 그래선지 아빠는 내게 너무 터무니없지 않다면 가능하면 너른 집에 살라고 신신당부했다. 세간살이가 갖춰진 집이 아니어서 새것과 중고를 적절히 섞어 세탁기와 냉장고, 가스레인지, 옷장과 서랍장 등을 기꺼이 장만했다.

첫 집에서는 무엇보다도 내 유리컵들을 찬장에 넣어 둘 수 있어 좋았다. 나에게는 꼭 세 종류의 유리컵이 있었는데, 물을 마실 때는 수도꼭지가 그려진 컵에, 우유는 우유병이 그려진 컵에, 주스는 오렌지 즙기가 그려진 컵에 따라 마셨다. 대학생이 된 기념으로, 그것도 서울의 중심 명동에서 산 컵들이었다. 이모 집에서는 내 방 책장 구석에 놓였던 것들이 드디어 당당히 제자리를 찾았다.

너른 집은 장점이 많았다. 방 하나는 옷장과 서랍장을 두고 나름의 드레스룸으로, 나머지 방은 공부방 겸 침실로, 좁은 거실은 거실대로 쓸 수 있었다. 친구들을 불러다 놀기에도 충분했다. 집으로 오려면 지하철에서 내려 큰 길을 지나 골목길로 7~8분 들어와야 했는데, 주택가다 보니 어느 집엔 감나무가, 어느 집엔 목련이 심겨져 있어 계절의 정취가 있었다. 늦은 저녁 가로등이 나무들을 비추는 골목길을 연인과 함께 걸을 때면 그 모든 풍경이 우리 둘을 위해 존재하는 것 같았다. 우리는 잡은 손에 더 꼬옥 힘을 주었다.

그러나 살다 보면 집의 크고 작은 단점들이 보여서 계약 만료 시점이 오면 지긋지긋한 지경이 되어 버릴 때도 있는데 첫 집이 그랬다. 원래 한 집이었던 것을 가운데에 판자를 대어 막은 터라 방음이 되질 않았다. 옆집에서 통화하는 소리, 티브이 보는 소리, 다투는 소리, 코 고는 소리까지 들려오니 거의 옆집과 같이 사는 셈이었다. 또 대부분의 다세대주택이 그렇듯 앞과 뒤, 옆 건물과의 간격이 매우 좁아서 마음만 먹으면 누구라도 이 집에서 저 집으로 쉽게 건너다닐 수 있었다. 게다가 우리 집엔 닫히지 않는 창문이 있었고, 무슨 사연인지 그쪽으로 맞닿은 건물에는 빌려준 돈을 받아 가려는 사람들이 수시로 드나들어서 무서웠다. 빛이 잘 들지 않아 어두운 것도 아쉬웠다.

가장 큰 문제는 바퀴벌레였다. 산 지 1년이 지나며 엄지손가락 길이의 뚱뚱한 바퀴벌레들이 출현했다. 처음에는 어릴 때 시냇가에서 보았던 물방개인 줄 알았다. 너무 커서 때려 잡을 수도 없고, 약을 뿌려 기절시켜도 쉽게 범접할 수 없는 두께에 소리만 질러 댔다. 자려고 누우면 천장 저 안쪽에서 그것들이 기어 다니는 소리가 났다. 소리가 멈추었을 때 불을 켜 보면 형광등이 달린 천장 구멍으로 그것들이 이쪽으로 나오고 있는 광경을 확인할 수 있었다. 혼자이니 내가 잡을 수밖에 없다. 오늘은 제발 날지만 말아다오. 고무장갑을 끼고 밀대, 뿌리는

바퀴벌레약과 화장지, 뒤처리를 위한 물티슈까지 모든 장비를
장착하고 문제해결에 나서곤 했다. 소탕 작전에 성공한 뒤 자려고
누워서도 그 찜찜함이란 떨쳐 버릴 수가 없었다.

○ ○ ◌

경비 아저씨가 상주하며, 정기적인 소독으로 벌레 출현이 없는
집이 그다음 이사의 조건이 되었다. 운 좋게도 오래되긴 했지만
한강 언저리에 있는 소형 아파트에 살게 되었다. 나무 바닥이
무척 마음에 들었다. 고향집도 이전의 집도 장판 바닥이었기에
발바닥이 끈적하지 않은 나무의 느낌이 낯설고도 참 좋았다.
안정된 주거공간이 삶에 얼마나 중요한지를 이 집에서 깨달았다.
바퀴벌레 지옥에서 해방되어 볕이 잘 드는 안전한 집에 머무니
생각도 훨씬 여유로워졌다. 옷가지나 다 먹은 그릇들로 집이
너저분해지기 전에 매일 말끔히 정리했다. 꽃도 꽂고 작은 화분도
키웠다. 고향집에서 가져온 어울리지 않는 이불들을 개어 넣고, 새
집에 어울리는 패브릭 제품들을 들였다. 이불커버 하나에도 집 안
분위기가 달라진다는 것을 알았다. 좋은 천을 고르는 눈도 생겼다.
언제든 손님이 와도 부끄럽지 않았다. 친구들이 근처에 들를
때마다 집에 함께 와서 차도 마시고, 맥주나 와인을 마시기도
했다. 연말에는 한껏 차려입고 크리스마스 파티도 했다.
　　이 집을 정리한 건 영국으로 공부를 하러 가면서였다.

큰 가전제품은 중고로 팔거나 필요한 지인들의 집으로 보냈다. 큰 짐이 빠졌으니 남은 짐은 수월하게 정리가 되리라 기대했다. 그러나 아뿔싸. 짐은 끝도 없이 나왔다. 얼려 둔 딸기와 바나나를 갈아 먹기 좋은 믹서기, 노오븐 베이킹을 수월하게 해 주었던 거품기, 몇 번이나 썼는지 모르지만 생선을 굽겠다고 샀던 전기그릴, 그릴이 쓰기 번거롭다며 샀던 양면팬 등 주방용품은 왜 그리 많고 입을 것이 없는 옷장에는 버릴 수 없는 옷가지가 왜 그렇게 많은지. 깨지기 쉬워 정밀포장이 필요한 그릇들만 해도 몇 박스나 되었다. 컵도 종류별로, 유리컵도 크기별로, 와인잔도 모양별로 다양했고 친구 열 명은 거뜬히 소화할 분량의 국그릇과 밥그릇, 접시들이 넘쳤다. 이 녀석들, 먼지괴물마냥 집안 구석구석 잘도 숨어 있었다. 그리 많지 않은 줄 알았는데 어디 이렇게 들어가 있었던 것일까? 동이 트도록 쪼그리고 앉았다 섰다, 의자에 앉았다 섰다를 반복하며 짐을 포장하고 노끈으로 묶었다. 손이 부어올라 마디마디의 주름이 없어지고 붉은색 실선만 남아 있었다. 앞으로 절대 살림을 늘리지 않으리라.

○ ○ ○

다시 서울살이를 시작하면서 얻은 집은 여섯 평짜리 복층 오피스텔이었다. 가전제품 등의 새 살림을 처분하는 일이 쉽지 않음을 지난 이사에서 배웠으니 앞으로는 풀옵션이 먼저고

살림이란 결국
불필요한 것들을 줄이고
여백을 즐기는 일 아닐까?

그다음이 집 크기였다. 이전 집은 환기가 아쉬웠는데 여기는
창이 활짝 열려 좋았다. 그런데 집이 좁아서 방바닥에 옷가지 몇
개만 돌아다녀도 쉽게 지저분해졌고 머그컵을 하나만 더 들여도
찬장 정리를 새로 해야 했다. 살림의 방식을 바꾸어야 할 필요가
있었다. 자주 쓰지 않는 물건은 위층의 서랍에 넣어 두고 미관상
좋지 않은 청소기, 걸레대 등은 장롱 뒤편으로 공간을 만들어
숨겼다. 소품 하나를 사더라도 어디에 쓰고, 어떻게 보관할지,
정말 필요한지, 충동적인 욕구인지 신중하게 따졌고, 그러면서
구매를 포기한 것들이 수두룩하다. 그냥 예쁘다는 이유로는
사지 않았다. 이 시기에 지인에게 선물받은 유리컵은 기꺼이
새 식구로 맞이한 유용한 아이템이었다. 주거공간으로 치면
아파트처럼, 컵 하나 위로 다른 하나를 포개 탑을 쌓을 수 있어
공간 효율적이었다. 다른 컵들도 크기를 맞추어 두 개씩 포개고,
접시도 층층이 쌓아 수납했다. 접시 위로는 볼을 포개 올렸다.
그릇이 늘어도 차곡차곡 정리해 나갔고 쌓인 그릇 중에서도
필요한 그릇은 쓰기 쉽게 넣어 두었다. 살림의 동선을 고려하며
보일 것과 감출 것을 구분했다. 이보다 두 배 넓은 집에 살 때보다
살림의 규모는 줄었지만, 어느 것 하나 불필요한 것 없이 알차게
쓰려고 애쓰니 살림 솜씨가 느는 느낌이었다.
　　이후의 집은 이보다 조금 넓은 오피스텔이다. 이전 집은
세대수가 적어 관리비가 무척 비쌌기에 새 집을 알아보면서는
몇 가구가 사는 건물인지 살피고 보안, 환기, 수납공간에 중점을

두었다. 작은 집일수록 한 평의 가치는 커서, 몇 발자국 넓어진 것뿐이지만 여백의 공간에 숨통이 트였다. 새 집에서의 살림은 그래서 여백을 관리하는 것이 핵심이 됐다. 이전 집에서 살림을 한번 줄여 본 경험이 있으니, 넓어진 공간에 차오르는 살림도 주기적으로 점검하고 불필요한 것들은 처분하며 여백을 지키는 습관이 생겼다. 있는지 몰랐던 옷이 튀어나오거나, 사 놓고 안 쓰는 물건, 안 쓰는데도 머무르는 물건은 없다. 살림이란 결국 나의 요구와 욕구를 아는 것에서 출발해 나에게 맞는 물건들로 공간을 꾸리고 정갈하게 관리하며 스스로를 충족시키는 일이다. 내 소유가 아니라 여전히 이사를 다녀야 함이 서럽지만 그사이에 살림이 늘었다는 건 어제보다 오늘을, 오늘보다 내일을 기대하게 한다.

100년 전 왕실에서 쓰던 접시

어느 도시를 가나 플리마켓이란 외곽에 형성되기 마련이다. 해가
늦게 뜨는 겨울에는 오전 10시쯤 도착해도 좋지만, 봄과 여름에는
9시가 되기 전에 도착해야 그날의 보물들을 놓치지 않는다.
아침밥을 먹고 나가더라도 도착하면 금세 배가 고파지는데,
이때의 단골메뉴는 푸드트럭의 핫도그다. 커다란 철판 위에 갈색
빛이 나도록 볶은 양파, 그릴에 구운 소시지, 살짝 데운 하얀 빵,
그 모든 것이 조리되는 냄새가 엄청나다. 온몸에서 핫!도!그!를
외칠 때 한입 베어 물면 혀 구석구석 폭죽이 터지듯 소시지의
육즙이 흘러나오고 온 미각세포들이 춤추며 환호한다. 여기에

커피 한 잔, 특히 드립커피에 우유를 살짝 더한 플랫화이트를 곁들이면 깔끔하면서 부드럽게 입안이 정돈되어 좋다.

플리마켓에서 득템하기 위한 하나의 팁이 있다면 절대 쓰윽— 둘러보아선 안 된다는 것이다. 경험상 스웨덴, 핀란드 등의 북유럽 플리마켓은 상점처럼 매우 깔끔하게 정돈되어 있고 대충 둘러보다 맘에 드는 물건만 쟁취해도 나쁠 것이 없는데 대신 값이 좀 나간다. 영국, 프랑스, 스페인, 포르투갈 등 서유럽은 정말 저렴한 값에 거래되는 대신에 적극적인 자세로 구석구석 살필 필요가 있다. 회색 먼지가 수북한 물건들이 거미줄과 더불어 박스에 마구잡이로 들어가 있는데, 이들을 찬찬히 꺼내 보면 훌륭한 물건들을 만날 수 있다. 파는 사람도 그 가치를 모르고 대충 주워 담아 오는 경우가 허다하니 잘 고르면 천 원, 2천 원으로 좋은 물건을 들일 수 있다. 초등학교 소풍 때 하는 보물찾기와도 같다. 보물찾기를 하면 괜한 땅도 파고 나무 위에도 올라가 보고 바위 틈을 들여다보기도 하지 않나. 그 마음을 십분 발휘하면 된다. 그냥 벌판에 풀어놓고 찾아보라니, 어릴 때는 환장할 노릇인 데다가 단 한번도 보물종이를 찾아본 적이 없는 나지만 마켓에서는 보물 사냥에 실패한 적이 없다. 그만큼 확률이 꽤 높다.

핫도그와 커피를 마쳤다면 이제 준비 완료. 적극적인 자세로 두 팔을 걷어붙이고 방향을 정한다. 천 원, 2천 원에 예쁜 목걸이도 하나, 예쁜 스카프도 하나 들이고, 기분을 낸다며 새

스카프를 칭칭 목에 감은 채 이동한다. 하루는 소량의 그릇과 옛 테이블 램프들을 내놓은 어떤 매대에서 언제나처럼 쪼그려 앉아 박스를 뒤적였다. 고급스러운 코발트색으로 테두리가 둘러져 있고, 그 안팎으로 금빛이 찬란한 접시 하나가 눈에 들어왔다. 한눈에 보기에도 범상치 않아 뒤집어 보니 영국 최대의 도자기 회사이자 왕실에서 쓰이는 그릇을 제작하는 로열 덜튼(Royal Doulton) 제품이다. 금박이 둘러진 그릇들은 쓰다 보면 금장이 벗겨지는 손상이 있기 쉬운데 이 녀석은 멀쩡했다. 이것이 고작 2파운드, 넉넉잡아도 한화 4천 원이 안 되는 값이다. 사이즈도 제법 커서 마음에 들었으니 당장 사지 않을 이유가 없다. 깨지지 않게 조심조심 가방에 넣었다. 역시, 플리마켓은 노력을 배신하지 않는다.

○ ○ ○

그놈의 로열(royal)이 뭔지, 고만고만한 물건인데도 로열이라는 단어가 하나 더 붙으면 왜 그렇게 그럴싸해 보이는 걸까? 사실 영국에 오기 전만 해도 왕실이 있는 민주주의 국가가 잘 그려지지 않았다. 요즘 시대에 혈통으로 이어지는 왕의 존재 자체가 이상하지 않은가? 그들 일가는 국민이 낸 세금으로 생활하면서 셀러브리티 행사 참석이나 자선 활동 외엔 무얼 하는지 알 수 없다. 권리는 있지만 채무도, 의무도 없어 보인다. 이런 왕실

문화가 그리 합당한 시스템은 아닌 것 같지만 왕실에 들어가는
차, 여왕이 쓴다는 우산, 왕세자비가 입은 옷이라면 지갑을 열게
된다. 내가 다니던 학교에도 왕실의 공주 하나가 다니고 있었는데
나도 부모님께 학교를 소개하면서 로열 마케팅을 하고 있는 것이
아닌가. "영국 공주님도 다니는 학교라니까."

마침 내가 머무는 동안에 윌리엄 왕자의 결혼식이 있었다.
영국 전역이 떠들썩했다. 민간인 출신의 왕세자비는 매일
타블로이드지를 장식했고, 결혼식 행렬을 보러 가겠다는 사람도
많고, 결혼식에 적합한 고풍스런 모자를 사는 이들도 있었다. 고작
길가에 서서 지나가는 차를 보는 것이 전부인데도 마치 왕실의
결혼식에 초대받은 양 차려입은 사람들이 줄을 이었다.

내가 이 접시를 들인 것도 그 마음과 크게 다르지 않았다.
왠지 우아해지고 싶은 날에 이 그릇을 꺼내 쓴다. 음식도
아무거나 올리지 않는다. 투박하지만 씹는 맛이 좋은 등심보다는
두껍고 동그랗게 썬 안심으로 스테이크를 만들어서 예쁘게
모양낸 야채와 곁들여 소꿉장난하듯 이 접시에 상을 차린다.
냅킨을 펼쳐 무릎 위에 얹고, 평소처럼 크게 한입이 아니라 작게
잘라 입에 넣으면 공주라도 된 것 같은 느낌이 드니 기분전환에
좋다. 게다가 나중에 알고 보니 이 접시는 1900년대의 것이었다.
역사가 깊은 유럽의 그릇 브랜드들은 그릇을 뒤집었을 때 보이는
바닥면에 백스탬프(back stamp)라 불리는 표식을 남기는데,
시대별로 변화를 주기 때문에 대략적인 생산시기 추정이

100년 전 왕실에서 쓴
그릇이라 하여,
로얄.

Royal Doulton,
U.K.,
1902–1922

가능하다. 어림잡아도 100년은 족히 되니, 그 시대의 영국이면
여전히 고운 양산에 프릴 달린 드레스를 입고 다니던 시대가
아닌가. 이 사실을 알고 나니 이 접시가 마치 로열의 문화를,
100년 전 귀족들의 삶을 담고 있는 듯했다. 나 역시 예를 갖추어
그 문화를 즐겼다. 상품이 아니라 문화를 들이니 그릇 하나를
대하는 태도가 바뀌었다.

　'로열'이라는 타이틀이 붙지 않았더라도 자주 쓰지 않는
이 접시를 지금까지 간직했을까 생각해 보았다. 단연코 답은
'아니오'이다. '로열' 덜튼이 아니었어도 고운 안심 스테이크를
올렸을까? 그 답도 '아니오'이다. 기꺼이 라면 먹는 앞접시로도
쓰고 떡볶이도 담아 올리며 거칠게 다뤘을 것이다. 이 모든 것은
그 옛날 왕실의 누군가가 썼던 브랜드라는 것에서 시작한다.
결국 가치를 창출하는 것은 그 물건을 쓰는 사람이 누군가이다.
그 사람의 말과 행동, 인품, 가정환경 등 그 물건을 쓰던 사람의
매력이 그 물건에 가치를 선사한다.

　100년이 넘은 것에 감동하여 이 접시를 아끼기는 하지만
쓰임새가 덜하니 그 '나이빨'이라는 게 얼마나 더 갈지는 솔직히
모르겠다. 그래서 이 그릇의 다음 주인은 누가 될지를 한번씩
상상해 본다. 왕실에서 쓰던 100년이 넘은 유럽 접시라는
타이틀에 매력을 느낄 사람. 그러나 나와도 오랜 시간 함께한 이
접시에 나로 인한 매력도 하나쯤은 더해졌으면 좋겠다. 로열의
타이틀이 내게 그랬듯, 나도 나의 가치관과 나의 라이프스타일을,

그래서 더해질 나의 아우라를 이 접시에 가득 담아 다음 주인의 일상을 풍요롭게 하고 싶다. 비록 왕족은 아니지만 이 그릇에게 또 다른 좋은 주인이고 싶다. 이 접시 앞에 자세를 고쳐 앉고 그릇을 대하는 태도를, 그 위에 담긴 음식에 대한 태도를, 삶을 살아가는 한 인간으로서의 태도를 생각해 본다. 내가 썼던 그릇은 어떻게 기억될까?

식탁에 자연 하나

숲에 들어서면 마음속 저 안쪽에 평화가 찾아온다. 눈이 맑아지고
호흡이 깊어진다. 옛 어른들 말씀이 사람은 자고로 땅을 밟고 살아야
하고 초록을 가까이해야 한다는데 이는 모두 심신의 평온함을 위한
것이 아니었을까? 온종일 네모 반듯한 컴퓨터 모니터와 씨름하기
바쁜 요즘 사람들에게 불행히도 숲은 너무 멀다. 집과 사무실에 화분
한둘씩 들이는 일로 만족해야 한다. 나처럼 오피스텔이나 원룸에 사는
사람들에게는 그마저도 여의치 않다. 이런 곳은 창이 한쪽으로 나 있어
맞바람이 불지 않고 공기 순환이 원활하지 않아 식물이 잘 자라기
어렵다.
나무 소재의 식기를 사용하거나 나뭇잎이나 꽃 같은 자연을 담은
패브릭을 곁들이거나 일주일에 한 번씩 꽃 한 다발을 사다 식탁 위에
꽂아 두는 일은 매일 자연을 느끼는 방법 중 하나다. 천연 재료로
만든 향초를 켜 두어도 좋다. 모르는 사이 잠시 느낀 평화가 그날의
스트레스를 조금은 덜어 줄 것이다.

해외여행 중 플리마켓

해외에서 그릇을 살 때는 포장에 유의해야 한다. 매장에서
새 물건을 산다면 직원에게 이중 삼중의 완충포장을 부탁하고
플리마켓이라면 스스로 대비해야 한다.

○　포장재 준비

　　1 — 플리마켓에 들를 예정이라면 한국에서 출발할 때 에어캡을
　　한 묶음 챙겨 가는 것도 방법이다. 한국에서는 몇 천 원이면 해결될
　　포장재가 해외에서는 몇 만 원이 될 때도 있으니, 정 안 되면 버리고
　　와도 손해는 아니다.

　　2 — 혹 포장재를 준비하지 못했다면 지하철역 근처에서 무가지를
　　챙겨 두어도 유용하다.

　　3 — 그래도 부족하다면 나의 경우, 현지 인테리어숍에서 가벼운
　　패브릭 한 마를 끊어다 구겨서 그릇 사이사이에 넣었다. 천을
　　사다 손수 소품을 만드는 것이 보편화된 유럽 지역에서는 웬만한
　　인테리어숍 한편에 패브릭을 파는 코너가 있다. 포장재로 사용했던
　　패브릭은 한국에 와서도 커튼 대용이나 식탁보 등으로 활용할 수
　　있으니, 몇 만 원짜리 에어캡을 사는 것보다 이 방법을 추천한다.

여행 중에는 그릇이 무게가 나가는 품목임을 늘 염두에 두어야 한다.

당연한 말인 것 같지만 여행 중 플리마켓에서 예쁜 디자인과 저렴한 값에 정신없이 주워 담다 보면 감당할 수 없는 무게에 난처해지기 십상이다. 게다가 플리마켓은 외곽에 있는 경우가 많고 주말 아침 일찍 열 확률이 커서 그날의 동선을 고려해 적절한 한계치를 두어야 한다. 숙소에 짐을 놓고 다시 나갈 정도의 여유 시간이 있는지도 고려해야 하고, 무거운 짐을 들고 이동하기 불편하지 않은지도 살펴야 한다. 사람 많은 지하철을 탔다 내렸다, 알 수 없는 물건을 가득 든 채 낑낑대고 돌아다니다 보면 물건을 그냥 다 버려야 할까 원망스러워진다. 어렵게 가져갔다 하더라도 공항 카운터에서 무게 초과로 짐을 다시 싸야 하는 상황도 생길 수 있으니 처음부터 지나치게 욕심부리지 않는 것이 좋다.

○ 자기류와 본차이나 판별법

맑고 투명한 자기류나 그와 비슷한 느낌의 본차이나는 무게 부담이 없어 플리마켓에서 손쉽게 들이기 좋은 대표적인 품목이다. 이들은 비교적 얇고 투명해 손끝으로 살짝 퉁기면 쨍 하며 특유의 맑은 소리를 내는데, 불투명한 다른 소재에 비해 컨디션을 체크하기 쉽다. 일단 주변의 전구를 찾아 가까이에 가져다 대어 본다. 마치 스탠드의 갓처럼 안쪽의 불빛이 그릇의 바깥쪽으로 새어 나오게 해 보면 그릇의 실금 하나까지 자세히 보인다. 이것은 빛을 투과하지 않는 석기나 도기 등의 다른 소재에는 적용할 수 없는 고유한 방법이다. 다른 소재보다 얇은 자기와 본차이나에는 금장이나 은장이 둘러진 것들이 많은데, 고른 그릇을 전자레인지에 사용할 확률이 있다면 조용히 내려놓자. 금장과 은장의 성분으로 인해 가열 중 스파크가 발생할 수 있어 위험하다. 대략 80년대 이후 제품은 식기세척기 사용이 가능하다고 표기돼 있지만, 해당 문구에 현혹될 필요는 없다. 30년 넘은 오래된 그릇은 손 세척만큼 안전한 것이 없다.

○   쓰기 애매한 그릇 판별법

다른 재질의 경우, 여행에서 돌아온 후 미지근한 물에 설거지를 하면서 물기가 없을 때 발견하지 못한 갈라진 선들이 없는지 꼼꼼히 확인한다. 간혹 유약이 갈라진 경우가 있는데, 이 부분은 평소엔 눈에 잘 띄지 않다가 물에 닿으면 갈라진 유약 사이로 물이 스며들어 선이 선명해진다. 갈라진 틈 사이로 세균이 번식할 수도 있고 지금은 쓰지 않는 성분의 유약을 썼을 수도 있으니 아쉽더라도 장식용으로만 사용하는 것이 좋다. 플리마켓 현장에서 크레이징을 발견했다면 아무리 예뻐도 애초에 사지 말자. 장식용 그릇으로 사용한다면 모를까 괜히 무겁게 이고 지고 나르는 수고로움만 더할 뿐이다.

혹여 플리마켓에서 산 그릇에 하자가 있다면, 그냥 버리지 말고 쓸모를 만들어 보자. 나는 깨진 컵에 양초를 만들어 채우고, 깨진 접시는 기어이 이어 붙여 액세서리를 올려 두었다.

언제
이토록
가까이

4

점 심 때

회 사 앞 으 로
갈 게

요리 잘하는 엄마 덕분에 평생 맛 좋은 한식을 먹고 자랐음에도
나는 양식을 선호한다. 스읍 들이켜면 목구멍으로 홀랑 넘어가
버리는 국물보다는 진득하게 끓여 입에 오래 머무르는 수프가
좋고, 데친 후 갖은 양념에 무친 나물보다 찬물에 씻어 내어
사각사각 씹히는 샐러드가 좋다. 간이 푹 들어 부드럽게 조리된
갈비찜보다 고소한 육즙이 씹을 때마다 배어 나오는 스테이크가
좋다. 오랜만에 부모님 댁에서 먹는 한식은 별미지만 며칠 지나면
볼 한가득 샐러드를 퍼먹고 싶어지는 마음이 간절하다. 그렇다
보니 유럽의 어딘가로 여행을 떠나면 거리에 퍼지는 아침의 빵

냄새에 설레고, 어느 가게에 들어가도 중간 이상의 맛을 내는 본고장 요리에 물 만난 생선처럼 신이 난다. 또 시장에 들르면 갖은 신선 식품들이 즐비하니, 우리나라에서 보기 어려운 재료들은 트럭으로 실어다 나르고 싶다.

유럽에서 가장 신나는 곳은 지중해를 끼고 있는 도시들이다. 공기 좋고 물 좋고 햇살 좋은 이 지역에는 해산물이 넘쳐나고 당도 높은 과일이 자라난다. 참기름보다 올리브유를 좋아하고 생 올리브는 더 좋아하는데 한국에서는 병조림 혹은 통조림으로 만날 수밖에 없어 늘 아쉽다. 이런 곳에서는 신선하고 다양한 올리브를 맛볼 수 있어 무척 들뜬다. 초록 올리브와 깜장 올리브, 씨를 뺀 것, 씨째 가공한 것, 씨를 빼고 사이에 다른 무언가를 넣은 것, 과일을 곁들인 것, 신 것, 짠 것 등 여러 종류의 생 올리브 요리들이 가게별로 열 개 내외의 나무통에 담겨 나를 유혹한다. 올리브가 많은 만큼 이 지역에는 올리브 나무도 흔하다. 정원이나 길가의 흔한 가로수가 모두 올리브다. 윤기가 돌지만 흰색 필터를 낀 듯한 흐린 초록의 이파리들이 푸르다기보다는 에메랄드빛에 가까운 바다와 잘 어울린다.

올리브를 한참 시식하다 나무 도마를 파는 옆 가게로 이동했다. 결이 살아 있는 도마들을 들어 올려 눈높이에 두고 이리저리 살펴보니 올리브향이 짙어졌다, 옅어졌다를 반복했다. 옆집 때문인가 싶었지만, 알고 보니 내 손에 들린 것이 올리브 나무로 만든 도마란다. 그러고 보니 돌아다니면서 보았던 낮은 채도의 부드러운 광택이 도마에서도 그대로 느껴졌다. 올리브 나무에서 올리브향이 나는 것이 당연한 이치지만 도마에서 먹는 올리브 냄새가 나니 정말 신기했다. 햇살이 좋은 날 친구들이 놀러 왔을 때 치즈 몇 가지와 크래커를 내면 지중해의 느낌을 고스란히 실어 전할 수 있겠다 싶었다. 올리브향이 가득한 공기를 들이마시고, 공기 반 소리 반이 가장 아름다운 프랑스어의 느낌을 충만히 살려 "실 부 플레(S'il vous plaît / 영어의 please)" 말하니 주인장이 꼼꼼하게 포장을 한다. 덕분에 이 도마, 어디 한 군데 찍히지 않고 한국까지 먼 길 함께 와서는 5년째 동거 중이다.

　　머릿속에 그리던 캐주얼한 와인파티의 플레이팅으로 이 녀석은 이미 톡톡히 제 역할을 해냈다. 그러나 그릇보다 훨씬 흠집이 나기 쉽고 이래저래 아껴 쓴다는 핑계로, 지금은 손이 닿지 않는 찬장 맨 위의 구석에 모셔 놓았다. 쓴다 쓴다 하면서 1년에 한두 번 쓸까 말까. 스테이크는 나무 도마 위에서 가장 잘 썰리지만 그렇게 쓰기엔 완연해질 칼자국에 엄두가 나지 않는다. 누구를 줘야겠다, 플리마켓에 내놓아야겠다 생각하다가도 언젠가는 쓰겠지 하는 마음으로 보관만 한다. 그러다 어디 상하진 않았나 오랜만에 꺼내 보니 표면이 거친 것이 사람으로 치면 건조해 갈라진 피부 같다. 나무 도마는 주기적으로 기름을 먹여 주면 오랫동안 쓸 수 있다는데, 나는 5년 동안 한번도 관리를 해 주지 못했다. 자주 썼으면 갈라짐이 쉽게 눈에 보였을 텐데, 이제야 발견해 미안한 마음으로 기름칠을 했다. 피부가 건조한

겨울에 크림을 펴 바르면 피부가 유분을 쫙 쫙 흡수하듯, 도마도 올리브유를 주는 족족 잘도 빨아들였다.

○ ○ ○

한때의 회사 친구, 운동하다 만난 친구, 학원 같이 다녔던 친구 등 성인이 되고 나서는 뭔가 애매한 친구들이 생긴다. 막상 만나면 이런저런 할 말이 많으면서도, 전화나 메신저로 안부를 물을까 하면 잘 지내느냐는 어색한 인사가 부끄럽다. 오랜 친구들이야 뜬금없이 뭐하느냐 물어도 밥 먹는다, 청소한다 소소한 답들이 돌아와 이야기가 술술 풀리지만 어중간한 친구들은 그렇지 않다. "전에 학원 같이 다녔던 애", "전에 봉사활동하면서 만났던 애", "이전 회사 같이 다니던 애" 등 그냥 친구가 아니라 과거 인연에 대한 수식어가 붙어야 하는 이 친구들과는 용건 없이 말을 건네기가 이상하다. 분명 한때는 매일같이 어젯밤 보았던 드라마, 아침의 커피, 새로 발견한 맛집, 새로 산 옷, 주말 나들이 등 별것 아닌 일들을 공유했던 사이지만 연락이 한번 끊어지고 나니 금세 멀어진다.

원수를 진 것도 아니면서 첫인사 몇 마디의 어색함이 왜 그리 싫은 건지 모르겠다. 이 어색함을 애초에 감수했더라면 인연을 이렇게 쉬이 보내 버리진 않았을 것이다.

도마에 먹여 둔 올리브유가
다 마르기 전에, 정말 만나자.

from
France
in 2011

몇 해 전 공항에서 매일 함께 일했던 상사와 우연히 마주쳐
인사를 나누는데 옛날 일들이 떠올라 한참을 떠들었다. 너무
반갑지만 서로 비행기 시간도 있고 하니 "한번 찾아 갈게요,
밥 먹어요" 하고 헤어졌다. 해외에서의 일정을 마치고 돌아와서는
출장은 잘 다녀오셨냐는 말 한마디가 꺼내지질 않았다. 찬장 저
위에 놓인 올리브 나무 도마처럼 많은 추억을 함께했으면서 자주
꺼내 보지는 않는, 건조해 거칠어진 인연들이다.

　　올리브유를 먹여 두니 도마는 처음 같은 광택을 되찾았다.
자연 소재의 그릇은 이렇게 회복이 된다는 점이 참 좋다. 공장이
아닌, 자연에서 태어난 녀석들만이 가지는 생명의 특권이랄까.
두 번의 기회가 없이 깨지면 생명을 다하는 그릇들과는 또 다른
매력이 있다. 사람도 생명을 가졌으니 그들과의 관계도 언제든지
살아날 수 있겠지. 도마에 먹여 둔 올리브유가 모두 말라 버리기
전에 마음먹고 아쉬운 사람들에게 안부를 묻고 만날 약속을
잡아야겠다. 정말 만나자. 내일 점심 때 회사 앞으로 갈게.

아빠의

은수저

이탈리아 여행 중이었다. 늦은 시각 급히 잡은 B&B는 가로등
하나 없는 논두렁을 헤치고 갔건만 잘못된 주소였고, 주인장과
연락도 닿지 않았다. 길에서 잘 순 없으니 대체할 숙소를 황급히
찾았다. 멀지 않은 곳에 평이 좋은 호텔이 있었고 선택지가
별로 없어 그쪽으로 이동했다. 껌껌한 나무숲을 지나 높은 벽
뒤로 호텔로 추정되는 건물이 있었다. 귀신이 나올 것만 같이
음산했다. 문을 열고 들어가니 알 수 없는 초상화들이 걸려
있고, 벽에는 벽지가 아닌 태피스트리가 붙어 있었다. 프론트에
물으니 이 집은 1300년대에 지어진 건물로 그 지역 영주였던

카스트루치오 카스트라카니(Castruccio Castracani)의 소유였다고
한다. 《군주론》을 썼던 마키아벨리가 희망의 인물(Ideal Prince)로
꼽으며 존경해 그의 생애를 직접 책으로 엮었다고 한다. 이후
이 저택은 또 다른 영주와 또 다른 귀족의 소유가 되어 여러 차례
스타일이 바뀐 끝에 지금에 이르렀다고.

그날 밤 나는 이 집을 거쳐 간 역사의 인물들을 떠올리느라
쉽게 잠을 이루지 못했다. 그들은 어느 방에서, 누구와 시간을
보냈을까? 이런 집이 몇 개나 있었을까? 어떤 사람들이었을까?
그들과 내가 살을 붙이고 산소를 나누며 함께 숨 쉬고 있었다.
지나치게 몰입했는지, 그날 나는 다부진 팔의 나이 든 하녀가
온몸이 흔들리도록 내 팔을 끌어당기는 꿈을 꾸고 가위에 눌렸다.

새들이 하도 지저귀기에 눈을 떠 창을 열었다. 어제의
음산함은 어둠과 함께 가셨다. 과연 영주의 집답게 너른 정원과
온 동네가 한눈에 들어왔다. 700여 년 전 이 집의 주인은 이렇게
아침을 맞이했겠구나 생각하니 쉽게 눈을 뗄 수가 없었다.
방 안으로 들어오는 새벽공기를 마시며 한참을 감상하다 아침을
먹으러 내려갔다. 이런 집의 조식은 또 얼마나 근사할까?
오래되어 비좁은 나무 엘리베이터에 몸을 구겨 넣으며 너무
신나는 티를 내진 말아야겠다 눈빛을 정돈했다.

정원이 한눈에 보이는 기분 좋은 식당 한켠에는 신선한 빵
대여섯과 시리얼, 과일, 햄, 치즈, 소시지, 달걀 요리, 요구르트와
우유, 디저트 서너 가지가 놓여 있었다. 생각한 것보다는 간소한

차림이었다. 탄성은 자리에 앉고 나서 쏟아졌다. 맙소사. 자리에 은식기가 놓여 있었다. 은식기에 먹는 아침이라니, 내 생애 처음이었다. 그 어느 곳에서도 경험하지 못한 대접이었다. 700년 된 저택에서 머리 위 샹들리에가 찬란하게 반사시키는 햇살 아래 반짝이는 은식기로 아침을 먹는 나의 모습이란 걸 언제 상상이나 했겠는가. 앞으로 이런 아침을 또 맞이할 수 있을까?

여느 특급 호텔에 가도 식기는 크게 신경 쓰지 않는다. 엄청난 종류의 음식들이 대단할 뿐 관리가 쉬운 스테인리스 식기를 쓰는 것은 비슷하다. 산업적인 면에서는 스테인리스 자체가 엄청난 발견이긴 했다. 구리나 청동은 음식과 쉽게 반응해 흔히 말하는 쇠맛이 난다. 화학반응이 더딘 은식기는 기능은 좋아도 비싼 탓에 주로 귀족들이 소유했다. 그 간극을 채운 것이 스테인리스다. 값이 싸면서도 맛을 흐리지 않고 게다가 은식기처럼 쉽게 색이 변하지도 않으니 관리가 쉽다. 민주적인 소재다. 그러나 격식 있는 자리에서는 여전히 이런 은식기를 쓰는 것이 서양의 예다. 그날 나는 검은 빛 한구석 없이 잘 관리되어 고유의 색을 내뿜는 은수저에 차오르는 함박웃음을 감추기 어려웠다. 한편으로 그 색을 유지하기 위해 매일같이 세심하게 닦았을 누군가의 노고에 겸허해졌다.

○ ○ ○

식탁 어디에서도
아빠 자리는 빛났다.

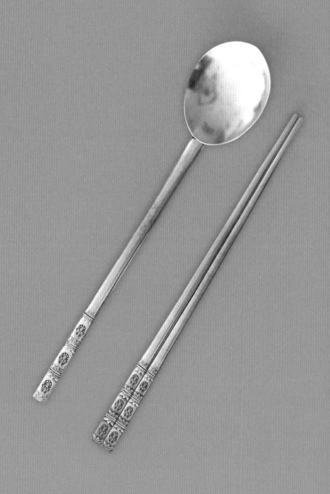

모양이 달라 그렇지, 고향집에도 매일 은수저로 밥 먹는 남자가 있다. 나의 아빠다. 다른 수저들보다 훨씬 두툼하고 밝은 빛을 가진 한 벌의 수저는 오직 아빠만 쓴다. 네 식구이니 늘 네 개의 수저가 꺼내기 쉬운 곳에 보관되어 있는데 그중 세 개는 똑같은 모양의 스테인리스, 은수저는 아빠의 것이 유일하다. 아빠의 수저에는 쉽게 손이 가지 않아서, 수저가 부족할 때면 손님용을 꺼내고 말지 아빠 수저를 쓰지는 않았다. 학교 체육 시간에 운동화를 깜빡했을 때, 친구 운동화를 빌려 신는 느낌과 비슷하다. 남의 신을 신고 뛰는 기분. 남의 수저로 밥을 먹는 느낌.

아빠의 은수저는 수저통의 왕이었다. 식탁 어디에 놓아도 아빠 자리는 빛났다. 손님이 와서 평소에 쓰던 식탁 대신 커다란 상을 거실에 차리면, 모두가 어디 앉을까 서성이는 동안 아빠는 늘 단 한번에 자기 자리를 찾아 앉을 수 있었다. 은수저가 놓인 그곳이 아빠 자리니까. 가족끼리 식사할 때는 이상하게 아빠와 엄마, 동생과 내가 고정적으로 앉는 각자의 자리가 생기는데, 어쩌다 내가 동생 자리에 아빠 수저를 놓으면 아빠는 머리 위에 물음표를 달고 물었다. "나, 오늘은 여기 앉아?" 통상적인 자리와 숟가락이 놓인 자리 사이의 불일치에 갈등하는 것이다.

할머니 집에 가도 비슷한 상황이 벌어진다. 할머니 집에는 할아버지만 쓰는 은수저가 있다. 오랜만에 모인 친척들이 우왕좌왕하는 사이에도 은수저가 말해 주는 할아버지의 자리는 아무도 앉질 않는다. 아이일 때는 어린이 숟가락이 놓인 자리가 내 자리였지만, 중학생이 되며 어른 숟가락을 쓰기 시작하고부터 나 역시 우왕좌왕파의 일원이 되었다. 어른 대접을 받는 것 같아 기분이 좋으면서도 한편으로는 내 자리가 없어진 것 같아 서운했다. '네가 원하는 자리에 앉으렴'이 될 수도 있지만 '네 자리는 네가 스스로 찾아' 같기도 했다. 맨날 내 수저로 밥을 먹다 아무 수저로나 밥을 먹어야 할 때, 자유와 박탈감은 동시에 찾아왔다. 늘 자기 자리가 있는 할아버지와 아빠가 부러웠다.

언젠가 집에 선물로 은수저가 한 벌 들어온 것을 보고 엄마에게 저건 내 숟가락을 하겠다며 졸랐다. 거절하는 법이 좀처럼 없는 엄마지만 나의 안건은 기각됐다. 쓰기에 무겁고 관리가 어렵다는 이유였다. 총천연색 줄무늬 포장지에 싸인 녀석은 한동안 찬장에 들어 있다 아빠의 새 은수저로 데뷔했다. 이전의 수저가 어떻게 은퇴했는지 기억은 나지 않지만 갓 꺼낸 은수저의 반짝임이 정말 부러웠다. 아빠의 자리는 더 빛났다.

고향집에 갔던 어느 날, 부모님과 셋이서 밥을 먹는데 내 숟가락이 없었다. 요리하며 쓰느라 설거지통에 들어가 있던 것이다. 뚝배기에 보글보글 끓는 국을 내려 놓으며 자리에 앉는 엄마에게 "엄마, 숟가락이 없어" 하니 아빠가 자신의 숟가락을 내밀었다. "그냥 아빠 써." 설거지통의 숟가락을 씻어 가져오려 일어났다. 아빠는 내 말이 꽤나 섭섭하게 들렸나 보다. "왜~ 아빠, 숟가락 안 썼어. 이거 깨끗해." 뭔가 조금은 억울한 듯한 말투가 일어서는 뒤통수에 꽂혔다. 숟가락을 얼른 하나 씻어 앉으며 보니 엄마와 내 수저는 꼭 같은 모양인데 아빠만 다른 모양이다. 빛깔도 모양도 모든 게 다르다. 네 식구가 모일 때는 3 대 1이었을 것이다. 나는 그 1을 보며 부럽다 생각했는데 아빠는 3을 보며 외로웠을지도 모르겠다. 여러 사람이 모여 서성일 때 빛나는 자리에 먼저 앉아 우두커니 기다리는 것이 부담스러웠는지도 모르겠다. 그래서 은수저는 다른 수저들보다 무거웠을지도 모르겠다. 그래서 은수저는 마음먹고 고쳐 닦지 않으면 자꾸 다른 수저들과 같은 색이 되어 버리는 건지도 모르겠다.

단순한
그릇   감상법,

구스타브스베리
비르카

스웨덴의 도자기 회사 구스타브스베리(Gustavsberg)의
비르카(Birka) 수프볼은 카레라이스나 파스타 등 소스가 있는
음식을 먹을 때 자주 쓴다. 정식으로는 수프를 먹어야 하겠지만
실생활에서는 쓰는 사람 마음이다. 진짜 수프를 먹을 때는 좀
더 오목한 볼에 가득 먹는 것을 선호한다. 비르카 수프볼은 흰
바탕에 작은 반점들이 흩뿌려져 있어 따분하지 않으면서도
가장자리를 짙은 회색의 선으로 마무리해 한식 양식 중식 가리지
않고 모든 음식을 잘 소화한다.

　　그릇을 살 때마다 엄마는 그릇이 너무 화려하면 못쓴다며

되도록이면 깔끔한 디자인을 추천했다. 하긴, 당신도 휘황찬란한
그릇은 찬장 저 안에 넣어만 두고 좀처럼 꺼내 쓰질 않으니
엄마의 말을 따르진 못하더라도 신뢰할 수는 있었다. 그만한
이유가 있으리라. 혼자의 살림을 시작하고 나서야 정말 그렇다는
것을 알게 됐다. 간결하고 단순한 디자인의 그릇은 음식이
돋보이는 훌륭한 배경이 되어 주어 무얼 담아도 그럴싸했다.
심플한 그릇 위에 적당한 여백을 주고 음식을 내면 별것 없어도
잘 차려 낸 느낌이다. 그래선지 몇몇의 케이크 접시를 제외하면
내 그릇들은 심심한 편이다. 정확히는 점점 더 심심해진다.
독립하기 이전, 즉 직접 요리를 하고 상을 차릴 일이 없었던
고등학생 때에야 마리 앙투아네트를 연상케 하는 럭셔리한
접시들에 대한 로망이 있었지만, 살림을 하다 보니 꽃무늬보다는
점박이를, 점박이보다는 흩뿌려진 색채를, 그도 과하다 싶어
간결하고 얇은 라인만 둘러진 패턴에 관심을 더 두었다.
　　북유럽 그릇이라 하면 스웨덴의 구스타브스베리와
뢰르스트란드(Rörstrand), 노르웨이의 피기오(Figgjo), 핀란드의
아라비아(Arabia)와 이탈라(Iittala)가 대표적인데 가장 깔끔하고
세련된 디자인은 이 중 구스타브스베리에 많다. 여기에는
디자이너 스티그 린드베리(Stig Lindberg)의 공이 크다.
그는 1937년 여름 인턴으로 시작해, 졸업 후에 1949년부터
1980년까지 32년 동안 이 브랜드에 몸담았다. 전쟁 이후
스웨덴에서 가장 중요한 디자이너 중 하나로 꼽히는 그는

기존의 대세와는 조금 다른 독창적인 스타일로 널리 사랑받았다. 나뭇잎을 표현하더라도 회화적이라기보다는 위트 있었고, 학계나 산업계의 전통보다 실제 소비자의 취향을 반영하는 데 주력하면서 호기심을 자아내는 디자인을 선보였다. 그의 시도는 성공적이었다. 그가 합류할 당시에는 사정이 좋지 않던 구스타브스베리는 그의 디자인 덕분에 이후 승승장구했다. 그는 도자기뿐만이 아니라 유리, 텍스타일, 동화의 삽화 등 다양한 시도를 계속하며 스스로 진화했다. 나의 비르카는 그가 한창 성공가도를 달리고 있던 1973년 일상의 사용(everyday wares)을 위해 디자인한 석기 그릇이다.

비르카는 쓰면 쓸수록 디자이너의 공이 느껴진다. 단순한 그릇은 어디서 만들었건, 천 원짜리이건 만 원짜리이건 한번 보면 비슷해 보이는데 쓰다 보면 디테일의 차이가 크다. 비르카는 흰 바탕이라도 채도를 조금 낮추어 회색 빛이 감돈다. 흩뿌려진 검은 점들은 패턴으로 찍은 것이 아니라 작은 반점이 생기는 유약(speckled glaze)을 사용한 결과다. 그래서 자연스럽다. 가장자리의 띠 역시 일반적인 블랙이라면 주변의 색을 모두 흡수했을 텐데 짙은 회색으로 처리해 일부 빛을 반사하니 그윽한 아우라가 생긴다. 가장 멋진 것은 얇게 바른 유약이다. 두껍게 번쩍이는 유광이 아니라 얇게 한 겹 씌운 듯한 광택은 은은하게 빛나 그릇과 전체적으로 조화를 이룬다.

수많은 덧셈, 뺄셈, 곱셈,
나눗셈을 거쳐 도달한 0

Gustavsberg Birka
by Stig Lindberg,
Sweden,
1973-1995

○ ○ ○

그동안은 단순함을 편리함 정도로 생각했었다. 학창시절 미술
교과서에서 앙리 마티스, 마크 로스코를 접했을 때 '이게 무슨
예술이야'라며 코웃음을 쳤다. 파란 색종이를 가져다 싹싹
오리면 끝이고, 커다란 붓에 물감을 묻혀 가로로 두세 줄 칠하면
그만이니 아무리 곰손인 나이지만 그 정도 못할 건 없다 싶었다.
단순한 그 그림들은 내 눈엔 그저 별 고민 없이 편하게 쓱쓱 그려
그럴듯한 설명을 붙여 둔 것만 같았다.

　비르카를 보면 나의 오만했던 생각이 무척 부끄럽다.
점 하나, 선 하나 모든 요소는 디자이너의 고심 끝에 탄생했음을
충분히 느낄 수 있다. 비어 있는 결과물이 아니라 그 안에
가득했을 생각들과 비워 내기까지의 과정이 눈에 보인다. 여기에,
텅 빈 자리를 가득 채울 수 있는 가능성도 보인다. 매일 써도 좋을
그릇이 되기 위해 화려한 패턴을 버리고, 반짝반짝 돋보이고 픈
욕망도 버리고, 시선을 끄는 색도 버리며 오늘도 내일도 담길
서로 다른 음식들을 빛내기 위한 노력의 결과가 비르카와 같은
단순한 그릇이다. 이런 그릇들은 어디 가서나 어우러지기 쉽다.
단순한 그릇의 포용력은 이렇게 탄생한다. 기술이 부족한 초보가
만드는 것도 단순한 그릇이겠지만, 가장 기술이 뛰어난 마스터가
만드는 것도 그래서 단순한 것들이다. 의욕도 능력도 없어
'0'이 아니라 수많은 덧셈과 뺄셈, 곱셈과 나눗셈을 거쳐 도달한

'0'이 마스터의 답이다.

스티그 린드베리라는 마스터의 '0'은 개인적인 삶에서 얻은 지혜가 아닐까 싶다. 자기 주장이 강했던 탓에 그는 평생 동료들과 관계가 좋지 않았다지만, 가족에 대해서는 달랐던 것 같다. 스물넷에 거널(Gunnel)이라는 여성과 결혼했는데, 그로부터 2년 뒤 아내가 소아마비에 걸렸다. 스티그 린드베리는 아내를 업고 계단을 오르내리며 손수 차에 태워 자신의 전시회에 데려가곤 했다고 한다. 그의 연인으로 알려진 배우 잉그리드 툴린(Ingrid Thulin)은 아내와 사별한 뒤에 만난 인연이다. 몸이 불편한 아내와 함께하면서 그는 배려하는 방법을 자연스럽게 터득하지 않았을까? 어느 때에 앞서고 어떤 순간에 뒤에 서야 서로가 편안한 삶을 영위할 수 있는지를 생활에서 경험했기에 디자인에 그릇보다 음식과 일상이 돋보이는 배려를 담을 수 있지 않았을까?

단순한 그릇을 닮고 싶다. 모든 음식을 끌어안으며 온 식탁을 밝히는 그릇처럼, 짧고 간결한 한마디로도, 혹은 말 한마디 없이도 누군가 필요할 때 위로가 되는 사람이었으면 좋겠다. 혼자서보다 함께 있을 때 더 빛나는 사람이고 싶다. 디테일에 치중하지 않고 본질을 살필 수 있는 혜안을 가지고 싶고 그래서 너그럽고 이해심 많은 사람이었으면 좋겠다. 매일 만나도 질리지 않고 금방 보아도 또 보고 싶은 사람이 되고 싶다. 어느 한 가지에 집착하지 않고 언제나 변화의 가능성을 열어 두는 융통성이 있었으면 좋겠다. 언뜻 보기엔 대충 만든 것 같지만 쓰면 쓸수록, 알면 알수록 정교함에 반하는 그릇처럼 알아 갈수록 매력이 더한 사람이 되고 싶다. 단순한 그릇에 음식을 담으면 음식이 패턴이 되고 마음이 여백을 가득 채우니 이 그릇은 단순하지만 결코 단순하지 않다.

할머니와
앙꼬

할머니와 나는 둘 다 떡을 참 좋아했다. 엄마가 집을 비울 때면
할머니는 냉동실에 꽝꽝 얼려 둔 찰떡들을 삼발이에 넣고
푹 쪄서 쟁반 위에 내어 오셨다. 찰떡은 말 그대로 너무 찰져서
찌다 보면 푸욱 퍼지는데, 그걸 포크로 떠서 돌돌 감아 흰 설탕에
찍어 먹었다. 달콤함과 쫀득함이 입안을 가득 메웠다. 꿀이나
콩고물을 곁들일 수도 있었겠지만 할머니는 새하얀 설탕을
선호했다. 그 시절에 설탕 뿌린 토마토나 설탕을 콕 찍어 먹던
딸기는 그 맛과 색, 향, 소리와 감촉이 오감으로 떠오른다.
　　할머니는 멋있었다. 손재주가 좋아 젊었을 때는 손수

한복을 지어 동네 처자들을 시집 보내기도 했단다. 한복 솜씨는 증조 외할머니가 무척 좋으셨다는데 그 재주를 큰딸인 할머니가 물려받았다. 엄마도 할머니를 닮아 손재주가 좋은데 그것이 곰손인 내게서 대가 끊겼다. 할머니는 늘 손바느질로 본인의 몸에 맞게 옷을 수선했고, 여름이면 꼭 하얀 모시적삼에 풀을 먹여 입었다.

할머니에겐 할머니만의 스타일이 있었다. 단정한 멋을 추구했다. 나이 들면 누구나 좋아한다는 원색이나 화려한 꽃무늬는 요란하다며 싫어했다. 대신 곱고 얌전한 색깔의 정갈한 디자인을 선호했다. 특히 톤 다운된 분홍이나 소라색을 좋아하셨는데, 그런 옷을 사 드리면 "내 마음에 꼭 맞다"며 좋아하셨다. '마음에 든다'도 아니고 '마음에 맞다'는 할머니 특유의 표현이 참 좋았다. 할머니 마음은 특정한 모양이 있는데 그 옷이 그 모양에 퍼즐 맞추듯 꽉 차 들어가는 듯했다. 바지 길이도 복사뼈에 스치는 9부 기장으로 고쳐 입으셨는데, 그보다 짧으면 야하다, 그보다 길면 지저분해 보기 싫다는 이유였다. 헤어스타일에도 취향이 확실했다. 미용실에서는 말씀 못하지만, 집에 와서는 머리가 너무 까맣게 되었다거나 파마가 너무 꼬불꼬불하다 불평했다. 자연스러운 갈색 머리와 인위적이지 않은 파마를 원하는 할머니의 '마음에 꼭 맞는' 미용사를 찾기는 어려웠던 모양이다. 할머니 연세에는 짙은 흑발의 쉬이 풀리지 않는 파마를 원하는 분들이 대부분일 테니 할머니의 취향이 대중적이진 않았을 것이다.

할머니는 주변을 아름답게 가꾸었다. 할머니 집에는 엄마가
어릴 적부터 있던 철쭉, 개나리와 함께 조금씩 심어 둔 목련과
백합, 봉선화, 기타 자잘한 꽃들이 화단에 가득했다. 어딘가
지나다 예쁜 꽃이 있으면 조심스레 한 송이 꺾어 옮겨심기를
했다. 우리 집에 들러 길을 산책할 때도 길가에 핀 꽃이 예쁘다,
나뭇잎 색깔이 곱다, 어린 새싹이 부드럽다 하며 평소엔 의식하지
못했던 그 길의 아름다움을 이야기해 주었다. 바닷가에 가면 예쁜
돌을 주워 와서는 큰 호주머니에서 꺼내 보여 주셨다. 봉선화
물을 들일 때면 명반을 섞어야 한다며 함께 빻아 색을 돋웠다.
밭에 따라가면 할머니는 고구마, 감자, 당근과 양파 등 각종
작물들의 성장과정을 알려 주었다. 어떤 모양의 싹이 어떻게
땅속에서 올라와서 어떻게 자라 어떤 색과 맛과 향이 나는지 들을
때면 그 하나하나가 참으로 귀해 보였다. 도시에서 자란 다른
친구들은 모르는 것들을 알고 있다는 생각에 우쭐하기도 했다.

할머니는 밥보다 면을, 끼니보다 간식을 좋아했다. 특히
팥이 든 먹을거리를 좋아하셨는데 그중에서도 갓 튀겨 낸 '찹쌀
도나스', 하얀 가루에 감싸인 '모찌', '앙꼬'가 가득한 찐빵을
좋아했다. 밀가루를 반죽해 길게 뽑아낸 면으로 팥죽을 쑤어
설탕을 가득 넣어 드시곤 했다. 할머니는 여행도 많이 했다.
각 계절의 제주도를 알고 있었고 백두산과 태국, 일본도 다녀왔다.
지금이야 어른이 되어 다르지만, 비행기라곤 제주도 갈 때 한번

할머니는 소라색과 앙꼬를
좋아하셨다.

Franciscan
El Patio,
U.S.A.,
1940~1947

타 본 것이 전부였던 내게 할머니가 전해 주는 백두산 천지 이야기는 신기하고 생생했다. 자욱한 안개, 괴물이 산다는 전설, 엄청난 바람 등 당시 상황과 할머니의 감정, 생각을 버무려 맛깔나게 들려 주셨다.

○ ○ ○

할머니와 나는 60년 차이를 둔 띠동갑이다. 할머니도 소띠, 나도 소띠, 집에서는 큰 소와 작은 소라고 불린다. 소띠끼리 통하는 게 있는지, 식성이나 성격이나 일상의 패턴이 비슷할 때가 많다. 큰 소나 작은 소나 간식 먹고 홀리는 건 똑같다거나, 큰 소처럼 작은 소도 말이 많다거나. 가족끼리만 통하는 유행어처럼 이야기되곤 한다. 그런데 참 이상하다. 할머니와의 추억과 할머니에 대한 소개는 과거형으로 서술하게 된다. 할머니는 여전히 그 집에 살고 계심에도 자라면서 할머니와 함께하는 시간은 줄어들고, 그래서 할머니의 취향에 대한 모든 설명은 현재 진행형이어야 함에도 과거형으로 튀어나온다. 나는 과거의 할머니와 소통하고 있다. 그건 이제 할머니도 마찬가지다. 새로운 기억을 받아들이는 건 할머니에게 무리다. 일제시대에 태어나 광복을 겪고, 한국전쟁과 남북 분단, 정부 수립, 근대화, 독재, 민주화, 글로벌 시대 등 그 오랜 시간을 활동해 온 신체다. 할머니가 어렸을 때는 산에 여우가 살았다고 했고, 증조 외할머니가 어렸을 때는 호랑이가 있었다고 했다. 할머니를 주인공으로 민간의 역사를 이야기해도 좋을 만큼 사회는 급속도로 변했다. 그 시절부터 지금까지 폭주하는 사회의 속도를 할머니의 몸이 예전처럼 따라갈 수 없는 건 당연하다. 그러니 할머니와 나는 과거에서만 소통할 수 있다.

할머니가 그랬던 것처럼 나도 자주 삼발이에 꽁꽁 언 떡을 얹어 냄비에 넣는다. 화려한 화장도, 선명한 색상이나 튀는 패턴의 옷을 싫어한다. 꽃이 좋고, 철마다 바뀌는 자연에 눈이 간다. 길가에 핀 잡초의 꽃망울도 귀엽다. 밥은 굶어도 간식은 굶지 않으며 달콤한 팥 요리를 매우 좋아한다. 봄이면 꽃놀이, 가을이면 단풍 구경, 모르는 세계를 경험하며 여행하는 일도 참 좋다. 그리고 이 모든 감정과 경험을 누군가에게 도란도란 설명하는 것이 좋다. 나의 취향은 할머니를 참 많이 닮았다. 닮은 것인지, 닮아진 것인지, 눈길을 돌려 바라보지 않으면 스쳐 지나가고 말 사소한 것들의 힘을 믿는다. 큰 소, 작은 소, 할머니 마음에도 내 마음에도 꼭 맞는 봄옷을 함께 챙겨 입고 봄날의 아름다움을 만끽하며 걷다 간식으로 가져온 '찹쌀 도나스'를 꺼내 먹으며 옛날이야기 나누는 시간이 또 한번, 꼭 한번 와 주었으면.

전하지
못한

선 물

유학을 가겠다며 처음으로 혼자 탄 국제선. 장시간 긴장 끝에
도착한 히드로 공항은 놀라웠다. 어두침침한 조명과 낡은 의자가
우리나라 소도시의 고속버스터미널 같았던 것이다. 공항이라면
당연한 줄로 알았던 와이파이도 되지 않았다. 동남아 어느 나라에
가도 이런 시설, 이런 서비스는 없었는데 전세계에서 가장 많은
비행기가 오간다는 공항이 이 수준인가, 런던은 파리와 함께
유럽을 대표하는 도시이자 세계 금융의 중심지가 아니었던가,
영화 〈러브 액츄얼리〉의 도입부를 그토록 사랑스럽게 만들어
주었던 장소의 실상은 이런 것이었는가? 실망한 정도가 아니라

충격이었다. 검소함을 실천하는 선진국의 시민의식으로, 환경을 생각해 전기를 아끼려는 노력의 일환으로 이 초라함을 합리화하려 머리를 아무리 굴려 보아도 이해가 되지 않았다. 와이파이로 적당한 교통수단을 알아보고자 했던 나의 바람은 좌절되었다.

런던의 물가는 살인적이라는 소문을 익히 들었으니 학교까지 택시를 탈 수는 없었다. 지하철을 이용하기엔 이민가방 하나 가득인 짐이 너무 무거웠다. 이미 중간 체류지에서 여덟 시간을 경유했지만 나는 또다시 공항에 남아 학교 픽업 버스를 기다리기로 했다. 픽업 버스 정류장에 도착해 보니 버스가 11시에 예정돼 있었고, 이는 앞으로 다섯 시간을 더 기다려야 한다는 얘기였다. 그래도 나를 가장 안전하게 목적지로 데려다줄 교통수단이니 마지막으로 한번 더 기다려 보기로 했다.

혹시나 무언가 잘못되진 않았을까 긴장을 풀지 못하고 학비 및 기숙사비 입금증, 입학서류, 비자서류를 읽고 또 읽으며 뜬눈으로 시간을 보냈다. 날이 밝자 세계 전역에서 온 학생들이 당도하기 시작하더니 내가 앉은 의자 주위로 다양한 액센트의 영어가 들려왔다. 엿들어 보았자 알아듣는 말은 20퍼센트 남짓, 과연 내가 이곳에서 저 아이들과 생활할 수 있을까 걱정이 앞서며 이 모든 것이 꿈이었으면 싶었다. 10시가 되자 익숙한 학교 이름이 적힌 팻말이 등장하고, 학교 직원으로 추정되는 신사숙녀들의 목청이 높아지기 시작했다. 아이들의 웅성거림도

커졌다. 만나는 장소를 착각하고 있다면 어쩌나 확인을 거듭하며
내가 갈 학교의 이름이 없는지 두리번거렸다.

잠시 후 드디어, 스물여섯 시간의 여정 끝에 나를 학교로
데려다줄 직원들이 등장했다. 그들 앞으로 학생들이 모여들었다.
어느새 옆에 공주님 같은 여인네가 와 있었다. 빨려 들어갈 듯한
눈빛이란 무엇인지 그때 알았다. 짙은 눈동자와 속눈썹, 자신감
있으면서도 그윽한 눈빛이 눈을 감았다 뜰 때마다 주변을 밝혔다
다시 어둡게 했다. 영화에서나 보던 인도의 미녀였다. 너무 빤히
쳐다보긴 민망했지만 자꾸만 눈이 갔다. 찬찬히 보니 이마와 코와
턱으로 이어지는 선이 어느 한군데 각진 곳이 없이 매끄러웠고,
짙은 눈썹과 웨이브 진 검은색의 긴 머리는 그녀에게 아주 잘
어울렸다.

평소라면 입을 꾹 다물고 있을 그 타이밍에 나는 짧은
인사와 소개를 했다. 어디에서 왔는지, 전공이 무엇인지,
학사인지 석사인지, 간단한 질문이 오가고 우리가 한 기숙사에
배정되었다는 사실을 확인했다. 순식간에 학교 친구, 석사 동기,
이웃사촌이 생겼다.

○ ○ ○

힌디어와 영어를 둘 다 모국어로 구사하는 그녀는 서툰 나의 말을
들을 때마다 그 큰 눈으로 응시하며, 고개를 끄덕이며, 떠오르지

않는 단어를 귀신같이 알아주었다. 그녀를 통해 배운 단어나
표현은 절대 잊지 않게 되고 나의 영어는 조금씩 늘었다. 어학원
선생님이 교정해 줄 때는 왠지 모르게 위축되어 말을 삼갔는데,
친구가 한번 알려 준 것들은 자꾸 쓰게 됐다.

　한번도 가 본 적 없는 나라를 그녀를 통해 경험했다.
인도에는 힌두교에서 비롯된 채식주의자가 많다는 말만 들었지
진짜 채식이란 무엇인지 몰랐을 때라 그녀의 식사는 내게
생소한 경험이었다. 친구는 발이 달린 모든 동물을 먹지 않지만
계란은 먹었다. 채식에 대한 이해가 전무한 나는 아주 사소한
질문들을 하며 그 세계를 이해해 갔다. 예를 들면, "새우도 안
먹어? 오징어는? 조개는?" 하는 식으로 힌두교에서 말하는
동물의 발이란 어디까지인지 알아 갔다. 채식을 하면 단백질은
어디서 얻는지도 자주 물었는데 렌틸콩의 존재를 그때 알았다.
렌틸콩으로 그녀가 조리한 카레를 먹어 보면 고기 없이도 맛이
좋았다. 인도의 음료라면 라씨 정도밖에 모르던 내게 인도식
밀크티인 차이의 세계를 열어 준 것도 이 친구였다. 추운 겨울
수업이 끝나고 기숙사에 돌아오면 친구는 냄비에 우유를 붓고
가스레인지에 올렸다. 냄비 뚜껑을 열어 둔 채 차와 설탕을
마저 넣고 약한 불에 우려 내고는 터프하게 잔에 쏟아부으면
완성이었다. 나중에 인도에 가니 길거리에 차이를 파는 상인들이
많았다. 묘한 향기의 차이는 프렌차이즈 커피숍 메뉴보다 차의
농도는 진하고 우유의 농도는 묽었다.

가족 중심의 사회이고 종교가 중요한 문화권이라
연애결혼보다는 중매결혼이 보편적이라는 사실도 알게 됐다.
종교가 다른 집안의 연인은 로미오와 줄리엣처럼 이뤄질 수 없는
관계가 많다고 했다. 결혼식을 할 때는 친척과 친구들이 미리
안무를 짜 와서 선보인다고 했다. 인도 영화에 갑작스런 춤과
노래가 등장하는 것은 실제 문화에 기반한 것 같았다. 인도는
더운 나라라는 사실도 체감할 수 있었다. 이전에야 평균기온이 몇
도인지 숫자를 통해 건조한 지식만을 가지고 있었지만, 친구는
우리의 가을 날씨 즈음부터 춥다고 하더니 겨울엔 얼어 죽겠다고
했다. 그 말에 패딩점퍼와 어그부츠는 필요가 없는 인도의 날씨를
피부로 느낄 수 있었다. 눈이 오던 날은 잊을 수가 없다. 친구는
하늘에서 쏟아지는 눈을 어린아이의 눈으로 바라보더니 손을
뻗어 만지며 기뻐했다. 그 눈이, 친구 인생의 첫 눈이란다. 내게
첫 눈은 언제였을까, 아무리 생각해도 기억나지 않는 그 순간을
친구는 그때 맞이하고 있었다.

한편 인도 사람들이 자기 표현에 능하다는 것도 알 수
있었다. 그녀의 인도 친구들 몇몇은 나와 같은 전공이었는데
수업시간 참여는 물론이고 세미나 때도 거침없이 자신의 생각을
이야기했다. 들을 때는 내가 반했던 친구의 첫 눈빛처럼 상대를
응시하며 경청하고, 말할 때는 자신의 생각을 논리적으로
설명했다. 마찰이 생길까 봐 앞뒤로 미사여구를 붙여 포장하거나
알아서 눈치껏 말을 마무리하려는 우리의 토론과는 달랐다.

○ ○ ○

영국에 도착한 지 한 달이 지난 무렵, 한국에 있는 연인과
전화통화를 하던 중이었다. 헤어지는 게 좋겠다며 갑작스레
그가 이별을 통보했다. 나야 새로운 환경에 적응하는 데 정신을
쏟고 있었지만, 그는 나의 빈자리를 발견하는 일이 새로운
일상이었으니 쉽지 않았을 것이다. 영국에서 예정된 일정이
아직 11개월이나 남아 있었다. 나는 자존심을 차리느라고 쿨한
척 "그래" 한마디로 짧게 통화를 마무리했다. 거리는 멀어졌지만
마음으로 그 어느 때보다도 깊이 의지하고 있었건만, 알겠다는
말밖에 나오질 않았다.

　　전화를 끊고 나니 모든 슬픈 감정이 몰려오며 눈물이
쏟아졌다. 퉁퉁 부은 눈을 해서는 친구의 방으로 갔다. 그런 나쁜
놈 잊어버리라거나 혹은 새로운 인연을 만날 것이라는 위로를
막연히 기대했던 것 같다. 자초지종을 들은 친구는 울음을
그치라고 했다. 철없는 아이를 쳐다보듯 나를 보았다. 조금은
측은하면서도 조금은 황당한, 그래서 단호해진 눈빛이었다.
그리고 나의 생각을 물었다. 헤어지고자 하는 마음이 있는지를
말이다. 나의 답은 no였지만 but이 뒤따랐다. 헤어지고 싶은 건
아니지만 그가 싫다는데 도리가 없지 않느냐는 것. 그녀는 내
답을 듣더니 그 큰 눈을 한 번 지그시 감았다 뜨고선 입을 뗐다.
그는 그의 생각을 말했는데 나는 나의 생각을 말하지 않았단다.

그 말이 맞긴 하다. 이유야 어찌 되었건 나는 진짜 내 생각을 말하지 않았다. 흐르던 눈물이 뚝 멈췄다. 아, 그렇구나. 난 아무 말을 하지 않았구나. 친구의 조언대로 그 길로 나는 다시 방으로 올라가 전화를 걸었다. 나는 싫다, 나의 생각을 단호하게 이야기했다. 연애에 있어서도 자존심보다는 자기 표현이 우선이라는 것이 그날의 깨달음이었다.

　　1년 뒤, 친구는 당시 장거리연애 중이던 연인과 결혼했다. 결혼식 참석을 앞두고 어떤 선물이 좋을까 고민에 고민을 거듭했다. 한국 전통을 살려 원앙 목각인형을 선물할까 했지만 이것도 요즘 '메이드 인 차이나'가 대부분이라 의미가 없어 보였고 정교한 목각 기술은 인도에서도 흔할 듯했다. 실크 조각보를 선물할까 했지만 인도도 실크가 다양했다. 고민 끝에 취향을 살려 전통 문양이 새겨진 우리나라 브랜드의 머그컵을 골랐다. 친구표 밀크티를 즐기던 나의 추억을 더한 실용적인 선물이 될 것이었다. 신나게 포장해 예쁜 쇼핑백에 담아 두었다. 그런데 맙소사, 결혼식 참석차 공항에 가는 길에 그 선물을 내 방에 고이 모셔 둔 채로 집을 나섰음을 알아차렸다. 가방에 미리 넣어 두면 깨질까 걱정이 되어 따로 두고선 바삐 서두르다 결국 까맣게 잊은 것이다.

　　결혼식이 끝나고 돌아와 그 컵을 보니 한숨이 났다. 국제우편으로 보내야지 보내야지 다짐만 하던 한 달이 지나고 좀 더 지나 보내려니 가는 길에 컵이 깨질까 걱정됐다. 해외에서

전하지 못한 선물에
나의 다짐들이 쌓여 간다.

광주요
음양각 목단문,
한국

주문한 그릇이 깨져서 배송되었을 때의 그 찜찜한 기분들이
떠오르자 컵을 보내려는 시도도 멈추게 됐다. 컵들은 고스란히
찬장 구석으로 향했다. 전하지 못한 고마움은 보내지 못한 선물과
함께 고이 모셔져 있다. 찬장에서 선물상자의 모서리가 눈에
스칠 때마다 생각한다. 상대를 바라보며 이야기를 경청할 것이며,
자신의 생각을 명쾌하게 표현할 것이며, 자존심이 언제나 앞서야
하는 건 아니라는 것. 친구를 위해 준비한 컵에는 그녀에게서
비롯한 나의 다짐들이 쌓여 간다.

떠난 것과

남은 것

마음이 복잡할 때면 중학교 수학문제집을 한 권 챙겨 조용한 카페로 나갔다. 풀면 답이 딱딱 나오고 못 푼 문제도 답안지를 보면 '아하!' 명쾌해지는 문제집 풀기는 답이 없는 문제들로 심란할 때 제격이다. 휘몰아치던 생각들이 제자리로 차곡차곡 정리되는 느낌이다. 난이도가 높은 고등학교 수학문제집은 절망감을 불러올 수 있으니 주의. 아마 모르는 사람이 봤으면 그저 과외선생쯤으로 생각했을 것이다. 괴상한 취미다.

스트레스 해소마저 이런 식으로 하고 있으니 공부가 적성에 잘 맞긴 하다. 몇 해 전, 더 늦기 전에 제대로 공부를 해 보면 어떨까 싶어서 로스쿨 입학 준비를 했다. 나이 서른이 넘도록 지긋지긋한 진로 고민 중이니 이번에는 실용학문을 배워 적어도 한 분야에서만큼은 전문가가 되면 좋을 것 같았다. 우스갯소리로, 로펌에 면접을 보러 가니 모두가 누군가의 딸들인데 나만 '아빠 딸'이더라 하는 얘기가 들려오던 때라, 한국에서는 어렵지 않을까 싶어 이왕이면 소송의 천국 미국으로 가자고 마음먹었다. 뭐든 시작할 때는 아등바등이지만 지기 싫은 마음에 어찌어찌 하다 보면 중간은 가는 것이 나라는 사람이어서, 조금 도전적이어도 괜찮겠다 싶었다.

LSAT(Law School Admission Test)는 한국에서도 볼 수 있는 시험으로 1년에 네 번의 기회가 있다. 2년 동안 응시할 수 있는 기회가 총 세 번으로 정해져 있으므로 어느 정도 준비가 된 상태에서 응시해야 한다. 회사를 다니던 중간에 새벽 시간, 점심 시간, 저녁 시간과 주말은 문제를 풀거나 수업을 듣거나 스터디를 하며 1년을 보냈다. 문제는 많고 문제 형태는 생소하며 독해는 어려워서 제시간에 주어진 문제를 다 푸는 것부터가 도전이었다.

답안지를 보고도 왜 그것이 답인지 모른 채 보낸 1년이 아까워 나는 옛다 모르겠다 하는 심정으로 첫 시험을 쳤고, 곧바로 캄보디아에 사는 친구네 집에 놀러 갈 예정이었다. 놀러 오라는 친구의 연락도 있었고, 마침 시험 뒤로 금요일이 국경일인 황금휴일이 이어져 있었다. 시험이 끝나면 싱숭생숭할 게 뻔하고 차라리 모르는 데 가서 정신 없이 며칠 있는 것도 괜찮을 것 같았다. 캄보디아 하면 대학살부터 떠오르고, 옷이나 운동화에 적힌 '메이드 인 캄보디아'를 간혹 보았을 뿐 아는 바가 거의 없던 나라였다. 친구의 블로그에 올라오는 사진들을 보며 대략 느낌을 짐작할 뿐이었다.

○ ○ ○

프놈펜 공항에 내리니 군인인지 경찰인지 국방색 제복을 입은 현지 직원들에 긴장이 됐다. 어느 나라건 제복은 왠지 말끝에 'sir'를 붙여야 할 것만 같은 위력이 있다. 그들에게 내 여권을 잠시 맡기고 기다렸다. 거기서 관광비자를 내어 주어야 출입국 심사를 통과할 수 있다. 주인이 누구냐 여권을 높이 들어 휘휘 저으면, 온몸으로 내 것임을 표현하며 받아 와야 했다. 이민국을 통과하는 줄은 그리 길지 않은데, 눈에 띄는 것은 '돈을 낼 필요가 없습니다' 하는 알림이었다. 분명 적혀 있는데도 지폐 몇 장을 슬쩍 건네는 모습이 더러 보였다. 친구가 신신당부했으니 나는 그들 중 하나가 되진 않을 것이다. 굳이 그리 하지 않아도 오래 걸리지는 않았다.

　친구 내외가 마중을 나와 편안히 친구 집으로 이동했다. 더운 지방이라 아침은 일찍 시작하고 밤에는 일찍 잔다더니, 거리에는 사람이 없이 횅했다. 현지에 왔으니 현지의 법도대로 일찍 잠을 청했다. 다음날 아침 일어나니 친구가 맛이 좋은

열대과일들을 주었다. 밀린 수다를 떨다 가만히 보니 그릇이
일본풍이었다. 캄보디아에 웬 일본 그릇인가 싶어 물으니 즐겨
찾는 외곽의 세컨드핸드 가게에서 일본 그릇들을 판다고 했다.
돌아가기 전에 꼭 그 가게에 들러 보기로 했다.

대학원에 다니며 만났던 친구는 고민거리가 있을 때마다
온화한 음성으로 "크림티를 마시러 가지 않을래?"혹은 "새로
발견한 레스토랑이 있는데 괜찮으면 함께 가 볼래?"하며
조심스럽지만 따스하게 손을 내밀었다. 그리고 나는 그 손을
덥석 잡고 따라나섰다. 그녀 역시 그릇을 좋아하고, 아기자기한
소품들도 사랑하며, 괴상한 물건을 구경하는 것 자체를 즐기는
편이라 짬이 날 때마다 함께 플리마켓에 들러 박스 더미들을
헤집고 다녔다.

캄보디아에서도 그랬다. 재래시장에서 신나게 액세서리를
샀고 그 사이사이 꾸물거리는 벌레를 발견했을 때는 아무렇지
않게 자체 살균소독을 했다. 목걸이 팔찌 들을 뜨거운 물에
데쳤다가 채반에 말리면서 벌레 시신들을 찾아 털어 내고 있는
우리를 보고서 그녀의 남편은 쯧쯧 혀를 찼다. 캄보디아에 거주한
지 2년쯤 된 때였고, 그사이 남편도 친구의 이런 모습을 보며 몇
번 경악했었을 것이다. 그러니, 친구라는 여자가 와서는 그 행동을
똑같이 따라 하는 모양새가 어떻게 보였을까?

일본 그릇 가게에 가는 길에는 현지어에 능한 친구의 남편이
동행했다. 오토바이에 수레를 연결한 툭툭을 타고 외곽으로

빠져나갔다. 더운 나라 특유의 느긋함이 있어 그런지 기사
아저씨는 추월을 몰랐다. "거 참 느긋하시네." 연신 매연을 내뿜어
대는 버스 뒤에 붙어 코가 까매지도록 매연을 마시며 10분을
넘게 가다가 나도 모르게 푸념했다. 방귀 뀌는 엉덩이에 코를
대고 가는 셈이니 불만이 생길 수밖에. 그러나 입을 댓발 내밀어
보았자 별수가 없다. 호객 행위를 할 때도 멀리서 손짓하며
"툭툭?" 하며 묻는 게 고작이고, 그 조차도 손님이 "노땡스"
거절하면 이유를 알 수 없는 "땡큐"로 화답하는 그들이다.
경제적으로는 뒤처질지 모르지만 거리에는 구걸하는 이가
없고, 새벽 이른 시간부터 성실하게 일을 시작하는 사람들에게
불만을 품어 봤자 나의 급한 성질만 곱씹게 될 뿐이다. 그저
두리번거리며 강가에 늘어선 노점상, 나들이를 나온 현지인들의
옷맵시, 옆을 지나는 다른 툭툭의 여행객들, 버스를 탄 사람들을
하나하나 살펴보며 20여 분을 더 달리니 어느새 도착이었다.

　　가게는 생각보다 넓었다. 유리는 유리끼리, 도자기는
도자기끼리 정리가 잘 되어 찾아보기가 쉬웠다. 가게의 물건들을
꺼내 이리저리 둘러봐도 꼭 새것처럼 흠집 하나가 없었다. 누군지
모르지만 애정을 가지고 잘 썼으며 그런 물건들 중에서도 잘 골라
낸 그릇들임이 틀림없었다. 수년 전부터 동아시아 개발에 힘써
온 일본은 캄보디아의 최대 원조 국가 중 하나고, 사람들과 함께
건너온 일본 그릇들은 그들이 돌아간 뒤에도 남겨져 제2의 삶을
살아간다고 했다. 친구의 말로는 이런 가게들이 프놈펜 시내에도

나의 첫 일본 그릇.
사람들은 떠났고 그릇은 남았다.

from
Cambodia
in 2014

몇 군데 된다고 하니 '메이드 인 재팬'의 위력은 참 대단하다.

외곽이라 그런지 조용한 가게는 구석구석 여유롭게 구경하기 좋았고 5달러 정도면 서너 개의 그릇을 손에 쥘 수 있었다. 고작 몇 푼이지만 허투루 고를 수는 없기에, 마음에 드는 열 개 남짓의 그릇 중에 세 종류를 엄선해 바구니에 담았다. 밥그릇으로 쓰면 좋을 작은 공기, 청색과 금색의 조화가 마음에 쏙 드는 오목 접시, 층층이 쌓아 보관할 수 있고 월남쌈을 할 때 종류별로 야채를 놓기 좋은 도넛 모양의 부채꼴 접시였다. 그렇게 캄보디아에 남겨진 일본의 문화를 배낭에 실어 한국에 가져왔다. 나의 첫 일본 그릇이다.

로스쿨 입학 시험은 1년을 더 공부하고 두 번의 시험을 더 치른 뒤 일말의 미련 없이 접었다. 역시 한다고 다 되는 것은 아니었다. 정답과 오답을 가리며 2년을 보내고는 수학문제집을 풀던 취미도 그만두었다. 정답 찾기는 이제 그만하면 됐다. 시험이라는 단어를 마음에서 지우자 그 빈 공간이 한동안 허전했다. 새벽에, 점심에, 저녁과 주말에 무엇을 할지 몰라 멍하게 있었다. 친구를 만나거나 책을 읽거나 영화를 보며 시간을 메워도 횅한 마음은 가시지 않았다. 목적이 있던 시간을 목적 없이 보내다 보니 방향을 잡지 못한 마음의 조각들이 둥둥 떠다녔다.

결과가 없었으니 그 2년은 정말 허송세월이 된 걸까? 나는 그저 나이만 두 살을 더 먹은 걸까? 나는 왜 로스쿨이라는 것을 원했었나? 앞으로는 어디를 향해 가야 할까? 시험이 떠난 자리에는 정답이 아닌 내 답을 찾으려는 내가 남았다.

친구의

천사

친구가 아프리카로 봉사활동을 떠났다. 얼마 후 저 멀리
에티오피아에서 커다랗고 묵직한 박스가 도착했다. 박스를 봉한
테이프를 뜯고 입구를 열어젖히자 박스 안에 고인 커피향이
한껏 쏟아져 나온다. 마치 잠수부가 잠수를 하며 오랫동안 숨을
멈추다 물 밖으로 고개를 내밀 때 거친 숨을 몰아쉬듯. 진짜
아라비카 커피의 향이다. 지대가 높은 에티오피아는 커피를
생산하기에 최적의 곳으로, 양질의 아라비카 커피가 난다. 정작
본인은 쓴 것이 싫어 커피를 즐기지도 않으면서 카페인 없이 못
사는 친구들을 위해 열다섯 봉지의 커피를 곱게 포장해 보냈다.

모두에게 나누어 주려 쇼핑백을 꺼내 커피를 하나씩 둘씩 담았다. 박스가 조금씩 비워져 가는데, 한 귀퉁이에 해독 불가인 문자들로 빼곡한 신문지 덩어리가 보인다. 꼬불꼬불 그림 같은 언어들이 누런 종이에 가득이다. 에티오피아 현지어인 암하라어다. 이 문자에 대한 지식이 전무한 내게는 영화 〈미이라〉에서나 보던 고대 상형문자 같았다.

유물을 발굴하는 고고학자의 마음으로 조심스럽게 종이를 걷어 내고 나니 이국적인 패턴의 찻잔세트가 있다. 거뭇한 얼굴에 동그랗고 큰 눈, 둥근 머리 모양을 한 여자의 얼굴이 컵과 소서의 가장자리를 빙 두르고 있다. 찻잔을 퉁겼을 때의 소리가 둔탁한 것으로 보아 아주 양질의 흙은 아니었지만, 이런 그릇은 도자기의 퀄리티보다 패턴에 더 의미가 있다. 함께 남긴 친구의 메모를 보니 이것은 여신이 아니라 천사란다. 에티오피아의 곤다르 지역 데브라 비르한 셀라시에 교회(Debra Birhan Selassie Church)의 천장은 이 천사로 가득하단다. 루벤스의 그림 속 하얗고 토실토실한 아기들만을 천사라 생각했던 나에겐 상당히 새로웠다. 나중에 알고 보니 이곳에서는 예수도, 마리아도 모두 현지인의 둥글고 커다란 눈을 하고 있었다. 현지화된 성화가 지구 반대편 이방인인 나의 눈에는 고정관념을 직시하라는 하나의 현대미술품처럼 느껴졌다.

○ ○ ○

같은 중학교, 같은 반이었지만 그때의 우리는 친하지 않았다.
서로 어울리는 무리가 달랐다. 그러다 같은 고등학교에 갔고
같은 반이 되었다. 짝꿍도 아니고 같은 분단도 아니었지만
어쩌다 보니 우리는 친해졌다. 말수가 적은 줄로만 알았던
친구는 알고 보니 엄청난 수다쟁이에 목소리도 매우 컸다. 그저
낯을 가렸던 것뿐이다. 친하지 않은 사람 앞에서는 새색시마냥
상냥하고 수줍은 미소만 내비칠 뿐이었으나 친해지기 시작하면
말의 크기와 양이 폭발적으로 증가했다. 서로 경쟁하듯 커지는
목소리를 주고받은 지 3년이 지나고 우리는 서울 대학생이 됐다.

　　이모의 보살핌을 받으며 성인으로서의 삶에 일종의
유예기간을 두었던 나와 달리 친구는 처음부터 자취를
시작하더니 제법 많은 것들을 제 손으로 해냈다. 대학가 원룸들은
아주 짜임새 있게 지은 집이 드물어 크고 작은 손이 많이 가게
마련인데, 어느 겨울 친구 집에는 창문 사방에 김장 비닐이
둘러져 있었다. 제 손으로 창틀에 못을 박고 스테이플러로
고정시켜 한겨울에 대비한 것이다. 상처 가득한 손으로 녀석은
김치부침개를 해 주었다. 자취 집에는 늘상 신김치가 가득했기에
김치찌개와 김치부침개는 우리의 단골메뉴였는데, 지짐이 종류를
어려서부터 좋아한 내가 올 때면 친구는 한밤중에도 기꺼이
부침개를 부쳤다. 손이 큰 친구는 한번 시작하면 그 자리에서
열 판을 지져 냈는데, 한참 먹성 좋은 20대, 술 한 잔 없이도
거뜬히 먹어 치웠다.

어느 날인가 친구의 책상에 아프리카 어느 나라의 소녀 사진이 붙어 있었다. 나는 몰랐지만 친구는 한 달에 일정 금액을 국제구호단체를 통해 후원하고 있었다. 커다랗고 까만 눈을 가진 사진 속의 소녀는 친구와 결연을 맺은 사이였다. 친구가 그런 분야에 뜻을 가지고 있는 줄 그때까지 전혀 몰랐다. 사실 나는 후원금이 어디에 어떻게 쓰이는지 알 수 없는 큰 단체엔 좀처럼 정이 가질 않았다. 후원금이 중간에서 증발하는 사건들을 뉴스를 통해 접하면서 불신이 쌓인 것이다. 그러나 정말 솔직히는, 기부와 후원에 나설 만큼의 사회적 책임의식이 없었던 것에 불과했을지도 모른다. 누군가의 후원자가 된 친구의 모습 앞에 부끄러웠다. 길을 가다 구호단체의 팻말이 세워져 있을 때 '안녕하세요' 웃으며 다가오는 활동가들과 눈도 한번 마주치지 않고 지나칠 때의 마음과 비슷했다. 열 판이고 스무 판이고 부침개를 부쳐 주던 친구의 마음은 나도 모르는 사이 세상에 대한 관심으로 이어져 있었다. 나는 그저 무디게 말했다.

"너 이런 것도 해?"

○ ○ ○

대학을 졸업하고 우리는 다른 노선을 걸었다. 그녀는 공부에 뜻이 깊었다. 신입생이던 때부터 석박사를 계속 염두에 두었고 한번도 흔들린 적이 없다. 이것저것 해 보고 여기저기 기웃거리던 나와는

멀리 에티오피아에서 온 천사

From Ethiopia,
in 2013

한참 다른 우직한 무언가가 있었다. 그녀가 공부를 하는 동안 나는 취업을 하고 퇴사를 하고 공부를 하고선 또 취업을 하고 퇴사를, 그리고 창업을 했다. 친구는 내내 공부를 하다가 그와 관련된 일을 하다가 비슷한 맥락의 봉사활동을 다녀와서는 또 비슷한 일을 하고 있다.

서로 다른 사회생활을 하다 보니 비슷했던 성격도 많이 달라졌다. 나는 다분히 일과 중심으로 움직였다. 회사를 다니고, 거래처 영업을 하고, 회사 동료들과 어울리는 시간이 많아졌고 남은 날은 될 수 있으면 혼자이고 싶었다. 친구들에게 안부 인사 한번을 먼저 하지 않았다. 죽었나 살았나 궁금해서 연락했다는 친구들의 전화를 미안함 없이 받았다. 이웃사촌이 제일이라고, 그즈음에는 나의 고민과 방황을 매일 마주하는 입사 동기 언니 오빠들과 나누었다. 회식 자리의 음주문화, 매출 압박, 상사와의 마찰에 있어서 그 누구보다 함께 생활하는 사람들이 잘 이해함은 당연했다. 친구와 내가 예전처럼 서로의 일상을 100퍼센트 공감하긴 어려웠다. 친구에게서 심각한 학교 선후배 사이의 마찰에 대해 듣고 있을 때, 나는 마치 친구가 아니라 한참 어린 사춘기 여학생의 푸념을 듣고 있는 기분이었고 그 고민의 크기가 작게만 보였다. 서로 겹치는 일상이 점점 줄어드니 나의 고민에 대한 친구의 반응도 그리 만족스럽지는 않았다. 이유 없이 분위기상 야근을 해야 할 때 메신저 가득 불만을 쏟아 내면 회사 동료들이야 '적당히 시간만 때워', '나갔다가 9시쯤 들어와서 한 시간쯤 일하고 10시에 메일을 보내 둬' 같은 팁을 주는데, 친구는 야근 압박을 넣었던 누군가를 실컷 욕해 줄 뿐이었다. 적절한 욕설을 섞어 속시원히 내 편에서 나보다 적극적으로 이야기해 주는 것이 이전에는 좋았지만, 이제는 나의 짜증에 그녀의 짜증이 더해지면서 번지는 거친 말들을 듣고 싶지 않았다. 그 상황이 마치 고등학생 때 선생님을 흉보던 데서 하나도 발전하지 않은 것만 같아 답답했다. 그러던 사이 친구는 잠시 어학연수를 떠났고, 나는 어제도 오늘도 같은 회사생활을 했다. 친구가 돌아왔고 얼마 후 이번엔 내가 공부를 하겠다고 떠났다.

친구가 떠나 있을 때 나는 다정한 이메일 한번을 보내지 못했다. 내가 떠나 있을 때 친구는 예쁜 엽서에 손편지를 써서 몇 번이고 보내 주었다. 기숙사 친구들은 우편물을 건네며 다정한 친구를 두어 부럽다 한마디씩 더했다. 친구는 원래 다정했다. 새해가 되면 〈무한도전〉 달력을 사서 친구들의 생일을 하나하나 표시해 선물을 하고, 생일날이 되면 단체 대화방에 가장 먼저 축하메시지를 띄운다. 서로서로 책을 읽고 빌려주기도 했는데, 다정한 친구는 빌려간 책에 고운 커버를 씌워 돌려주었다. 그녀의 손을 거친 책들은 그래서 촉감부터 달랐다. 라떼에 올려진 우유거품처럼 보드라웠다.

아프리카 대륙의 어느 쪽에 있는지도 모르는 먼 나라 에티오피아. 그곳에서 그녀는 나를 위해 찻잔을 보내왔다. 찻잔에 그려진 알 수 없는 천사가 현지의 미소를 보낸다. 한때의 생활동지였던 친구와 나이지만 앞으로는 서로 다른 삶을 살아가며 서로 다른 생각을 할 것이다. 천사라는 단어에 내가 통통한 아기 천사를 떠올릴 때, 그녀는 그을린 피부의 까만 눈 천사를 떠올릴 것이다. 그러나 어떤 천사인지보다 중요한 건 언제나 그 미소가 될 것이다. 서로 지지하며 미소를 보낼 수 있는 관계라면 그걸로 충분하다. 우리는, 친구다.

언 제

어 쩌 다

이 렇 게

가 까 이

로맨스 영화나 드라마에 꼭 등장하는 한 장면. 길거리 포장마차
혹은 삼겹살 집에 마주 앉은 남녀. 청순가련 미모를 뽐내는
여자는 보기와 달리 투명한 소주를 각진 잔에 똘똘똘 따라서
맞은편의 남자와 대작을 해도 절대 지지 않는 것. 그녀의
털털함에 반하는 남자. 언젠가 한번쯤은 꼭 해 보고 싶은
장면이었다. 그럴 일이 없으니 더욱 그랬는지도 모르겠다. 이놈의
몸은 딱 한 잔으로 프로그래밍되어 모든 종류의 알코올 허용치가
한 잔이니 말이다. 더군다나 그 한 잔에도 온 얼굴에 열이 벌겋게
오르니, 이쯤 되면 10년 전의 뾰루지 자국까지 눈에 띈다.

그럼에도 맥주 한 잔 하는 시간을 좋아한다. 고기가 잔뜩 들어간 햄버거와 두껍게 썰어 튀긴 감자튀김에 곁들이는 맥주 한 잔은 말 그대로 꿀맛이다. 가까운 사람 중에 이 코스를 거치지 않은 이가 없다.

런던에서 지낼 때 가장 고팠던 시간 중 하나가 이 시간이었다. 친한 친구, 버거, 감자튀김, 그리고 맥주 한 잔. 펍문화가 발달한 곳이라 어디서나 쉽게 즐길 수는 있었지만 학기마다 에세이와 논문을 쓰다 보면 마음에 여유가 없었다. 친구들과는 술보다는 차를 함께 즐기며 도란도란 이야기 나누고 기숙사에서는 부담 없이 와인 한 잔씩으로 만족하며 수다를 떨었다.

논문에 치어 지내던 여름, 반가운 그녀가 왔다. 술이 원수이던 첫 회사에서 적절한 타이밍에 함께 자리에서 빠져나와 주었던 당시의 대리님, 지금의 언니다. 신입사원이던 나보다 한 달쯤 일찍 경력사원으로 입사했던 언니는 워낙 성품이 밝고 낙천적인 데다 스타일이 좋았다. 어느 상무님은 나에게 비교되니 함께 다니지 말라고 농담까지 했다. 내가 그만둔 뒤에도 한참을 더 다니던 언니는 그 여름 회사를 그만두고 홀로 유럽을 여행 중이었다. 1년을 런던에 있으면서도 가 본 식당이라고는 손에 꼽는 나와 달리 언니는 시내의 맛 좋은 식당, 예쁜 숍을 어디서 알았는지 내게 소개해 주었다. 아무튼, 언니와 함께 드디어! 런던에서도 버거와 맥주를 즐기게 됐다.

셔츠 단추를 두어 개 풀고, 소매를 걷어 올리고서 점심에 맥주 한 병을 들이키는 멋스러운 남자 런더너 직장인들을 보며 우리는 한국의 회사생활을 추억했고, 노인이 되어서도 엉덩이가 튼튼해 옷맵시가 좋은 서양인들을 훔쳐보며 유전의 힘을 이야기했다.

○ ○ ○

코츠월드 여행을 제안한 건 언니였다. 어렴풋이 영화에서 본 기억이 나는 곳이었다. 로스앤젤레스의 저택에 사는 성공한 커리어우먼과 영국의 전원마을 오두막집에 사는 여자가 휴가 기간 동안 집을 바꿔 지내며 겪는 해프닝을 다룬 로맨틱 코미디. 그 영화 속 오두막집이 코츠월드라는 이야기는 들었는데, 가 볼 생각을 하지 못했었다. 런던에서 두 시간이면 갈 수 있으면서도 중세의 모습을 그대로 간직한 곳, 영국의 은퇴자들이 가장 살고 싶어 하는 곳이니 마다할 이유가 없었다. 여행 전후로 끝내야 하는 논문이 있으나 여행 일정을 잡으면 즐거운 강제성이 생겨 진도도 훨씬 잘 나갈 것이었다. 계획성 하면 또 빠지지 않는 나였다. 장소가 정해지니 언제, 어떻게 가야 좋은지, 숙소는 어느 지역에 어떤 형태여야 좋은지 열심히 찾아보고 최상의 조건, 최저의 가격으로 합리적인 코스를 계획했다.
　　7월의 코츠월드는 사진과 영화에서 보던 것보다 훨씬 아늑했다. 언니도 나도 추위를 꽤 타는지라 아침 저녁 공기가 차지 않은 초여름 기온이 우리에게 아주 적당했다. 모든 것이 푸르고 싱싱했다. 집보다 녹지가 많았다. 하늘 끝까지 솟은 늙은 나무가 나를 내려다보니 자연의 품에 안긴다는 것이 이런 거구나 싶었다. 숙소에 짐을 풀어 두고 14세기의 모습을 그대로 유지하고 있다는 옆 마을로 향했다. 우리나라로 따지면 민속촌인 걸까? 우리가 민속촌을 찾았을 때처럼 현지인 눈에는 이곳이 인위적인 느낌일까? 600년이 지나도록 이 집들은 어쩜 이렇게 멀쩡하고 멋스러울까? 아기돼지 삼형제의 교훈처럼 역시 나무보다는 돌로 지어야 오래도록 튼튼한 집이 되는 걸까? 쏟아지는 햇살 속 졸졸 시냇물, 시원한 바람, 푸른 잔디와 잎이 무성한 나무들, 방긋 웃는 꽃길을 걸으며 끝없이 이야기가 이어졌다.

한국의 시골길을 걸을 때보다 마음이 편했다. 물론 한국의 정이야 따뜻하지만, 외풍이 많이 들 법한 작은 집, 낮은 대문 사이로 꼬부랑 할머니가 쪼그려 앉아 손빨래를 하고 계신 풍경을 보면 마음이 좋지 않았다. 평화롭다는 말을 가져다 놓기에는 할머니, 할아버지 들의 일상이 꽤나 고생스러워 보였다. 동남아의 어느 리조트보다도 좋았다. 여행객은 바닷가의 좋은 경치에서 수영을 즐기고 한껏 화려한 드레스나 비키니 차림으로 스테이크도 좀 썰고 칵테일도 좀 마시지만, 한 골목 너머의 현지인들은 다른 세계처럼 스러져 가는 집에 사는 경우가 대부분이니 동남아의 휴양지에서는 쉬는 마음이 편치 않았다. 그러나 이곳은 다르다. 좌식이 아닌 입식 문화 덕분인지 그곳의 상상도 못했다.
그녀와 코츠월드를 걷게 될 줄.

노인들은 여전히 허리가 곧았고, 나보다 큰 키에 풍성한 은발을 뽐냈으며, 정원이 있는 이층집에 살고 있었다. 한참 어린 내가 "아, 평화롭네요" 하더라도 죄스럽지 않았다. 한국 시골의 들판을 보고서 아름답다 하면 어떤 할머니는 "머시 아름다워. 일할 거 천지제" 하실 테고, 동남아 어딘가를 보고 뷰티풀을 외치면 "yes, indeed"가 돌아오겠지만 진심이 아닐 것 같았다. 반면 코츠월드에서의 뷰티풀은 그야말로 진짜 뷰티풀처럼 느껴졌다.

숙소 근처의 작지만 알찬 가게들을 구경하다 보니 길 건너에 자선매장 간판이 눈에 띄었다. 수익금을 퇴역 군인을 위해 쓰는 가게였다. 넓지는 않지만 다양한 품목이 있고, 스타일리시하지는 않지만 정돈은 잘 되어 있었다. 옷, 가방, 신발부터 생활필수품, 알 수 없는 나침반과 시계들, 군인과 관련있어 보이는 각종 배지들이 가득했다.

시선이 함께 멈춘 지점은 유리장 안에 놓인 초록색의 찻잔세트였다. 짙은 초록에 반짝이는 표면, 얇게 둘러진 금장과 각진 형태. 단순하지도, 화려하지도 않은 이 찻잔은 영국스럽지도, 독일스럽지도, 북유럽스럽지도, 동유럽스럽지도 않았고 그렇다고 해서 한국이나 일본, 중국의 느낌도 아니었다. 그야말로 이국적이었다. 뒤집어 보니 방글라데시의 그릇이란다. 방글라데시가 어디 있는 나라였더라, 단번에 떠오르지 않았다. 수도가 어디인지, 종교가 무엇인지, 어떤 옷을 입고, 어떤 음식을 먹는지도 생각나지 않았다. 그러니 이 컵이 그 고향에서 어떻게 쓰였을지 전혀 짐작되지 않았다. 이국에서 만난 이국적인 찻잔들은 해외로 입양된 형제들이 서로 안고 꼬옥 붙어 있듯, 네 개가 함께 진열장에 둘둘 짝지어 모여 있었다. 언니나 나나 혼자 사는 사람들이라 네 개가 다 필요하진 않았지만 주인장은 이 넷을 함께만 판다. 우리는 이 잔을 둘씩 나눠 가지기로 했다. 신문에 둘둘 말아 숙소로 돌아왔다.

런던으로 돌아와 이 잔들을 다른 짐들과 함께 배로 실어 보냈다. 컵은 한 달 남짓 걸려 한국에 도착했다. 영국에서 한국까지 오는 길에 이 녀석은 어쩌면 고향에 들렀는지도 모르겠다. 방글라데시에서 태어나 영국에서 나를 만났고 오랫동안 바다를 건너 고향 앞바다를 지나 한국 땅까지 건너온 이 찻잔의 운명을 생각했다. 멋 부리는 데 영 소질이 없던 내가 옷 장사를 하는 팀에 발령받고, 잘 들어간 회사를 때려치우고 혈혈단신 해외로 떠나 영국에서 그곳에 나보다 먼저 건너왔을 이 찻잔을 만난 것. 그 어느 하나 예상하지 못한 일이었다. 사람과의 인연도 그렇다. 한때 팀의 선배였던 그녀를 언니라 부르고, 그녀를 유럽에서 만나 함께 여행을 떠나고, 같은 박스에 짐을 꾸려 한국까지 보내게 될지, 그 무엇도 상상하지 못했다.

그날 저녁, 같은 회사에서 만났지만 지금은 무직인 언니와 나는 먼 나라의 중세를 만끽하며 맥주를 마시고 있었다. 무직인 사람에게 건네는 가장 쉬운 질문 '그래서 앞으로 계획이 무엇이냐' 같은 건 서로 없었다. 그곳이 참 좋다는 것, 아름답다는

것, 감자튀김이 예술이라는 것과 숙소가 예쁘다, 인테리어가
훌륭하다, 자세히 기억나지 않지만 그저 시시콜콜한 그곳의
이야기를 나누었다. 언제 어쩌다 이렇게 가까이 마주하게
되었는지, 미래란 정말 알 수 없다.

빈티지라

더 좋은

로열 덜튼
오텀스 글로리

플리마켓 그릇 사냥에서 가장 고달플 때는 쓸 만한 물건이
없을 때도, 물건이 비쌀 때도 아니다. 없으면 없는 대로 인연이
아니려니 돌아서면 되고, 비싸면 비싼 대로 무리하거나
포기하거나 적절히 선택하면 된다. 그러나 마음에도 들고 적당한
값이기도 한데 세트로만 팔 때는 낭패다. 차가 있다면 모를까,
조금만 모여도 여름날 수박 한 통 무게는 쉬이 나가니 갈 길이
걱정이고 포기하기는 너무 아깝다. 새 물건이야 다음에 들러 사면
되지만, 플리마켓은 다음 기회라는 게 없다.
　빗방울이 오락가락하는 날씨, 나는 브라이튼에 있었다.

이미 가방에는 찻잔 두 개가 들어 있었다. 여기서 더 사는 것은 무리지만 대접시 하나가 꼭 필요해서 '딱 하나만 더' 사려고 돌아다니던 참이다. 마침 좋은 물건이 눈에 들어왔다. 같은 접시 여섯 개와 동일한 패턴의 서빙볼이 함께 있는데, 아쉽게도 주인장이 세트로만 팔겠단다. 런던의 기숙사까지 돌아가려면 버스로 15분, 기차로 한 시간, 다시 지하철로 20분 이동해야 하고, 그사이 계단을 오르락 내리락해야 하니 만만치가 않다. 그릇 여덟 개, 에코백이 찢어지고 어깨가 끊어질 판이다. 고민은 되는데 비는 금방이라도 다시 쏟아질 것 같고, 서둘러 결정을 해야 한다. 에라 모르겠다, 씩씩하게 들어보자. 호기롭게 영차! 봇짐을 쌌다.

　새것 같은 물건들은 많아도 진짜 새것은 보기 드문데, 용케도 내 눈에 잘 띄어 준 녀석들은 포장째 보관되어 있어 비오는 날씨에도 뽀송뽀송했다. 접시 뒤편에는 1991이라는 숫자와 함께 오텀스 글로리(Autumn's Glory)라는 모델명이 찍혀 있다. 이름에서 연상되듯 그릇에는 풍성함이 느껴지는 가을날의 과일들이 자리하고 있다. 복숭아, 포도, 배가 넝쿨과 함께 마치 담벼락을 장식하듯 그릇 가장자리를 비잉 두르고 있다. 탐스러운 과일이 어우러진 모양새에 모든 곡식이 익는 가을날 우리의 추석 차례상이 떠오르기도 하고 신에게 풍요를 비는 신전, 혹은 어느 궁전 응접실에 놓인 과일바구니도 떠오른다. 오텀스 글로리는 1991년부터 1997년까지 생산된 모델이라는데 같은 시대에 유년시절을 보낸 입장이라 그런지 처음 보는데도 낯설지가 않았다. 알록달록하지만 빛바랜 듯한 색감은 마치 어린 시절 할머니 집 불투명 유리 찬장에서 본 것 같으니 말이다.

○ ○ ○

오텀스 글로리는 200년 역사를 가진 영국의 그릇 회사 로열 덜튼의 디자인이다. 보통의 그릇 브랜드들이 좋은 흙이 나는 지역 태생임과 달리 로열 덜튼은 1815년 런던의 램버스(Lambeth) 지구 복스홀(Vauxhall)에서 시작됐다. 열두 살 때부터 도공으로 일했던 22세의 청년 존 덜튼(John Doulton)이 자신이 도제 수업을 받던 공방과 같은 기법을 쓰는 복스홀 공방에 취직했다가 이후 인수하면서였다. 1871년에는 그의 둘째 아들 헨리 덜튼(Henry Doulton)이 회사 경영권을 이어받았는데 이 시기에 왕실의 인증(Royal Warrant)을 받아 지금의 '로열' 덜튼이 되었다. 헨리 덜튼은 열다섯 어린 나이에 도공으로 시작해 천천히 오랫동안 경영의 전반을 통달했는데, 전설은 경영 책임자가 된 그가 램버스 스튜디오(Lambeth Studio)를 열고 그 지역 아트 스쿨에 있던 디자이너들을 대거 기용하면서 시작되었다. 200명이 훌쩍 넘는 규모였다고 하는데 그는 각종 소재와 유약, 안료 실험 등을 전적으로 지원했고 이에 디자이너들은 신소재를 통해 가능해진 새로운 디자인들을 만들어 냈다. 경영 수업을 받을 때부터 이미 그는 공장의 노동환경을 개선하고 지역 사회에도 관심을

식사하는 순간만큼은
앞뒤 재지 않고
그저 편안하고 싶다.

Royal Doulton
Autumn's Glory, U.K.,
1991~1997

기울였는데, 역시 경험해 본 자만이 가지는 통찰력이 있었던 것 같다. 램버스 스튜디오에서 탄생한 피겨린, 물병, 화병 등은 디자인도 훌륭했고 그 장식 하나하나가 세상에 없던 선명하고 화려한 색감을 자랑했다. 제품들은 시장에서 크게 성공했다. 1887년 그는 세라믹 아트의 혁신을 공로로 인정받아 빅토리아 여왕으로부터 기사 작위를 받았고, 1901년 에드워드 7세로부터 왕실의 인증을 받았다.

오랫동안 소재를 연구해 온 브랜드이기에 그릇의 재질에 관해서만큼은 나도 로열 덜튼을 무척 신뢰한다. 이 회사는 파인 차이나(fine china) 제품들을 주로 생산하는데 이 용어는 자기와 같은 의미로, 대부분 이 두 용어를 구분해서 쓰지 않는다. 다만 몇몇 브랜드만이 '파인 차이나'라는 말을 고수하는데, 굳이 구분하자면 파인 차이나는 석영과 장석을 함유한 흙을 사용하고 자기보다는 조금 더 낮은 온도에서 구워져 강도가 좀 덜하다는 정도. 파인 차이나가 1,100도 이상, 자기가 1,200도 이상에서 구워지는데, 대기의 마찰을 뚫고 추진해야 하는 우주선에도 사용되는 것이 자기이니 그릇이 굳이 그렇게까지 강할 필요까지는 없고 파인 차이나 정도로도 충분히 만족할 만하다. 로열 덜튼은 그런 파인 차이나를 다른 브랜드보다 합리적인 값에 내놓는다.

○ ○ ○

나는 지금의 로열 덜튼은 좋아하지 않는다. 좋은 재질을 사기 쉬운 값에 파는 것이야 고맙지만 지금의 디자인에는 특색이 없다. 오래된 브랜드일수록 각자 고유의 디자인, 특유의 분위기가 있게 마련인데 로열 덜튼의 요즘 디자인은 북유럽 브랜드를 닮았고 같은 나라 태생의 웨지우드를 닮았다. 다른 회사들과 차별성이 없다 보니 잡지 화보에서 접해도 '멋있다'는 생각이 좀처럼 들지 않는다. 잘나가는 셰프, 주목받는 디자이너와의 콜라보도 그들 고유의 색채가 있을 때 빛을 발할 텐데, 다른 회사의 제품과 별반 차이가 없으니 끌리지 않는다. 로열을 기대하고 찾지만 정작 로열은 없다. 품질과 가격, 트렌디한 디자인을 다른 사람에게 추천할 수는 있지만 그릇의 아우라를 느끼고 싶은 나에게는 요즘보다는 오히려 옛 디자인들이 더 다가온다.

2000년대 들어서 중국과 동남아의 저렴한 그릇들이 시장을 휩쓸면서 많은 그릇 브랜드들, 특히 기존에 시장을 지배하고 있던 유럽의 오래된 브랜드들이 매출에 큰 타격을 입었다. 그래서 생산공장을 하나둘 인건비가 저렴한 나라로 옮겼다. 로열 덜튼이 2004년 인도네시아로, 덴마크의 로열 코펜하겐이 2008년 태국으로 옮겨 간 것이 대표적이고 빌레로이 앤드 보흐, 웨지우드, 이탈라, 아라비아 등 알 만한 브랜드들 대부분이 이제는 아시아에서 생산된다. 경영상의 이유야 이해 못할 것도 없지만 이로 인해 각 브랜드의 철학이 사라지고 고유의 특성도 반감되는 것은 그릇 좋아하는 사람의 하나로 무척 아쉽다. 제작공정부터

마무리 작업까지 그릇 전반을 꿰고 있는 헨리 덜튼 같은 사람은
이제 더 이상 나오기 어렵다. 브랜드가 만들 수 있는 혁신에는
그만큼 한계가 생긴다. 올해의 그릇이나 내년의 그릇이나 별반
다르지 않을 것이다. 한 시절, 해당 지역의 공장에서 다양한
시도를 선보였던 아티스트들, 자신이 만드는 그릇에 애정을 담은
도공들도 사라질 것이다. 마음을 담아야 할 그릇에는 영혼 잃은
노동자의 피로가 쌓이고, 연고 없는 먼 지역으로 공장을 옮긴
경영자들은 그들의 피로를 신경 쓰지 않는다. 그곳에는 그들의
친구와 이웃이 일하지 않으니 윤리라는 잣대를 들이대 보았자
마음을 쏟는 것과는 하늘과 땅 차이다. 덕분에 좋은 디자인을
좋은 값에 얻을 수 있어서 나 역시 새 그릇을 마다하지는 않지만
조금 흠집이 나고 좀 더 조심스럽게 다루어야 하더라도 빈티지
그릇에 마음이 가는 것은 어쩔 수 없다. 수없이 많은 계산을 하며
살아야 하는 일상에서 식사를 하는 순간만큼은 앞뒤 재지 않고
그저 편안하게, 좋은 기운이 담긴 그릇에 좋은 음식을 먹으며
마음을 채우고 싶다.

밋밋한

시간들이

쌓이면

'주황색이 많네…… 주황색…… 싱싱한…… 파프리카…….'

꿈처럼 기억나는 그날, 나는 119 구급차 안에서 주황색을 살피고 있었다. 공기가 좋았다. 깔끔하고 하얀 실내였는데 어째서 기억나는 것은 주황색과 파프리카인지 모르겠다.

병원이라면 질색이었다. 일곱 살, 은은한 펄감이 도는 진주색의 새 블라우스를 입고 엄마를 따라 예방접종을 하러 갔다. 소아과에 들렀다 나오는 길에는 내가 좋아하는 노란 크림빵을 사 준다고 약속했으니, 눈 한번 딱 감고 간호사 선생님께 팔을 맡겨야지 어린 입술을 꾹 깨물었다. 줄줄이 비엔나 소시지처럼

층층이 겹치는 통통한 팔에 힘이 잔뜩 들어갔다. 힘을 빼라는
말을 들으면 어째서 힘이 더 들어가는지, 공포의 주사실에서 팔에
힘을 주었다 뺐다를 반복하다 접종을 마치고 문밖으로 나섰다.
횡단보도를 건너면 빵집인데, 신호를 기다리다 내 옷을 보니
블라우스 소매로 핏기가 번지고 있었다. 미술 시간에 빨간 물감을
머금은 붓에서 물통으로 한 방울이 떨어졌을 때처럼, 주사를 맞은
자리는 진하게, 멀리 갈수록 연하게 나의 새 블라우스가 물들고
있었다. 그 뒤로 병원이라면 노란 크림빵의 유혹에도 질색했고
입원이 필요한 게 아니고서야 좀처럼 그 문턱을 넘지 않았다.

이번엔 무서워서가 아니라 부끄러워서 싫었다. 강촌 어딘가
응급실이 있는 병원, 그곳에 이 차는 곧 닿을 것이다. 그 알 수
없는 곳으로 나는 과음으로 인해 실려 가고 있었다. 세계 어디를
가나 한국인은 술고래로 유명하고, 그 어느 나라의 사람이든 내가
술을 못한다면 "Are you kidding?"이라며 의아한 표정을 지었다.
특히나 한국 회사와 인연을 맺어 본 외국인이라면 술을 마다하는
말을 좀처럼 믿지 않았다. 1차, 2차, 3차로 이어지는 음주문화를
생생히 경험했던 이들이라면 더욱 그렇다.

○ ○ ○

신입사원은 재치 있고, 술도 잘 마시며, 놀기도 잘해 회식 자리에
분위기 메이커가 돼야 가장 예쁨 받는다고들 했다. 나는 재치

있는 편도 잘 노는 편도 아니니 술이라도 마셔야겠다 어느 순간 결심했던 것 같다. 사실 정신력으로 어느 정도는 버틸 수 있었다. 눈이 풀리지 않게 힘을 잔뜩 주고, 코끝으로 레이저를 쏜다 생각하며 걸으면 꽤 멀쩡하게 집까지는 갔다. 어지럼증, 구토, 약간의 호흡곤란이 생기긴 했지만 마라톤을 뛰듯 습습 후후, 숨을 코로 마시고 입으로 내뱉길 의식적으로 반복하면 이내 곧 괜찮아지곤 했다.

이런 증상은 처음이었다. 입사 후 1박 2일로는 처음 가는 야유회였다. 페이스 조절에 실패했다. 귀가의 압박이 없는 자리에선 1차, 2차, 3차의 구분이 없다는 것을 미처 계산하지 못했다. 이 방에서 게임을 하다 마시고, 저 방에서 이야기를 하다 마시고, 그렇게 시간이 지났는데 평소와는 다른 느낌에 일단 후퇴, 방에 가서 쉬기로 했다. 숨쉬기가 불편해지기 시작했고 경험을 통해 단련된 나의 습습 후후는 평소보다 조금 격해졌다. 자꾸만 눈앞이 뿌얘지고 주변의 소리가 너무 울려 들리질 않았다. 팔다리가 저릿저릿 하는 것 같더니 차가워지는 느낌이 들었고 추웠다. 방에 잠시 들렀던 누군가가 내 꼴을 보고 말았고, 놀란 사람들이 모여들어 무언가 말을 주고받으며 내 팔다리를 주물렀다. 너무 창피했다. 몹시 부끄러웠다. 누운 나를 둘러싸고 서 있는 사람들의 모습이 흐릿한 가운데 여러 개의 까만 눈들만 선명한 점처럼 보였다. "괜찮아요." "하하." 잠시 숨이 좀 쉬어진다 싶으면 괜찮다 웃어 보였는데, 자꾸만 다시 숨쉬기가 불편해졌다.

잠시 후 주황색 옷에 검정 조끼와 모자를 쓴 형체들이
등장했다. 이럴 수가. 어릴 적 그렇게 즐겨 보던 〈긴급구조 119〉의
주인공들이 틀림없다. 웅성웅성 이야기를 나누고 나를 잠시
살피다가 안되겠다 싶었는지 차에 태웠다. 아, 창피해. 마음속의
나는 눈을 감고 내게 등을 돌렸다. 잠시 후 무언가 마스크 같은
것을 씌워 주는데 갑자기 공기가 맑아지고 숨을 쉬기가 좀
나아졌다. 내가 누운 침대도 주황색, 아저씨 바지도 주황색.
차가운 물에 씻어 썰었을 때 나는 싱싱한 파프리카의 향기가
코끝을 스치는 것 같았다.

구급차에는 우리 팀의 선배 둘이 동승했다. 회사 다니는
내내 가장 의지했던 여자 선배 하나, 나를 동생처럼 살펴 주던
남자 선배 하나였다. 일도 잘하고 재치가 있어 회사 사람들과도,
거래처 사람들과도 관계가 좋은 선배들이었다. 푼수 같은
대화부터 제법 진지한 고민들까지 늘 잘 들어 주고 챙겨 주던
이들이다. 사촌들도 동생들이 대부분이고 대학 때도 친한
선배들이 없이 지냈기에, 나는 누군가의 동생이 된다는 것이 어떤
기분인지 상상하기 어려웠다. 그러나 회사에 오니 내가 가장
어렸다. 인턴 동기들과는 언니 오빠 하더라도 좀 더 친구 같은
느낌이었다면, 선배로 만난 이들은 훨씬 어른 같았다. 뭔가 좀
안 풀리는 날이어도 "어린이 모임 추진? 과장님 퇴근하시면 쓱
나가자" 제안했다. 직급이 없는 스스로들을 어린이라고 칭하며
어린이끼리 상사들 욕도 좀 하고, 옛날 경험들도 이야기하고, 또

320

학생 때나 어릴 때의 일들, 서로의 연애나 집안일 등의 사생활 이야기도 맥주 한 잔에 곁들였다. 그러다 보면 그날의 우울함이 싹 가셨다. 매일같이 회사에서 "아 진짜 짜증나" 하며 거래처며 회사 사람들이며 이래저래 꼬인 일들을 서로 푸념하기도 했다. 일이라는 영역을 떠나 회사를 통해 알게 된 좋은 사람들은 매일의 즐거움이었다.

병원에 도착하고 나는 주황색 침대에서 흰색 침대로 갈아탔다. 의학드라마에서 보던 환자이송 장면인가 보다. 움직이는 침대에 누워 있으니 내가 누워 있는지 공중에 떠 있는지 구분이 되지 않았다. 구름 위에 올라타면 이런 느낌일지도 모른다. 잠시 잠을 잤던 것 같다. 눈을 뜨니 다시 눈을 감고 싶었다. 이런 한심한 꼬라지라니. 검정색 봉지가 내 양쪽 귀에 걸려 있었고 수액을 맞고 있었다. 황급히 흉측한 봉지를 귀에서 빼 내고 옆자리를 보니 선배가 앉아 있다.

"야아~ 우리 진짜 놀랐잖아."

"아, 선배. 나 근데 진짜 쪽팔려요. 웬일이야. 아, 진짜 못살아."

말소리가 들려 그랬는지 간호사가 와서 상태를 살폈다. 술 먹고 실려 온 환자를 바라보는 그 눈빛에 "네, 괜찮습니다, 괜찮아요" 굽신굽신했다. 수액을 다 맞고서 숙소로 돌아가려고 보니 신발이 없었다. 내 발로 내가 걸어 들어온 것이 아니니 당연하지만, 맨발로 돌아갈 순 없으니 어디 화장실에 굴러다니는

밋밋한 시간들이 있어서
균형을 잃지 않았다.

슬리퍼 한 짝이라도 빌려 신고 싶었다.

"율희 양, 업혀 갑시다, 허허."

맙소사. 선배가 나를 업고 가겠단다. 다른 선배도 동조했다.
피곤한데 택시까지만 그렇게 가자고 한다. 맨정신에 업히려니
환장할 노릇이다. 게다가 나는, 남자 등에 업혀 본 적이 없다.
해 보지 않은 짓을 하려니 가뜩이나 부끄러운 마음은 더욱
꿈틀거린다. 시간을 지체할 수 없어 그렇게 이동을 했다. 그리고
택시가 숙소 앞에 도착하자, 나는 정말 괜찮다며 맨발로 뛰었다.

○ ○ ○

나는 언제나 '일하기 좋아하는 사람' 편에 속했다. 카페놀이, 독서,
영화감상도 하루이틀이지 노동인구로서 일하는 것이 좋았다.
그러나 좋아하는 일을 하지도, 하는 일을 사랑하지도 않았다.
최근에 들어서야 하는 일을 좋아한다는 게 어떤 것인지 감을 잡아
보는 중이다. 그래서인지 회사에서의 나쁜 일들이라면 마치 어제
겪은 일인 양 선명하다. 길다란 리본이 마술사 입에서 풀어져
나오듯 한없이 늘어놓을 수 있는데, 좋은 것을 대라면 잠시
고개를 갸우뚱 어깨를 으쓱 한참을 생각해야 한다. 다툰 후에
연인의 욕을 실컷 하고 나서야 '그래도 이 사람이 착하기는 하지'
바닥에 깔려 있던 좋은 점이 생각나듯, 회사에서 고달팠던 일들을
꺼내 놓고 나서야 저 아래 즐거운 기억들이 떠오른다. 찬장

한구석에 자리한 나의 편평한 접시들 같다.

좁은 찬장에 여러 접시를 보관하려면 편평한 이 녀석들은 쌓아 두는 게 최선이다. 크기가 크고 편평할수록 아래쪽에, 작고 오목한 것들은 위쪽에 두는데 어쩌다 보니 색감까지 대접시는 밋밋하고 볼은 눈에 띄게 알록달록이다. 찬장을 열면 작고 선명한 것에 눈이 가니 볼들은 자주 꺼내 쓰게 되고, 보통 날의 보통 기억들처럼 편평하고 심심한 접시들은 위쪽의 볼을 모두 걷어 내야 비로소 얼굴이 보인다. 보통 접시들이 아래에서 중심을 잡고 있어야 작고 선명한 위쪽의 접시까지 안정적이다. 접시들은 이렇게 배치할 때 가장 효율적으로 수납할 수 있다. 접시탑을 쌓는 것이다.

회사에 대해 물으면 징글징글한 마찰들을 먼저 늘어놓게 되지만 그 시간을 지나 성장할 수 있었던 것은 모두 그 시절을 함께한 좋은 사람들, 그들과의 밋밋한 시간들 덕분이다. 평범한 일상은 선명하게 떠올릴 수는 없어도 나라는 탑이 균형을 잃지 않고 서 있는 것은 내 생에 나쁜 사람들보다 좋은 사람들이 훨씬 커다랗고 무겁게 저 아래서 지탱해 준 덕분이다.

그릇 수납법

옷장과 그릇장의 공통점 하나는 수납공간이 늘 부족하다는 것이다.
옷이 이렇게나 많은데 입을 옷이 없고, 그릇장은 이미 빼곡한데 필요한
그릇이 또 있다. 그러다 보니 작은 공간에 여러 접시를 효율적으로
수납할 방법을 찾게 된다.

1 — 모양이 평평한 접시는 층층이 쌓는 것이 가장 편하다. 나는
열 개 내외의 접시를 포개어 보관하는데 아직까지는 무게 때문에
접시가 깨진 적은 없다.
2 — 그래도 왠지 불안하다면 단단하고 두꺼운 석기류를 가장
아래에 두고 위쪽에는 비교적 얇고 가벼운 자기류를 둔다. 자기가
단단하기는 하지만 얇게 만들어진 경우에는 하중의 분산 역시도
덜하니 그릇이 깨지는 경우가 생길 수 있다. 평평한 대접시를
아래에, 오목한 밥그릇, 국그릇을 위에 올려 두어도 좋다.
3 — 그릇끼리 부딪혀 이가 나가거나 서로 긁히는 것을 막기
위해서는 그릇 사이사이에 얇은 천을 깔아 두는 것이 좋다. 여분의
손수건이나 패브릭이 있다면 필요한
사이즈로 잘라 넣겠지만, 그런 경우가
아니라면 일회용 종이접시를 깔아도
좋다. 가장 손쉽게는 키친타월을

이용한다. 한 장씩 뜯어 접시 사이에 넣어 두면 어쨌든 위아래가
직접적으로 닿지 않으니 비슷한 효과를 볼 수 있다.

4 ─ 접시가 너무 많다 싶으면 손이 잘 닿는 곳에 접시진열대를
마련하고 자주 쓰는 접시를 별도로 둔다. 쌓여 있는 접시 더미에서
매번 아슬아슬하게 꺼낼 필요가 없다.

5 ─ 찻잔은 공간을 많이 차지하는 그릇이다. 소서를 별도로
접시처럼 층층이 쌓고, 컵은 컵끼리 보관하면 공간을 아낄 수 있다.

6 ─ 머그컵 위에 주로 에스프레소용으로 쓰이는 작은 드미타스
잔을 하나씩 얹어 두어도 좋다. 찾아 쓰기 편하다.

7 ─ 자주 쓰지 않으면 아예 잔을 포장해 빈 옷장 구석이나 찬장
구석에 넣는다. 이때는 소서 위에 키친타월이나 에어캡 또는 작은
패브릭을 하나 얹고 그 위에 컵 입구가 아래를 향하도록 뒤집어
포갠 뒤, 둘 사이를 주방에서 쓰는 랩으로
둘둘 두세 번 감아 고정한다. 이렇게 하면
컵과 소서가 따로 돌아다닐 일이 없고
깨질 일도 없다. 이삿짐을 쌀 때도 이렇게
포장하면 파손과 분실을 막을 수 있다.
꼭 찻잔이 아니라 뚜껑과 세트인 슈거볼
등을 보관할 때도 활용할 수 있다.

선물하기 좋은 그릇

○ 신혼부부

그릇 선물을 가장 많이 할 때는 신혼집 집들이에 초대받을 때다.
화장지, 세제 등이 유용한 선물이긴 하다지만 워낙 흔해서 싫고,
그릇은 쓸 때마다 'ㅇㅇ가 사 준 그릇'이라 기억될 것 같아 좋다.
가장 무난한 선택은 누구나 알 법한 브랜드의 크지도, 작지도 않은
300밀리리터 용량의 석기 머그컵이다. 두툼하고 탁한 색감의
석기는 남성적인 느낌도 있어 신랑 신부 모두가 편하게 쓸 수
있고, 신혼이라면 흔히 들이는 식기 소재라 믹스매치하기도 좋다.
석기 머그컵은 백화점에 가면 쉽게 구할 수 있지만, 기회가 된다면
해당 브랜드의 본점을 방문할 것을 권한다. 모델이 많기도 하고
할인혜택이 다양하다.

○ 1인가구-여성

친구네 집들이에 갈 때도 그릇을 자주 사게 되는데, 친구가 여자일
때는 1인용 미니 찻주전자와 입구가 넓은 잔이 한 세트인 티포원(tea
for one)을 추천한다. 잔과 찻주전자가 서로 포개져 수납이
간편하면서도 홀로 분위기를 내기 좋아서, 차를 아주 즐기지 않는
친구일지라도 어쩌다 한번씩 꺼내 쓰며 여유를 부릴 수 있다.

o   1인가구–남성

아쉽게도 주변의 독거남들을 관찰해 보니 티포원은 무용지물이 될
확률이 컸다. 찻잎은커녕 티백 하나 없는 집이 많았다. 이들에게는
커피, 차, 맥주, 물, 주스 등 다용도로 쓰기 좋은 450밀리리터 이상의
커다란 머그컵이 더 유용해 보인다. 프랜차이즈 커피숍의 로고가
박혀 있어도 무난하고, 좀 더 욕심을 내더라도 패턴이 화려한 것보다
단색의 심플한 컵이 좋다. 경제적 여유가 된다면, 머그컵에 어울리는
나무 컵받침도 함께 선물하자. 원목으로 된 심플한 컵받침은 컵에
맺힌 물기를 잘 빨아들이고 마르면 다시 처음의 상태로 돌아가니
관리가 편하다. 목각에의 원초적(?) 욕망이 남자사람의 마음을
자극해 좀 더 의미 있는 선물이 될 수도 있겠다.

o   믹스커피를 좋아하는 사람

선물을 할 때는 그 사람의 취향도 고려하면 좋은데 달달한
믹스커피를 즐겨 마시는 사람에게는 드미타스(demitasse) 잔이 좋다.
100밀리리터 내외의 용량이 언뜻 보기엔 너무 작지만 커피믹스
하나가 딱 맛있게 만들어지는 사이즈라 유용하고, 인스턴트 커피를
좀 더 멋있게 즐길 수 있다. 에스프레소 용도로 나온 잔이지만 일반
가정에서야 에스프레소 추출이 원활하지 않을뿐더러 에스프레소를
즐기는 사람이 많지 않기도 하지만 여러 번 선물해 본 경험에
따르면 생각보다 유용하다는 사람이 많다. 다섯 살 전후의 아이가
있는 집에서는 드미타스가 아이 손에 꼭 맞는 컵이 되기도 한다.

○   부모님

어른들의 선물로는 얇고 단단한 자기 혹은 본차이나 소재에
24캐럿 금장을 두른 찻잔이 어떨까? 자식에게 열중하며 살았던
지난 세월에는 당신 자신을 위한 티타임 한번 가지기 어려웠을
것이다. 이를 헤아려 이제는 당신들을 위한 시간을 가장 클래식하고
고급스러운 찻잔과 더불어 소중히 보내시라는 메시지를 담을 수
있다. 젊은 세대들보다야 수납 걱정도 덜하니 2단 케이크 트레이를
함께 선물해도 좋다. 3단까지는 꺼내 쓰기 거추장스럽지만 2단은
일반 접시보다 조금 특별한 기분을 내면서도 3단보다 요란스럽지
않다. 이때는 예쁜 것도 좋지만 접시를 따로 꺼내 세척하기 쉬운
것을 고른다. 오랜 살림의 노하우를 가진 어른들의 눈에는 단번에
이 그릇을 어디에 어떻게 쓸지, 어떻게 관리하고 보관할지가 떠오를
것이다. 분위기도 좋지만 관리하기도 편해야 선물받은 어른이 더
자주 그 시간을 즐길 수 있다는 점을 기억하자.

고맙습니다

2015년 11월 18일, 첫 글을 적었습니다. 짧은 글이지만 썼다
지웠다 반복하며 전날 구성해 둔 개요대로 글을 만드는 데 하루를
꼬박 보냈었지요. 언젠가는 글을 써 보자 했었고 한번도 시도해
보지 않은 그 일을 더 미루지 않기로 다짐했지만 한 문장을 적어
내려가는 것조차 몹시 어려웠습니다. 어쨌든 글을 썼다! 숙제를
마친 기분에 후련했습니다. '브런치'라는 플랫폼에 첫 글을
발행했던 것은 그렇게 일종의 자아실현이었습니다.

　누가 제 글을 읽을 수 있다는 사실은 그다음에
깨달았습니다. '글을 써야지'가 목표였지, '읽혀야지'라고 생각해

본 적이 없었으니까요. 내가 글을 쓰고, 누군가가 그 글을 읽는다니, 학생과 직장인으로 과제와 보고서밖에 써 본 일이 없던 제겐 그 자체가 아주 생소했습니다. 글을 통해 사람들과 소통한다는 것이 부끄럽고, 새롭고, 즐거웠습니다. 별것 없는 제 경험에 귀를 기울여 주시고, 제 글에서 에너지를 얻었다는 분들께 제가 더 큰 힘을 얻으며 겨울을 보냈습니다.

그 겨울이 끝나 갈 무렵, 또 한번의 커다란 기쁨을 마주했습니다. 제 그릇 이야기를 책으로 엮어 사람들과 나누자는 제의를요. 평범한 한 사람이 작가로 첫 발을 내딛게 된 그날, 제 평생 그 어떤 날보다 기뻤습니다. 이때부터는 책에 들어갈 원고, 브런치에 올리는 글을 나눠서 쓰며 온통 '이번에는 어떤 글을 쓸까' 하는 생각으로 하루하루를 보냈습니다.

책을 쓰면서 삶을 쭉 돌아볼 수 있어 감사했습니다. 이 책이 아니었다면 행복한 일상들, 고마운 사람들, 크고 작은 갈등과 극복의 과정을 찬찬히 살필 기회가 없었을지도 모르겠습니다. 책이라고는 아무것도 몰랐던 한 명의 소시민을 작가의 길로 이끌어 주신 도서출판 어떤책에 감사드립니다. 책을 엮게 되었다는 소식에 함께 손뼉 치고 노래하며 기뻐하고 글을 쓰는 내내 기운을 북돋워 준 부모님과 친지들, 나의 오랜 친구들과 연인에게도 고맙습니다. 무엇보다 얼굴은 못 뵈었지만 글을 통해 만난 독자 분들께 감사합니다.

먹고 마시고 그릇하다

Eat, Drink and Plating
: For a Little Happiness in Hand

ⓒ 김율희, Printed in Korea

1판 2쇄 2019년 4월 25일
1판 1쇄 2016년 10월 10일
ISBN 979-11-957505-2-8

지은이. 김율희
펴낸이. 김정옥
디자인. 장혜림
제작. 정민문화사
종이. 한승지류유통
물류. 출마로직스

펴낸곳. 도서출판 어떤책
주소. 03925 서울시 마포구 월드컵북로 400, 5층 1호
전화. 02-3153-1312
팩스. 02-6442-1395
전자우편. acertainbook@naver.com
블로그. acertainbook.blog.me
페이스북. www.fb.com/acertainbook
인스타그램. www.instagram.com/acertainbook

이 책은 한국출판문화산업진흥원 2016년 우수출판콘텐츠 제작지원 사업 선정작입니다.

파본은 구입하신 서점에서 바꾸어 드립니다.

이 도서의 국립중앙도서관 출판예정도서목록(CIP)은
서지정보유통지원시스템 홈페이지(http://seoji.nl.go.kr)와
국가자료공동목록시스템(http://www.nl.go.kr/kolisnet)에서 이용하실 수 있습니다.
CIP제어번호. CIP2016021609

안녕하세요, 어떤책입니다. 여러분의 책 이야기가 궁금합니다.

블로그 acertainbook.blog.me
페이스북 www.fb.com/acertainbook
인스타그램 www.instagram.com/acertainbook

점선을 따라 가위로 오려서 보내 주세요. 우표 없이 우체통에 넣으시면 됩니다. ✂ ·

보내는 분

이름

주소

이메일

03925 서울시 마포구 월드컵북로 400, 5층 1호

a certain book

도서출판 **어떤책**

자회 책을 읽어 주셔서 감사합니다. 독자엽서를 보내 주시면 지난 책을 돌아보고 새 책을 기획하는 데 참고하겠습니다.

1. <먹고 마시고 그릇하다>을 구입하신 이유

2. 이 책을 구입하신 서점

3. 이 책에서 가장 인상 깊었던 부분

4. 김율희 작가에게 하고 싶은 말씀

5. 어떤책 출판사에 하고 싶은 말씀

보내 주신 내용은 어떤책 SNS에 익명으로 인용될 수 있습니다. 이해 바랍니다.

점선을 따라 가위로 오려서 보내 주세요 ✂